NONFICTION
論創ノンフィクション
031

香港存歿
自由と真実に関する一考察

張燦輝
張政遠［訳］

論創社

香港

第4章 自由と法治 181

本書では、文中の敬称を略した。

日本語版のためのまえがき

本書は二〇二一年六月に香港で初版が発行され、同年のブックフェアで販売される予定であった。しかし、さまざまな政治的配慮から、八月上旬まで延期された。街の中の小さな本屋でしか買えなかった本書はまさに「禁書」のようなものであったが、半年も経たないうちに完売し、絶版となった。

初版の「あとがき」は二〇二一年五月四日に書かれたものであって、当時は毎日のように『リンゴ日報』『立場新聞』『衆新聞』のインターネット版を読んでおり、インターネット・メディアで知人の政治的コメントを聞いていた。香港の現状は非常に悪く、市民社会がまだわずかではあるが、言論と思想の自由を表現する余地があると思っていた。

しかし、民主主義と自由を追求する四七人の仲間が、二〇二〇年の予備選挙に参加したことで不当に逮捕され、裁判前に勾留され、いまだに審判がおこなわれていないことは予想外の展開であった。それから、『リンゴ日報』は廃刊に追い込まれ、編集長は全員逮捕され、市民団体や民主派政党は次々と解散し、ラジオ局、大学、インターネット・メディアはすべて統制された。

二〇二一年末、報道の自由を死守したインターネット・メディアの『立場新聞』と『衆新聞』が独裁政権によって運営停止となった。『立場新聞』に掲載された本書の元の記事はもう存在しない。本書も香港に存在することができなくなり、重版は事実上不可能となった。

二〇二二年より、Hong Kong《ホンコン》は完全に破滅に向かい、Xianggang《シャンガン》になった。つまり、このような場所である。

嘘は真理なり
力は民主なり
従は自由なり
人治は法治なり
競馬もナイトクラブも継続し、飲食は盛世太平なり

本書の日本語訳が日本で刊行できたのは、東京大学で教鞭をとっている張政遠氏が日本の社会や学術界における本書の意義を認め、短期間で全訳したからである。同氏の熱意と翻訳作業に感謝するとともに、論創社の谷川茂氏に厚く御礼を申し上げる。

日本語版の内容は基本的に初版と同じだが、第四章の邦訳引用を許諾した吉田量彦氏、齋藤純一氏、中山元氏、大橋洋一氏に深く感謝する。また、アメリカ人の研究仲間であるスティーブン・クロウェル教授が書いた本書の英語版の序文を張政遠氏が和訳し、「解説」として加えた。クロウエル教授と張氏に改めて感謝の意を表したい。

二〇二二年一月一五日　イギリス、セント・オルバンズにて　張燦輝

まえがき

富貴福澤、將厚吾之生也。貧賤憂戚、庸玉汝於成也。存、吾順事。歿、吾寧也。[1]

何年も前のことだが、張載《ちょうさい》『西銘《せいめい》』の最後の数行を書にし、自分を励ますために家の壁に掛けていた。定年をむかえて老後は、家族とゆっくり過ごす時間を増やしたり、孫たちと遊んだり、趣味の読書・写真・篆刻《てんこく》に没頭したり、ワインを飲んだり音楽を聴いたり、妻や友人たちと旅行に行ったりするだろうと思っていた。家族や孫たちと定年後の生活を楽しく過ごすのだろうと確信していたのである。存《そん》は吾《わ》が順事《じゅんじ》なり、歿《ぼつ》は吾《わ》が寧《ねい》なり。そして、死を恐れることはなく、時が来たら安らかに逝こうと考えていた。

しかし、二〇一九年四月以降、香港では未曾有の変化が起きてしまった。かつての調和的で、繁栄的で、安全で、そして自由な法治の下におかれた街が、目の前から徐々に消えつつある。

一年以上にわたる反送中運動[2]や新聞上での声明文、抗議、何百万人もの香港人によるデモのあとに、政府は市民による合理的な要求には積極的に応じず、また政府は市民による合理的な質問に何の回答もしなかった。街全体が崩壊の危機に陥り、二〇二〇年七月一日の国家安全法の施行により、「一国二制度」の香港は滅びると宣言された。この一年間で起こった劇的な変化に、心を痛めない人はいないのではなかろうか。

二〇一九年一一月一二日に香港中文大学で起こった衝突では、キャンパス内で約二〇〇〇本以上の催涙弾《さいるいだん》とゴム弾が発砲された。私が半世紀にわたって学び、講義してきた母校が戦場と化したことに、強い怒りと悲しみに打ちひしがれた。

退職した哲学教授としての私に何ができるのだろうか。数え切れないほどの集団的・市民的不服従行動に参加した。だが、何ひとつ目標に達成することはなかった。それでも、学者は発言し続けなければならない。思想の自由、学問の自由、表現の自由がすべて抑圧される前に、現状を分析して反省することはできるはずだ。これがやるべきことだと思った。

ただし、政治評論の書き方がよくわからない。恩師の労思光《ろうしこう》先生は、学術的な論著のほかに、生前に数多くの政治評論を執筆した。知識人として、富や権力に身を委ねることはなく、中国大陸、台湾、香港をめぐって鋭い政権評論に徹した。彼は確かに私たちのお手本であった。同時に、哲学は机上の論理でもなければ、教室や学会の中だけに存在するものでもなく、この世で生きるための実践なのだと唱えた労先生の教えは一生忘れない。

二〇一四年の雨傘運動のときに、当時の同僚であり、この運動の発起人の一人でもある陳健民《ちんけんみん》に会いに占拠現場のアドミラルティへ妻の嘉華《カーワー》と二人で行った。その際、「知識人はペンを剣にして記事を書いてくれ」と陳に言われた。妻も私に記事を書くように促したが、残念ながら約束を守らなかった。二〇一九年一一月に母校である香港中文大学で衝突が起こったあと、悲しみや怒りを乗り越えられず、『立場新聞』[3]に初めて記事を書き、その後も多くの記事を書きつつ、数回の取材を受けた。

数カ月前、友人の勧めで、この一年の自分の考えや文章を記録するために、すべての記事を一冊の本にまとめてみてはどうかと提案された。これらの記事は、もともと本に掲載することを目的としたものではなく、すべての記事が厳密に書かれているわけではないため、繰り返された内容もある。もし政治評論を求めるならば、多くの友人が私よりも良い記事を書いている。また、厳密には学問の書ではないので、詳しい議論が展開されていない。これまで哲学を勉強し、学んだことを活かして、自分たちが生きている世界の反省と分析をした。

本書は五章で構成されている。

第一章は、香港中文大学で起こった事件に対する私の反応であり、香港ラジオ局（ＲＴＨＫ）の『香港家書』という番組で話した内容や『立場新聞』に書いた記事、さらに『壹週刊』と『明周文化』でのインタビュー記事を含んでいる。

第二章は、『珍言真語』から受けた五つのインタビュー記事で構成されており、当時の香港で起きていた問題に対する応答となっている。対談形式で掲載されているが、書籍化する際、文章形式として書き直した。

第三章は、二〇二〇年六月の「国家安全法」の余波についての考察である。香港の終わりと死は、私たちに不安をもたらし、「実存的危機」というテーマで『立場新聞』に一〇回の連載をした。

第四章は、二〇二〇年七月に四七人の民主派の友人たちが予選選挙への参加で起訴されたことに対して義憤を覚え、二〇二一年二月二八日から六回の連載で、「自由と法治」をテーマにして書いた記事である。他の章とは異なり、私の考えを述べるだけでなく、何人かの哲学者のテキストを長めに引用している。テキストを紹介することを通じて、読者が原文にある重要なアイデアをさらに理解できることを期待している。

第五章は、若い友人である劉況《ラウフォン》博士による四つの関連記事である。彼はフランスに留学していることから、彼のフランス哲学に関するエッセイが私の考えを補完してくれている。

香港では、思想・言論・学問・出版の自由に対する比類のない弾圧がおこなわれており、この本を検閲なしに出版することはけっして容易ではなかった。まず、『香港家書』の出版を許可してくださった香港ラジオ局と、私が掲載したインタビューの出版を許可してくださった『壹週刊』『明周文化』『珍言真語』に感謝の意を表したい。また、一年以上にわたって私の記事を掲載し、記事に掲載された写真の一部を公開することに同意してくれた『立場新聞』にも感謝したい。さらに、私の若き学友であり、本書の議論をより豊かにしてくれた劉況博士にも感謝したい。くわえて、私の学生である大埔山人《タイポーサンヤン》が、私の記事に対するいくつかの回答を書いてくれたことにも感謝したい。

そして、本書に序文と励ましの言葉を書いてくれた、親友の陳健民と蔡子強《さいしきょう》に感謝したい。私の作品を快く出版してくれた山道出版にも感謝の意を表したい。最後になるが、私が本書を執筆することができたのは、言うまでもなく嘉華の長年にわたる働きかけと配慮のおかげである。心から感謝したい。

二〇二一年三月二八日　張燦輝

注

1　富貴福沢は、将に吾が生を厚うせんとするなり。貧賤憂戚は、庸て汝を成に玉にす。存は吾が順事なり。沒は吾が寧なり。

2　日本では「逃亡犯条例改正案反対運動」というが、本書では香港で一般的に使われている「反修例運動」あるいは「反送中運動」を原文のままとする。

3　香港紙『リンゴ日報』の廃刊を受けて、二〇二一年六月より『立場新聞』は社外筆者からの投稿公開を停止し、同年一二月に運営停止となった。したがって、張燦輝が書いた記事は閲覧できなくなった。

陳健民[1]による序文

廃墟から意味を再構築する

張燦輝の『我城存歿《がじょうそんぼつ》』（邦訳は『香港存歿』）を読み、「生きるべきか死ぬべきか」という疑問が頭をよぎった。それは生存か壊滅かの選択だけではなく、道徳的責任を負うかただ生きるかの問題でもある。その延長線上で、暴政の下で真実を語るべきか、沈黙すべきか、あるいは鹿を馬と呼ぶべきか。強権的な法律や無差別な逮捕に立ち向かうために、戦うか傍観するか。あるいは自分自身を守るために、自由と法治を失った香港で、この愛すべき街と一緒に生きるべきか、それとも異国の地で安らぎを得るべきか。花果飄零《かかひょうれい》[2]になっても構わないのか。

張は哲学者であり、絶対的な答えを読者に提供するのではなく、重要な質問を投げかけ、答えに至るさまざまな道筋を明らかにすることで、人々が混乱、葛藤、反省の中で個人的な自由を取り戻し、拷問の過程が答えの一部になることを願って説く。反省のない人生は生きる価値がない。専制政治が人々に考えることを望まないとき、私たちは実存の問いを問うことがより重要になる。

この本は、今日の香港でもっとも適切な問題を提起している。たとえば、私たちは怒るべきなのか、あるいは憎むべきなのか。復讐することは不道徳であるのか。信者の中には、キリスト教の「怒りを持って日没を迎えてはならない」「敵を愛せ」という教えや、儒教の「恨みを徳で返す」という教えで、「黒い警察一族死ね」というスローガンを叫ぶことはできず、「デモ反対の企業への破壊」や「デモ反対の一般人への攻撃」という暴力にも耐えられない人がいる。合理的な範囲を超えた私的制裁や、絶え間ない復讐の引き金になる可能性を疑問視する一方で、怒りは私たちの尊厳を守り、不正に対抗する原動力となると張は指摘している。怒りが足りないと無関心になり、怒りがありすぎると暴力的になるという張の立場は、アリストテレスの中庸に似ている。

しかし、中庸とは一体何であるか。絶対的な答えがあるわけではなく、抑圧の度合いに応じて合理的な抵抗手段は変わってくると思う。殺された父の亡霊は、ハムレットに向かって「さよなら、さよなら、でも私を忘れないで」とだけ言う。彼は王子に、人生における道徳的責任を直視するよう求めるが、復讐の方法については一言も言わない。シェイクスピアを読むと、ハムレットはいつも考え、つぶやき、行動を躊躇していることがわかる。結局、難破によって生と死を経験することになり、人生には終わりがあり、合理的な闘争と無への耽溺の時期があることを体験させてくれる。混乱のあとに訪れる明晰さは、本書に引用されているニーチェの言葉のように、復讐する勇気をもたらしている。「何かのために生きている人は、ほとんど何でも耐えられる」。勇気は行動の意味から生まれる。

だからこそ、暴政は、恐怖を与えるだけでなく、人々の価値観を破壊し、社会的行動を無意味なものにすることで、戦う勇気を失わせようとするのである。権力者は博愛と道徳を口にするが、実際には金の低俗、盲目的な臆病さ、犬儒《けんじゅ》主義を助長している。世論調査のデータを操作したり、メディアで学者や専門家を利用したり、善悪を曖昧にしたりして、人々が混乱と疑念の中で行動する勇気を失わせるようなことまでしてしまうのである。

張の文章の使命は、人間の主観性を目覚めさせることである。「個性がなければ、自由がないし、疑いがなければ、真実がない――自由も真実もなければ、私たちの実存に危機もない。なぜならば、そうなれば実存に意味がなくなるからだ」と彼は書いている。社会学者としては、公式の言説体系の独占から解放された自由で開かれた環境の中で、真実や善意について合理的かつ正直にコミュニケーションすることができ、「別の知識」や「抵抗」という感性が視界から排除された、ユルゲン・ハーバマスが想定した公共圏の構築の可能性をより重視している。

紆余曲折を経ての本書の刊行は、香港の公共圏が縮小していることを物語っている。読者がその役割を果たし、山道出版がリスクを負った今、この廃墟の上に自分の存在意義をどう再構築するかを考えるのは、読者の責任である。

注

1　香港中文大学社会学部元副教授。二〇一四年におこなわれた雨傘運動の発起人の一人として実刑判決を受けた。現在、台湾在住。

2　中国から香港へ亡命した哲学者である唐君毅《とうくんき》の造語。詳しくは「第三章　8」を参照。

蔡子強[1]による序文

努力しても世界が良くならない。どうすればよいのか。

哲学者というと、世間の火を食わず、形而上の道を探求することに徹し、俗世間のことは気にしないという印象を人に与えることが多い。

しかし、香港中文大学の先輩である張燦輝は例外である。近年では、ペンを剣にして時事問題を評論するだけでなく、二〇一四年の「雨傘運動」などの社会運動にも参加している。

本書を読んで初めてわかったが、張燦輝は彼の恩師である労思光《ろうしこう》教授から、哲学は言葉の戯れでもなければ、教室や研究室の中だけに存在すべきものでもなく、現在の世界の生活や慣習を反映し、分析するために適用すべきものであることを忘れないようにと教わった。哲学を語っても、それを人生の実践に生かし、真理を理解し、人生を確立することができなければ、結局は言葉の戯れに過ぎない。

なぜ支配階級は知識人や哲学者を恐れるのか。知識人が権力は真理であるということを受け入れられないからであり、哲学者は権力の源泉とその正当性について反省しなければならないからであると張は説く。正義とは、支配者が決めた法律ではなく、権力者が決めることはできない。正義、法治、平等、誠実、民主などの普遍的な価値の意味を知れば、専制、権力、独裁、偽善を批判することができる。

張はこの本の中で、反修例運動（一六頁の注2参照）に生じている怒り、恐怖、勇気、復讐、凡庸な悪、希望と絶望、寛恕などを整理するために、哲学的な理論や考え方を用いている。すべての点において同意しているわけではないが、このように整理して理論的に昇華させることで、私はさらに問題を考えることができるようになった。

また同書の中で、張は教え子たちとの対話と思索も紹介しているが、それは現在の私たちの混乱や戸惑いにも触れている。礼崩楽壊、すなわち秩序が壊れた時代に哲学を学ぶことに何の意味があるのか。本を読んで何ができるのか。抵抗の末に、本当に民主主義や自由を実現できるのか。本当に得られるものは何か。

努力しても世の中が良い方向に変わらないのであれば、どうすればいいのか。これは、最近の学生たちが抱いている疑問でもある。

映画『テネット』（二〇二〇年）で、「終わったことは終わった」というセリフが何度も繰り返され、宿命的なものを感じさせるが、未来から来たニール（主人公の協力者）の姿勢はけっしてネガティブなものではない。ニールはこの映画の本質を「『終わったことは終わった』は世界がどのように機能するかを表現したものだが、それは傍観するための言い訳にはならない。主人公は「これは『運命』なのか」と改めて問いかける。「僕はこのことを『リアリティ』と呼んでいるんだ」とニールは言う。

「知ることのできる終わりは、傍観するための言い訳にはならない」という言葉は、ギリシャ悲劇における運命と自由意志というテーマを思い起こさせる。オイディプスをはじめとするギリシャ悲劇の英雄たちが、宿命という嘲笑に直面してとった選択と行動は、人間の自由意志、崇高さ、尊厳を示している。このことは、この困難な時代に生きる私たちにとって、最大の慰めでもある。

運命や結末は必ずしも自分でコントロールできるものではないが、選択できるのは自分の態度であり、その態度がその人の崇高さや尊厳を決定する。

最近、若いジャーナリストの友人が、悔しさのあまり、「悪は善に勝てない」というのは本当なのかと尋ねてきた。

私は、二〇〇〇年の歴史から見ればもちろんそうだが、一年一年を見ていくとそうではないかもしれないと言った。歴史は二歩進んで一歩下がることが多く、それを覚悟しなければならない。民主主義には、第一の波、第二の波、第三の波、さらにはいわゆる第四の波がある一方で、第一次世界大戦のあとから現在に至るまでの潮の満ち引きもある。歴史でも人生でもそうでもあるが、浮き沈みがあるのである。

廃墟の時代になっても、私たちは歩くことしかできないのだ。

先日、張の写真展を見に行ったが、彼は研究だけでなく写真も見事である。ギャラリーに入ってすぐに目に飛び込んできた写真には、雲霧と混沌しか写っていなかったが、次の言葉が頭に浮

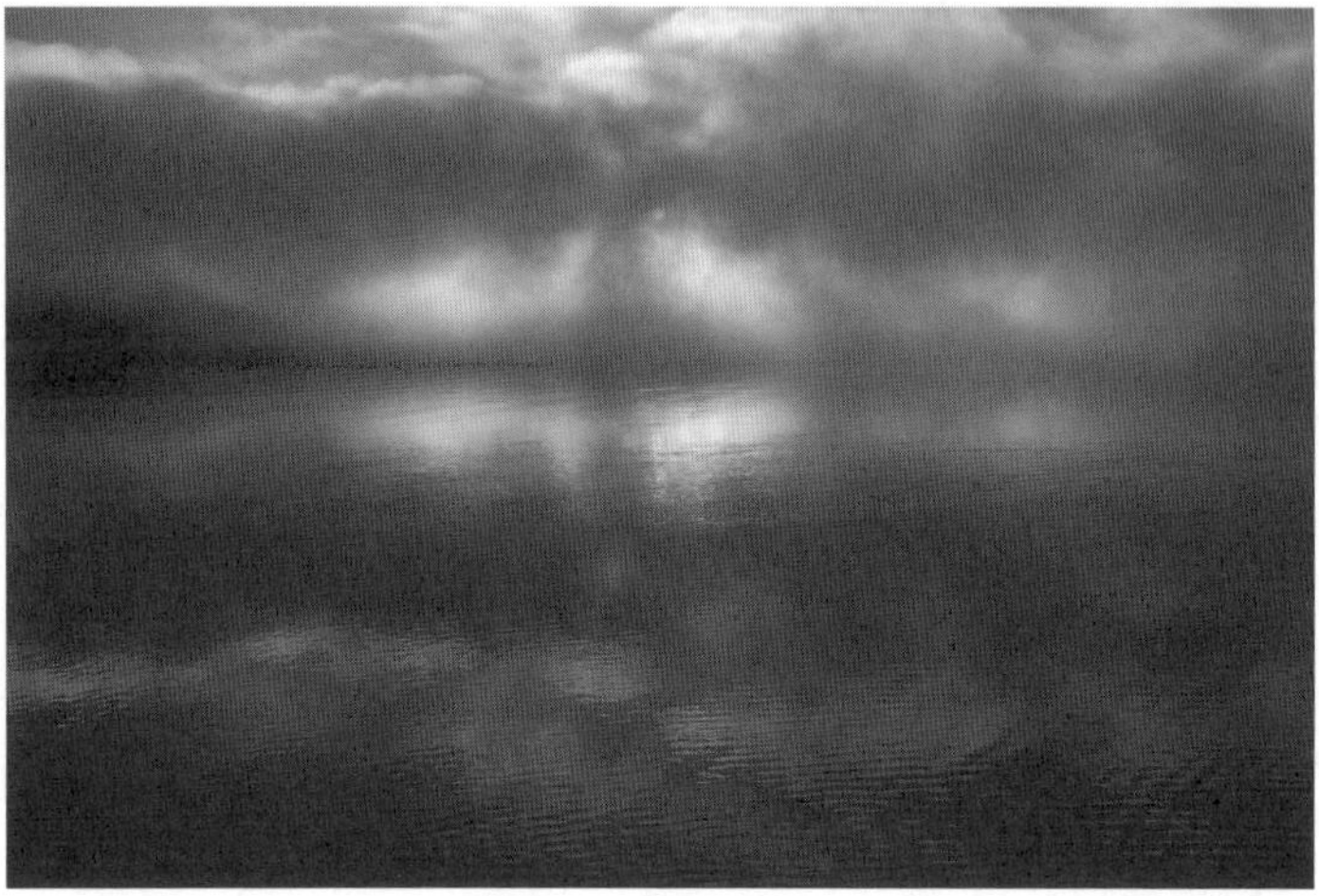

南極

かんできた。
未来は見えなくても、まだ光があることを知っている。
この困難な日々の中で、互いに励まし合いたい。

注

1　香港中文大学政治行政学科上級講師。

第1章　中文大学の危機

1　思想の自由は永久不滅[1]

嘉輝《カーファイ》さんへ

フライブルク大学で博士号を取得するためにドイツに来てから一年が経ち、気候や食べ物にも慣れてきたのではないでしょうか。本物のブラックフォレスト・ケーキを食べたことがありますか。地元の白ワインをどれだけ飲みましたか。ブラックフォレスト・ハム、パン、ホワイトアスパラガスなど、どれも美味しくて見逃せませんね。博士課程での研究に進展はありましたか。指導教授との関係は良好ですか。今は自分を律することと努力することが大切です。

私は一九七七年に博士号を取得するためにフライブルクに留学しましたが、その苦労はもちろん理解しています。留学の数年間は、私の生涯の中でもっとも重要な節目であっただけでなく、初めての政治的覚醒でもありました。香港はまだイギリスの植民地支配下にあり、民主主義とまではいかないまでも、法治、自由、人権は基本的に存在し、それらを求めて戦う必要はなく、この借りられた時代と場所で、自由に享受できるように思えたのです。民主的な選挙、政党の交代、市民社会など、現代社会のもっとも重要な政治問題を理解するようになったのは、四年半のドイツ留学のあとでした。私は単なる傍観者でしたが、市民の積極的な参加と民主主義の開放性の重要性を認識していました。同時に、香港の中国への返還に関する中英間の協議も始まりました。

嘉輝さんはよく知っていると思いますが、Freiburg は「自由な城」というフランス語 Fribourg をドイツ語に翻訳したものです。一四五七年に設立されたフライブルク大学は、ドイツでもっとも古い大学の一つで、本館には「Die Wahrheit wird Euch frei machen（真理はあなたを自由にする）」という言葉が刻まれています。そう、真理と自由は、どの大学でももっとも基本的な理念です。学問の自由がなければ、真理を見つけることはできません。真理を信じずして、学術研究の価値はあるのか！　これは、私がフライブルク大学で得たもっとも重要な信念です。

二〇一九年六月以降、林鄭月娥《りんていげつが》と香港政府は、一〇〇〇万人、二〇〇〇万人規模の抗議活動を無視し、全市民との対峙、抗議者に対する警察の凶暴化などに腐心していたことが報道されています。若者が無視されて、大学生たちの不満が限界になって、デモで訴えざるをえませんでした。二〇一九年一一月中旬に香港の複数の大学でおこなわれたデモを警察が暴力的に取り締まったことは、言語道断でした。大学が狙われるなんて信じられない！　二〇一九年一一月一二日、警察は私や君の母校のキャンパスに一〇〇〇発以上の催涙弾と多数のゴム弾を撃ち込み、中文大学が戦場になってしまったのです。私自身も二日間キャンパスを訪れ、その惨状を目の当たりにしました。私たちは怒りと悲しみで、自分たちのキャンパスが壊滅的な被害を受けたことが信じられませんでした。

嘉輝さん、警察とデモ隊の衝突については、ここで君と議論するつもりはありません。それよりも、この悲しい出来事の中で、私たちの中文大学に対する思いを語りたいと思います。

母校の理念は、中国の人文主義的精神である「新亞書院《しんあしょいん》」と、西洋の自由主義的・キリスト教的信仰である「崇基学院《すうきがくいん》」を踏襲しています。両院の創設者は、共産党の独裁政権から逃れて香港に南下した亡命学者たちであり、今日の人類が直面している問題について考察するために自由な学校を設立しました。あれから七〇年が経ち、香港中文大学は世界的に有名になりましたが、悲しいことに専制政治の下では抵抗の戦場となってしまいました。

私がもっとも敬愛する先生の一人、沈宣仁《しんせんじん》のことが思い出されます。一九七〇年に私が崇基学院に入学して以来、先生は何十年にもわたって私の恩師です。亡くなる前、私に厳かにこう言いました。「燦輝君、君は二〇〇〇年以上にわたって中国でもっとも自由な場所で育ってきた。ここでは、法治、個人の尊重、経済的自由があり、努力すれば自分の地位を築くことができ、社会は多くの平等な機会を与え、政治的信条や出身によって君を差別することはない。このようなことは、羅湖《ローウー》[2]の北側ではできない」、と。

中国でも台湾でも、私と同じ世代に生まれた人たちは、絶対に私よりも幸せではないことを知っています。彼らのように、数え切れないほどの残酷な政治運動に耐える必要もなければ、人間性が劣化した文化大革命を生き抜く必要もなく、共産党や国民党の政治的圧迫を受ける必要もありませんでした。香港生まれの私たちは、政治色のない、災害のない環境で育ちました。

しかし、一九九七年の返還のあと、私たちは「一国二制度」が詐欺であること、高度な自治が偽物であること、そして法治が私たちの理解する法治ではなく、人為的な独裁であることを徐々に発見していったのです。イギリスの植民地支配から、中国共産党の植民地支配に移ったのです。私は、法治、自由、民主、人権に対する私たちの信念が徐々に損なわれ、私たちの幸福の追求を支える条件が徐々に失われていることに気づきました。

かつて私たちが享受していた自由と法治は、植民地政府によって与えられたものでしたが、今回の市民運動によって、自由、法治、民主を得るために他人ではなく自分たちで闘わなければならないという事実に、香港の人々は目覚めたのです。全体主義的な支配を前にして、これらの基本的な普遍的価値のために戦うことができるかどうかは楽観視できません。だからといって、絶望的に、悲観的になることはありません。

数カ月前のメールに、今の時代に哲学を学ぶ意味があるのでしょうか、せっかく博士号を取得したことに何の意味があるのでしょうか、と君は書き、香港で教職に就くことはできませんし、研究職に就く可能性もありませんと嘆きました。

答えるのはむずかしいですね。たしかに、博士号を取得しても就職できる保証はありません。しかし、哲学的に考えることできる、君は自由な人間であり、現象や理論を理解し、考察することができ、独自に考え、真実を見つけることができます。同時に君は、不正を受け入れず、金持ちや権力者に従わず、他人を物のように扱わず、残酷な体制に抵抗する良心の持ち主でもあります。もしそうであるなら、君はフライブルク大学と香港中文大学の優秀な学生です。教授やあらゆる専門家になる前に、人間にならなければなりません。自由人になること、善良な市民になることは、アリストテレスや孔子が共有した信念です。

政治的現実が残酷なものであっても、人間の良心は権力によって消滅することはありません。権力は、社会の市民的自由を制限することはあっても、個人の思想の自由を破壊することはできないのです。

今、君はフライブルク大学にいるので、自由に勉強し、哲学的な問題や中文大学の精神と価値について考えることができるはずです。

お互いに励まし合いましょう。

張燦輝

二〇一九年一一月二三日　香港理工大学の危機が過ぎ去った頃

注

1　本稿はもともとラジオ番組で読み上げた手紙であり、口語調で翻訳されている。なお、嘉輝さんは架空の人物である。

2　香港最北端の駅。

2　中文大学への鎮圧を忘れない

二〇一九年一一月一二日、私は自宅でテレビの生中継を見たが、一九七〇年から勉強し、生活し、研究し、教えてきた母校である香港中文大学（以下、中大と略す）が、警察の機動隊に侵入され、学生たちが残酷な仕打ちを受けているのを見て、悲しみと怒りがこみ上げた。

四五年後、人間の鎖が再び

その日の午後六時頃、中大の同僚たちから、「大学を守り、良心を守る」というテーマで講演に来ないかと誘われたので、私はすぐに承諾した。午後七時に出掛けたが、大渋滞のため、一時間以上かけても大学に行けず、講演が中止となり、自宅に帰った。午後一〇時、機動隊による再度の襲撃を目の当たりにし、怒りを抑え切れずに中大に向かうことにした。その夜、すべての道路が閉鎖され、大学への道は徒歩で行くしかないため、多くの若者がさまざまな荷物を持って城《シン》門《ムン》川沿いを歩いていた。

大学駅の民主の女神像にたどり着くと、すでに数百人の学生が集まり、各地から持ち込まれた物資が運ばれてきた。もっとも目を引いたのは、大埔道《ダイポードウ》の崇基学院の入り口から、崇基図書館、嶺南スタジアムを経て、大学体育館の近くにあるロータリーまで続く長い人間の鎖であった。四五年前に、崇基図書館から新亜図書館まで本を搬送したときの人間の鎖を思い出した。当時は数日間、学生や教師が興奮と喜びをもって鎖に参加していたが、二〇一九年のこの夜、鎖には悲しみと怒りと寂しさしかなかった。

大学を守り、良知を守る

崇基キャンパス内の広場で「大学を守り、良知を守る」ことについて話そうとした。中大の建学の精神の二つの源は、一つは中国の人文主義の伝統を守る「新亞」であり、もう一つは西洋の自由な思想とキリスト教のアガペーを説く「崇基」である。新亞書院の孔子像の下にある唐君毅《とうくんき》先生銅像は、中国の人文精神の象徴であり、崇基学院の未圓湖《みえんこ》にある労思光《ろうしこう》先生像は、自由で開放的な思考のモデルである。過去七〇年のあいだ、この二人の哲学者は大学の精神そのものであり、学問的、政治的良心の実践であった。今、もし彼らが生まれ変わって中大の残酷な破壊を目の当たりにしたら、私たちの悲しみや怒りを共有し、何を語ってくれるだろうか。

じつは新亞書院も崇基学院も、一九四九年に共産党から逃れるための亡命学校として設立されたものである。これら学校の学者たちは、大陸を離れて香港に来て、この地で平和に暮らし、借りた時間と空間の中で自由に学問を展開した。そして今日に至って、中大は世界的な大学となった。私たちが直面している挑戦は、学問に欠陥があるとか、研究に意味がないとかではなく、社会全体を侵食する全体主義の癌に侵されており、大学もその影響を免れないことである。権力、警察の横暴、偽善、嘘、盲従などの反人文精神的な要素が政府に蔓延し、結果として礼楽が崩壊し、香港の普遍的な価値である自由、開放性、民主、法治、人間の尊厳、平等などの普遍的な価値が危機に瀕しているのだ！

中大の精神はけっして忘れられない

中大のキャンパスが破壊されても、教授や学生が逮捕されても、二人の先生の銅像が破壊されても、二人が代表する大学の精神と良心は消滅しないし、消滅させることはできない。なぜならば、大学と良知を守ることは、ここ数日の我々の闘争で達成されたからであり、中大の精神は忘れないし、忘れられないからである。私たちは、中大の精神と良心が私たちの心の中に生きていることを知りながら、大学の隅々まで、そしてそこにあるすべてのものを守り続ける。

第二次世界大戦中、連合国はハイデルベルク大学を爆撃しなかったし、ナチスはオックスフォード・ケンブリッジを攻撃しなかった。しかし、今日の香港では多くの高等教育機関が暴力的に弾圧されており、人類の文化に恥をかかせている。私たちは、今日の文明に対する暴虐な行為を絶対に忘れない。

母校である中大を守るために、引き続き抵抗したいと思う。

二〇一九年一一月一三日

3　真理と自由

第二次世界大戦末期、フランスの哲学者ジャン＝ポール・サルトルが書いた短いエッセイ「沈黙の共和国」は非常に矛盾した考えで始まっている。

ドイツの占領下ほど、自由だったことはない。私たちは、すべての権利を失ってしまった。まず、ものを言う権利を失った。私たちは毎日、真っ向から侮辱され、しかも口をつぐまなければならなかった……そして、このすべてのおかげで、私たちは自由になった。[1]

なぜサルトルは、ナチスの支配下にあったフランス人がもっとも自由だったと書いたのか。人々の発言の自由がなくなり、出版が禁止され、いつでも逮捕され、銃殺されるかもしれないし、強制収容所に送還されるかもしれない。しかし、もし誰かが暴政に抵抗するために発言し、行動しようと決めたならば、その人は自分の良知と信念に従って行動しているのであり、自由な意志決定だからである。言論の自由が抑圧されているからこそ、あえて発言する人がもっとも価値ある存在となり、市民的自由が廃止され、すべての抵抗が違法となっているからこそ、抵抗が意味あるものとなり、すべての人間の尊厳が踏みにじられているからこそ、普遍的価値を肯定して全体主義に立ち向かうすべての人間が自由の重要性を示すのである。

誰もが自分の良心に責任を負っている。だからこそ、ナチスの弾圧下にあったフランス人は、自由の意味をもっともよく理解し、それゆえにもっとも自由だったのである。

知的権威を認めず、真実を求める

香港は、まだナチスの全体主義的支配の域には達していないようだ。とはいえ、政権が警察に頼って一般市民を弾圧しているか、ナチスの秘密警察に頼って反体制派を弾圧しているか、という程度の違いでしかない。警察は、上からの命令で、すべての抵抗を違法と見なし、デモをしている人々を暴徒として扱い、抵抗を社会秩序に対する犯罪とする。さらには警察によるすべての弾圧を権力によって合理化し、正当化している。市民の抵抗と警察の暴力、そして社会運動における因果関係について、多くの評論が発表されている。ここでは、真実と自由の密接な関係について問題提起したい。

真理と自由は、すべての大学の基礎である。学問の自由がなければ、真理の探究は不可能であり、真理が存在するという確信がなければ、学問の自由は方向性を失ってしまう。しかし重要なことは、真理は不変ではなく、これまでのすべての知識は、それが有効で確実であっても、暫定的なものであるということである。学術研究に終わりはなく、知識の探求にも終わりはなく、探求し、蓄積し、識別し、発展させるという長いプロセスを経ることで、初めて真理が明らかになるのである。

つまり、知識や理論は常に検証され、その検証を繰り返しおこなわれなければ、学術研究は真理に近づくことはできない。したがって、知的権威がないことが学問の自由の出発点となる。近代の科学革命は、神の権威や伝統的な知識に対する絶え間ない挑戦の結果であった。ニコラウス・コペルニクスの地動説は一〇〇〇年以上続いた天動説を覆し、人間の世界が宇宙の中心ではないことを立証した。ダーウィンが種の多様性を発見し、その根本原因を追求したことで、神が万物を創造したという考え方が揺らいだ。このような自由な発想がなければ、今日の大学の知識体系を構築することはできなかったであろう。

尊厳と自由を失った学者たち

大学の学術研究が特定の理論に基づいて展開され、すべての学術研究があらかじめ決められた結論に基づいておこなわれ、大学の授業が公式に承認された内容に基づいておこなわれ、どの研究課題を探求すべく、どの研究課題を探求してはいけないかが公式に決定されるのであれば、大学は自らの価値を失い、洗脳マシーンとなり、つまり死んだことになる。それは、ナチス支配下のドイツの大学教育でも、ソ連時代の共産党主導の大学でも、中国共産党支配下の大学でも同じである。学問の自由が抑圧されたのは、権力に認められた真実がすでに確立されており、変わることはなく、異議を唱える必要も価値もなかったからである。学問の自由がなければ、学問の尊厳というものも無意味である。

青年期に北京大学に在籍した労思光が、賀麟《がりん》教授[2]の指導を受けていた。賀麟は北京大学の教授であり、ドイツ哲学、特にヘーゲル研究の専門家であったが、一九四九年には南下せずに中国大陸に留まった。学問の人生が終わってしまい、価値のある学術書を書くことなく、翻訳しかできなかった。一九八〇年代に香港中文大学を訪れた際、賀麟教授に講義をしていただくことになったが、講義の前夜に賀麟教授は労先生に発表原稿を渡してチェックしてもらおうとした。

労先生は、中大では講義の内容を検閲することは一切なく、すべての学者の自由を尊重すると答えた。すると賀麟教授は、なぜ中文大学はこれほど自由なのか、トラブルを恐れないのかと言った。労先生は私にこう語った。彼のような哲学者は、共産党によって苦しめられ、尊厳と自由を失った。じつに悲しいことだ。彼よりも大変な学者たちがたくさんいるはずだ。中国哲学を研究した馮友蘭《ふうゆうらん》は、生き延びるために金持ちや権力者を賛美し、良心を埋没させた。

共産党の下で生きていくためには何もできないが、少なくとも「共犯者にはならない。加害者を助けず、阿諛追従《あゆついしょう》せず、旗振り役にはならない」[3]と先生に教わった。

私たちの市民的自由が権力の下で抑圧されているとしても、私たちは自分の良心に従って、自由を使って権力にノーと言うことができるはずだ。

北京では二〇一八年に、五年に一度の「世界哲学会議」が開催された。哲学界の一大イベントであり、各国から数千人の学者が参加した。香港中文大学の元哲学科主任であり教授の私は、中国共産党が誇るこの集まりに招待された。しかし、私は参加を辞退し、招待した者に「一九三六年のドイツ・ベルリンでのオリンピックに参加しますか」と返事したのである。

二〇一九年一二月七日

注

1　本書「第4章　3」を参照。

2　中国の近代哲学者（一九〇二－九二）。

3　不做幫兇、不助紂為虐、不阿諛奉承、不搖旗吶喊。

4　北京と北平

ベルリンで一九三六年におこなわれたオリンピックに、参加しない理由とは何か。オリンピックは、ナチスが世界の覇権を握っていることを示すためのイベントだからである。オリンピック精神は、自由、平和、正義を目指すものであるが、ナチスの全体主義はその反対であり、自由を抑圧し、反民主主義・ゲルマン民族優越論を掲げていた。そのため、ドイツがオリンピックを開催することは、オリンピック精神を愚弄するものにほかならない。それと同様に、自由はすべての哲学の基礎であり、思想の自由なくして哲学の構築は考えられない。世界哲学会議が、思想、言論、学問の真の自由を信じておらず、またこれらの真の自由を持っていない政権によって開催されることは、哲学そのものに対する侮辱である。したがって、二〇一八年の北京での世界哲学会議は、哲学の虚偽の確認である。私はなぜこれに参加しなければならないのか。

とはいえ、北京は進歩し、繁栄しているのではないか。国民の生活水準は何倍にもなっているのではないか。欧米のブランド物を購入できる北京のショッピングモールは、香港、ロンドン、東京、ニューヨークと同じではないか。北京大学や清華大学のキャンパスをはじめとする数多くの近代的な建築物が、北京の変化を証明している。何が不満なのか。

確かに、北京《ペキン》はもはや北平《ペイピン》ではない。しかし、外見は変わっても、本質は変わっていないのだ。私の恩師である労思光先生とは四〇年以上の付き合いになる。彼は私を責めたことはほとんどないが、ただ一度のみ、ある。

その理由は、私が先生に古巣の北京大学に戻るように手配したからである。

祖籍は湖南長沙にあり、西安で生まれ、北平で育った労先生は、よく老北平の大柵欄《ダーシーラン》、都一處《ドーイーチュ》、王府井《ワンフーチン》などの話を興味深く語ってくれた。長く離れていても、故郷を大切にしていることが伝わってきた。私は、先生と一緒に北京大学に戻って、ふたたび北京を訪れることができたらと考えていた。北京大学哲学科の一〇〇周年記念誌にも、労先生が北京大学の著名な卒業生であることが記載されている。彼が北京大学の哲学科で講義することを実現できたら、すばらしいことだと思っていた。

私が香港中文大学哲学科の主任だった頃、北京大学哲学科に労先生の北京大学への訪問について打診した。この訪問は主に学術的・文化的なもので、政府関係者との面会や公的な活動はせず、純粋にプライベートな訪問を提案した。当時の北京大学哲学科の主任は、労先生が母校に戻ってくることには大歓迎であり、要望に沿ってすべての手配をしてくれると快諾した。訪問がほぼ決まった段階に至った。

私はとても満足しており、訪問を楽しみにしていた。ワクワクしながら労先生に報告し、「喜んで、行かせてもらう」と言ってくださることを確信していた。しかし、それを聞いた彼は、何も言わずに去っていった。数日後、彼は私に会いに来て、「私が中国に戻るための条件はただ一つ、共産党が変わること、もしくは私が変わることだ。今、共産党は変わっていないし、私も変わっていない。この話題には二度と触れないでほしい」と冷たく言い放った。あのときの責める口調は、今でも記憶に残っている。

労思光

北平は近代の北京になったが、独裁政権は変わったのだろうか。

共産党支配下の中国は世界の経済大国となり、中国の人々はもはや貧しくはない。人々は経済的自由、消費の自由、旅行の自由、堕落の自由を持っている。だが、市民の権利や自由、思想の自由、学問の自由、出版の自由、集会の自由などはない。

一方、こういう意見もある。三〇〇〇年以上の中国の歴史かれ見れば、政治的自由、市民的自由、学問の自由は事実上、安定と繁栄を破壊する源だ。国民は、これらの自由を必要としないし、持つべきではない。安定と繁栄を保つことがすべてだ。現在、香港でおこなわれている社会運動は、香港の繁栄と安定を損ない、民主と自由のために闘うという軽薄で余計な行為だ。政府が整備した設備をすべて享受して、満足した豚になったほうがいいのではないか、と。

満足した豚になるための条件は、一つだけである。それは、自由と尊厳が肯定的な価値観でなくなることである。

労先生はリベラルな人文主義者だった。人文主義は人間の自律性を重視し、神仏に頼らず、すべての物事は人間自身が作り出すという考え方である。一人ひとりが人間の有限性と向き合わなければならないのである。

すべての政治的な抵抗運動の結果を知ることはできないが、成功しても失敗しても、私たちは自分の良心に従って何をするかを自由に選ぶことができる。そうすれば正義に基づいた価値のある人生を送ることができるはずである。

二〇一九年一二月八日

5 自由と教育

香港大学は、二〇世紀初頭に英領香港の植民地政府によってエリート官僚、そして医師・エンジニアなどの専門家を輩出するために設立された。文学部の設置は、初期に大学の上層部で検討されたが、当時のインドでの反乱の抗議者は大学の文学部から出ていたから、大学は文学部、特に哲学科を設置すべきではないなどの理由で、多数派に反対された。

なぜ支配者層は、知識人や哲学者を恐れたのか。知識人は、権力が真実であることを受け入れられないから。哲学者は、権力の源とその正当性について反省しなければならないからだ。正義は、支配者が決めた法律ではないし、それを権力者が決めることはできない。

自由――自律的行動の前提

人間が動物と違うのは、「なぜ」と質問できることである。ドイツの哲学者マルティン・ハイデガーによれば、私たちは本来の自分であることを自分で決めることができるという。つまり、自由意志があるからこそ、「自分であることか、自分でないことか」を決めることができる。自由は概念ではなく、私たちの自律的な行動の前提となるものである。

「和理非《ウォーレイフェー》」（平和理性非暴力派）であろうと、「勇武《ヨンモウ》」（武装デモ隊）であろうと、「深藍《サムナム》」（親政府派）であろうと、あるいは「民主派」であろうと「体制派」であろうと、あなたは何よりもまず一人の人間だ。もちろん、あなたは民主派か親政府派か、暴政に反対するか体制派を支持するかなど、さまざまな理由はあろう。いずれにせよ、抗議のデモ行進をする、勇気を持って暴力と戦う、警察の弾圧に賛成する、と決めた時点で、自由な決断をしたことになり、行くのも行かないのも自由である。

少なくとも香港では、抗議のデモ行進や公共の抵抗に対抗する愛国的な行動への参加を強制する人はいない（お金をもらって参加するのは別だが）。あなたは、行くか行かないかの選択をした。あなたの選択は、さまざまな状況やあなたの知識や感情に影響される。ここで知識が正しいかまちがっているかという話をするつもりはないが、いずれにしても、あなたは自分が自由であること、自分が何をしたいかを自由に決められることを知っているのだ。

半年間にわたって民主化運動がおこなわれ、数多くの催涙弾が飛び交い、警察による暴力的な取り締まりや理不尽な逮捕がおこなわれたにもかかわらず、二〇一九年一二月上旬の日曜日には八〇万人以上の人々が街頭に立ったのはなぜか。怒りや良知以外に、何が私たちを闘争に向かわせるのか。それは、私たちが自由人であり、自分の行動を自由に決めることができるからである。

高校のリベラル・スタディーズにおける解放の意味

ギリシャの哲学者アリストテレスは、二〇〇〇年以上前に教育の究極の目的は、私たちを自由な人間にし、良き市民にすることであると述べている。もちろん教育には方法があり、内容がある。それは、私たちを無知、孤独、狭量、愚昧から解放し、勉強と反省を通して、知識という共通した公の領域に導き、真の知識を通して、意識的に自由人になることができるのである。これがリベラル教育の本来の意味だ。リベラルとは「自由」だけではなく、「解放」も意味している。

香港の高校での「通識教育科《つうしききょういくか》」は、英語では「General Education」ではなく「Liberbal Studies」という。これはアリストテレスの原義から発展したものである。リベラル・スタディーズのカリキュラムを通じて、人生、社会、文化などを理解することができる。もちろん、リベラル・スタディーズだけでなく、人文科学、社会科学、自然科学も重要である。それらの知識があれば、世界について自由かつ主体的に考え、自分の状況を振り返ることができる。正義、法治、平等、誠実、民主主義などの普遍的な価値の意味を知り、専制、権力、独裁、偽善を批判することができるようになる。怒りと良知によって、我々は自分の意志で戦うのだ。

本物の教育

何百万人もの香港人がデモに参加したのは、私たちが教育を受けた市民だからである。私たちは豚小屋に住む豚でもなければ、洗脳され、命令に従順で、メディアの公式メッセージを受け入れ、自由を行使できないわけではない。私たちは、善悪を区別し、何が真実で何がまちがっているかを理解できる自由な市民である。

リベラル・スタディーズのカリキュラムが「高校の生徒に悪いことを教えてきた」という董建《とうけん》華《か》[1]の言葉があるが、「悪いことも教えた」ことこそが真の教育である。香港から「悪い」学生を排除したいのならば、当然、通識教育科を廃止し、さらにすべての教育を廃止し、くわえて大学教育を廃止し、思想局を設置し、奴隷的な規律を強制し、上司の命令に従い、単一の価値観を植え付けることである。こうすれば、香港には教育を受けた市民はいなくなり、香港は平和で豊かで安定したものになり、自由はもはや存在せず、民主や法治について語る必要もなくなるだろう。

しかし、知識人がいなくなり、教育を受けた自由人がいなくなり、善良な市民がいなくなったら、私たちが生きていける香港といえるのだろうか。

二〇一九年一二月一一日

注

1　元香港特別行政区行政長官。

6　自由と反抗

二〇一九年六月に勃発した反送中デモで、香港の人々は何を得たのか。暴力に対抗することは正義なのか。

ジョージ・オーウェルの『一九八四年』の最後の段落を読むたびに、私は悲しい気持ちになった。

でももう大丈夫だ。万事これでいいのだ。闘いは終わった。彼は自分に対して勝利を収めたのだ。彼は今、〈ビッグ・ブラザー〉を愛していた。[1]

同作品の主人公であるウィンストン・スミスは、絶対的な全体主義の政府に対して、愛と自由をもって戦った。だが、最後には権力に完全に押しつぶされてしまい、愛も自由も自分もなくなってしまう。拷問で人格が歪んでしまった彼は、価値を失い、ただ処刑を待っている状態になった。彼は抵抗しても無駄だとわかった。〈ビッグ・ブラザー〉を愛していた。

悲劇と歴史との違い

これはフィクションであるが、アリストテレスは『詩学』の中で、「悲劇と歴史の違いは、前者が起こりうる出来事であるのに対し、後者はすでに起こったことの記録である」と述べている。

ようするに、「可能性」は「現実性」よりも哲学的な意味を持っている。

哲学に精通したある若き学者が、ここ数カ月、香港の「暴徒」に深い怒りを感じ、さらに私の言動に反感を示した。

「張先生は誤解と理解不足の中で、無意味な争いをしているとしか思えません……私は中国共産党をよく理解しているとはいえませんが、中国共産党は先生が考えるような何十年も変わっていない邪悪な政権ではないと信じています。暴力的な抗議活動が必要なのか、私には理解できません。すでに人が亡くなっていて、本当に中国共産党に対する勝算はありますか。闘争の末、本当に民主と自由を手に入れることができるのでしょうか。本当に得られるものは何でしょうか」

共産党は、ビッグデータでみんなを監視している。『一九八四年』でビッグ・ブラザーがやっていたように、私たちをずっと見下ろしている。抵抗しても無駄なので、降参しよう。良い市民として、言われたとおりに行動しようか。

哲学——既成事実への反抗

恩師の労思光は、よく共産党を批判していた。『歴史の懲罰』という著作は、何回読んでも勉強になる本である。先輩の李怡《りい》[2]も、長年にわたる共産党の悪政への反省を書き綴っている。私は、共産党のことをお二人以上に知っているはずもないので、共産党を誤解しているかどうかは論じない。ここでは抵抗のあり方について述べたいと思う。

自由がすべての哲学の基礎であるならば、反抗の精神は哲学の表現である。

哲学のはじまりは、不思議さや驚きにある。なぜ世界はこのように存在するのか。なぜ生と死があるのか。私たちの人生の価値とは。道徳とは何か。正義とは何か。愛とは何か。これらの問いは、無数の一般人が軽薄で余計なことだと感じている問題ではあるが、哲学の主要なテーマでもある。ようするに、定められた「現実」に対する反発、あるいは「現実」をそのまま拒否することである。そして、「現実」の背後にある意味や価値、根源を求めていくのだ。

したがって、香港における現在の専制政治や権力、偽善的な言論や官製メディアを前にした場合、けっして現状に満足することなく、哲学的な反逆の精神をもって立ち向かわなければならない。私たちは言葉を封じられ、行動を禁止されるかもしれない。そこで抵抗せずに屈するのか。それで納得できるのか。

抵抗の過程が結果より意味がある

歴史上、数え切れないほどの抵抗者たちが暴君や権力に立ち向かい、抑圧され、服従してきたが、彼らはその運命を心の中で受け入れていたのだろうか。確かにローマ時代の奴隷たちの反乱は、ローマ帝国の強大な軍隊には勝てず、最終的にはすべて滅ぼされてしまった。だが、この奴隷たちが自分たちの力を知らず、不必要な犠牲を払っていたといえるだろうか。むしろ、彼らの反抗心や勇気、そして自分には立ち向かうことができないとわかっていたことに心を打たれる。勝者よりも敗者のほうが尊敬に値する。彼らは、絶望に終わるかもしれないにもかかわらず、心の中に希望を持っている。絶望も希望も、運命への反抗から生まれたものである。希望と絶望は、心人間であることの価値であり意味である。

オックスフォード大学で教鞭をとった社会学者ステイン・リンゲンの最新作『The Perfect Dictatorship: China in the 21st Century』（二〇一六年）では、中国共産党政権が、現存する最大かつもっとも完璧な支配型独裁政権であることを明らかにした。卵を以って石に投じていたら、負けるに決まっている。失敗して弾圧されることもあるかもしれない。しかし、自分たちの闘いは他人に煽られたものではなく、自由で自律的なものだったと胸を張って言おう。なぜなら、私たちは自覚している人間であり、権力に屈することはないからである。

哲学的反抗の目的は、現実の真実をよりよく理解することであり、抵抗の目的は、より公正で民主的で自由な社会を実現することだ。繰り返すが、目的を達成することよりも、抵抗する過程に意味がある。戦わないで降伏することは、豚になることである。

『一九八四年』の中で、ビッグ・ブラザーが信じさせようとした「戦争は平和なり、自由は隷従なり、無知は力なり」という最後の二行の真実味と緊急性を今ほど感じたことはなく、また我々の反省に値するものだといえよう。

二〇一九年一二月一五日

注

1 『一九八四年』[新訳版](ジョージ・オーウェル著、高橋和久訳/ハヤカワepi文庫、二〇〇九年)、四六三頁。

2 李怡は、香港の著名なジャーナリスト。『リンゴ日報』などで連載していた。

〈附録1〉読後感

大埔山人[1]

張先生が最近書いた四つの記事(「真理と自由」「北京と北平」「自由と教育」「自由と反抗」)を読了し、私はまるでタイムスリップしたかのような気分になり、この拙い読後感を書かずにはいられなかった。

まず、賀麟教授がこれほど長いあいだ、頭を下げなければならない屈辱を味わい、一生哲学的な研究を続けることができず、何十年もの混乱の中で翻訳しかできなかったことを思うと、彼がどれほど自分の人生を無駄にしたのかと考えざるをえなかった。そして、全体主義社会のあらゆる歪みの中で、賀麟が静かにいられたことは稀なことかと思った。

知識人は、幼い頃から「己達達人（己達せんと欲して人を達す）」「道済天下（道天下を救う）」「取義成仁（義を取り仁を成す）」などを勉強しているはずだが、結局これらのことをなかなか実践できない。才能があっても恵まれた仕事ができなければ、沈黙しながら達成感のない人生に甘んじてしまう。限られた時間の中で、多くの人は知らないふりをしたり、ファウスト的な態度をとったりして、折衷主義を選ぶ。

記事に取り上げられた馮友蘭《ふうゆうらん》を例として挙げると、彼が強制的に服従させられたのか、自ら降伏したのか、あるいは本当に政権を信じたのかは、彼にもわからないだろう。同じ苗字で政治家の馮道《ふうどう》（八八二－九五四）も同じような状況に置かれた。馮道は一人で窮地を脱し、契丹《きったん》の中原《ちゅうげん》侵略計画に終止符を打ったが、それに対して馮友蘭は「梁秀《りょうしゅう》」の名でとんでもないものを書いてしまった。馮友蘭は知識人だ。彼は今の私たちの多くに似ている。自分の命を犠牲にしてまで世界で輝こうとはせず、ただ賀麟と同じ道を歩みたかったのだ。それは悲しいことである。

次に、北京が北平に比べて劣っていたことが悲しい。清朝末期や中華民国はもっとひどく、混乱していた。もっとも野蛮な法律政策ともっとも賢明な法律政策、もっとも保守的な指導者ともっとも進歩的な指導者が権力を握っていたが、変化の中で、体制に反対するものも共存していた。清朝末期の六人の義士や中華民国の五四運動は、首都での思想の自由を手に入れた唯一の人々だった。そんな自由を手に入れられる人々が、今、どれだけいるのだろうか。

続いて、教育の方向性としては、ポジティブ、ゼロ、ネガティブの三つのことがいえる。これは、教育の内容ではなく、その起源の意味を指す。ポジティブな教育とは、単に学問的なことだけではなく、自由な発想を養うことだ。二〇一二年半ば以前、教師と生徒の学問の自由はおそらくゼロだった。もちろん、リベラルな考え方を養うためのカリキュラムはなかったが、政府が教師の育成に口を挟むことは（少なくとも一九六七年以降）なかったし、自由な情報と公民教育（民主の実践はほとんどなく、主に清掃運動）により、国民の偏狭さや道徳的な欠落を是正することは不可能ではなかったのである。二〇一九年の六月以降、いかに多くの人が覚醒したかがわかる。

二〇一二年半ば以降、教育の発展はゼロあるいはネガティブの議論に巻き込まれ、ネガティブの方向に進んでいるように見えた。ポジティブな面とは、二〇一二～一三年度の高等学校教育におけるリベラル・スタディーズの展開に関する研究のことである。まさに「自由な発想」の展開を意味する。ネガティブの側面も同時に始まっていて、早ければ二〇一二～一三年度に国民教育科目が導入される予定だったが、幸いにも最後の最後で若者たちの自己犠牲によって阻止できた。推進派の焦点は、集団的な違反行為にしかならない公式カリキュラムでいかに目標を達成するかではなく、情報の流れを制限してインフォーメーションを推進することで、旧ソ連のように人々が徐々にそれを受け入れ、日常的な習慣にしていくようにすることだった。

悲しいことに、ここまでやると、我々の街を形而上学的に最後まで破壊することにはならない。馮友蘭と一緒にいた人は何人いて、自分を納得させるのにどれだけの時間がかかったのであろうか。彼らは夜中によく眠れたのか。もし、あなた方が自分自身を無駄にしていないのであれば、あなた方は自分自身より偉大なものを無駄にしてはいないだろうか。平和に生きるためにはどうすればいいのかという問いに、自分で答えを出せる人は、どれくらいいるだろうか。

悲しい。悲しいことだ。すべてが通り過ぎた。時期はもう戻らない。笛吹きは、朝になると続々と集まって、川を渡ろうとした。

注

1 「大埔山人《タイポーサンヤン》」は仮名。なお、「大埔」は香港中文大学の近くにある街の地名である。

〈附録2〉『壹週刊』インタビュー

張燦輝：権力の下でもっとも自由である！

二〇一九年一一月に、香港中文大学と香港理工大学が警察に包囲され、激しい弾圧を受けた。これらの光景は、一九八九年六月四日の天安門広場の悪夢のように恐ろしいものだった。七〇歳を迎えた中大元教授の張燦輝は学生たちを支援しており、弁護士の妻も同大学の出身者だった。中文大学事件の二日目の夜に、張と奥さんが数十人分の弁当を作り、車でキャンパスに持っていった。

五年前、友人の陳建民《ちんけんみん》と一緒に、張は幹線道路での市民的不服従のための占拠に参加した。当時の雨傘運動の占拠現場でカップヌードルを配ったり、写真で記録したりしていた。

張は一九七〇年代に香港中文大学の哲学科に入り、中国からの亡命者である哲学者の唐君毅、銭穆《せんぼく》、労思光などに師事した。彼は、第二次世界大戦中のフランスの有名な哲学者、ジャン＝ポール・サルトルの言葉、すなわち「人間は権力の下でもっとも自由である」という言葉で香港の壮大な運動を解釈しようとした。

取材当日、中文大学のキャンパスは再開されたばかりで、タクシーが新亜書院から崇基学院に向かう際、催涙ガスの煙の匂いはすでになくなっていた。だが、道路沿いには建物の外壁などに書かれた抗議のメッセージがあり、静かなキャンパスには消えない痕跡が残っていた。四〇年以上ここにいた張はこう語った。

私が中大に入学したのは一九七〇年で、当時は馬料水《まりょうすい》には数軒の家しかありませんでしたが、今ではたくさんの建物があります。私はここで成長し、ここに特別な感情を持っています。

夫婦で中大に弁当を送る

二〇一九年一一月一二日、大勢の暴動鎮圧警察が中大のキャンパスに突入した。テレビの生中継を見ながら、不安と怒りがこみ上げてきた。その夜、張は崇基学院のキャンパスで「大学を守り、良心を守る」と題した講演をおこない、学生や同僚と一緒に現状を考えようとした。

最終的には、交通渋滞でキャンパスへのアクセスができなくなり、中止となった。しかし、キャンパスにいる友人たちとは連絡を取り合っていた。翌日、学生やデモ参加者のための食料が不足し、食堂が閉鎖されたことをニュースで知ったことから、弁当を大学に持っていくことにした。

妻が大勢のためご飯を手早く作ってくれたのですが、美味しかったです。麻婆豆腐、栗入り豚バラ肉の煮込み、手羽先の醬油煮込みなどです。三台の電気炊飯器で六〇人分くらいの白飯を炊きました。

当時はまだ通行止めのため、車がキャンパスに入ることができず、麗坪路《れいへいろう》ロータリーでデモ隊に弁当を渡しました。

私たちは引き返して麗坪路に行きましたが、ロータリーではたくさんの人が物資を集めていました。母校がやられているのを見て怒りを感じ、深く考えることよりも、多くの人が「何かできることはないか」と立ち上がったのです。

物資の配送は、張燦輝夫妻にとって目新しいことではない。五年前の（雨傘運動の）占領現場にも、カップヌードルやサンドウィッチを配った。奥さんの弁護士事務室がプリンスビルにあったので、そこから大きな魔法瓶を何個も持ち出してお湯を運び、その場でカップヌードルを作った。また、彼は占領中の街並みを撮影し、後にユートピア思想や雨傘運動に関する記事や写真をまとめて『異域《いいき》』という写真集を出版した。沙田《シャーティン》にある彼の自宅には、世界各地を旅して、構図や雰囲気を重視して撮影された写真がたくさん飾られている。そのうちの一枚は、三〇年前に天安門広場で撮ったものだ。しかし、彼は二度と中国本土に足を踏み入れないと言っている。

労思光先生に影響を受けて

「もう中国には一歩も踏み入りません。もし中国共産党がイコール中国だというならば、私は中国人とは自認せず、香港人だと言うでしょう」と張は断言している。

中国は風光明媚で、もう一度行ってみたい気持ちはもちろんあります。でも、私の恩師は、一九四九年に中国本土から(台湾経由)香港に渡って以来、一度も中国に戻っていません。

彼がもっとも尊敬している先生は、中国の有名な思想家で、中文大学哲学科の元教授の労思光である。中文大学の他にも、台湾のさまざまな大学で哲学を教えていた時期があり、両地の多くの学生に対する思想の成長に影響を与えた。

香港中文大学時代に労思光から大きな影響を受け、彼との関係は四〇年以上にも及びます。

それで、未圓湖にある労思光銅像を企画したのです。

労思光の銅像は、彼の九〇歳の誕生日と五回目の命日を記念して二〇一七年に建立された。香港中文大学の人物銅像としては、李卓敏《りたくびん》、孫文《そんぶん》、唐君毅《とうくんき》、高錕《こうこん》に次ぐ五番目のものである。張燦輝は、「銅像の建立過程は困難に満ちており、完成は容易ではなかった」と語っている。

労先生の教えは忘れられないという。

共産党を信用できないと考えた労思光先生は、一九六〇年代に『歴史の懲罰』を書き、その後も香港の将来について多くの本を書きましたが、いずれの内容も残念ながら的中してしまいました。

労思光や新亜書院の創設者である唐君毅、銭穆、牟宗三《ぼうそうさん》などは、中国共産党政権による迫害を恐れて香港にへ亡命した。

彼らは独裁政権を受け入れられず、中国文化との大きな矛盾を感じました。中国の人文精神を再構築し、新しいアジアを築くことを願って香港に出発します。そして、桂林街や農圃道にあった新亜書院が、やがて香港中文大学になりました。

先生と学生との親しい関係について張はこう語っている。

中文大学は他の大学とは異なり、一種の亡命大学として設立されたこともあり、先生と学生の関係はとても密接でした。先生の家に行って食事をしたり、夜通し話をしたり、一緒に映画を見に行ったりしていました。

香港は死んだ　原因は専制政治だ

最近、このような先生と学生との関係は少なくなった。だからこそ、香港での自由な時間と、この借りた時間と空間でできること（教育、研究、写真、その他の趣味など）をいつも大切にしている。しかし、そのような空間がだんだん少なくなってきていることを感じている。妻は弁護士であり、弁護士会は反送中運動の時に何度も政府に改正案の問題点を示したが、無視された。

弁護士会の方々と学者たちは数え切れないほど進言しましたが、そうしたアドバイスは香港のトップに君臨する林鄭月娥にとって無意味なことにほかなりません。当時の私たちは、平和・理性・非暴力を主張する私たちは、「香港を救う方法はない」「香港は死んでしまった」と感じていました。

だからこそ張燦輝は、若者たちが路上で何カ月も抗議活動を続けていることに理解を示している。

今、デモ隊が路上で体験している暴力は結果です。原因を見ずに結果を非難することはできません。原因は、憲法違反の暴力、警察の暴力。それが元凶です。

すべての暴力を非難するならば、孫文や第二次世界大戦中の反ナチスゲリラも非難しろ！

今回の抵抗運動は、階級を問わず、多くの人が勇武（武力行使を容認するデモ隊）に参加しました。名門大学の成績優秀者や富裕な家庭の出身者など、参加するはずのない人々が、黒い服を着て街へ出たのを知っています。ある成功したビジネスマンがいて、彼には妻と子どもがいたのに、夜になると外に出てデモに参加していました。催涙ガスを吸い過ぎて、目が赤くなっている人を見たことがあります。

五年前の市民的不服従の失敗と、今年の反送中運動が開始されたときの政府の無関心を受けて、張燦輝は香港が本当に死んでしまったと思った。だが、デモ隊が立法院に突入して「時代革命だ」と叫んだのを見て、また希望を感じたという。

この政府は、多くの人々を抵抗勢力として結束させています。学生が暴力的だと言っても、事実は政府が言っていることとはまったく逆です。

学生達が勇武派と共にいる理由は簡単です。ある一一歳の子どもが荃湾《チュンワン》のデモ現場でインタビューを受け、こう言いました。「みんな怒っていて、良心があるからだ！」

また、張は次のことを思い出した。

私は多くのデモ行進に参加しました。白髪族の私ですから、先頭には立てません。ある学生からは、「張先生、速く走れなかったら、前に行かなくていいです」と言われました。私は、催涙ガスの匂いをかいだことがあります。あの匂いをかいだことがなければ、香港人ではありませんよ。

自由は戦わなければならない――実存的選択

家にはたくさんの本があり、最近ではフランスの哲学者で実存主義者のジャン＝ポール・サルトルの作品を再読したり、第二次世界大戦中に書かれた記事を見つけて、香港の現状を深く感じたりした。

一九四四年にアメリカの『The Altantic』誌に発表された短いエッセイです。冒頭には、「ドイツの占領下ほど、自由だったことはない」と書かれています。

一見、矛盾している話のように思えるが、これが哲学的な自由だと張は説明した。

サルトルは、自由とは戦うべきものだと言いました。自分が何かを発言したり、何かをしたりすることが許されないとわかったとき、自分の個人的な尊厳や独立した人格を肯定するためには、抵抗しなければなりません。この戦い（ドイツの侵攻に対するフランスの反撃）は民主的なものだ、とサルトルは言いました。なぜなら、軍人であれ、パルチザンであれ、普通の市民であれ、全員がこの考えを共有したからです。

外に出なくても、食べ物を届けなくても、デモをしなくても、行進しなくても、投票しなくてもいい。すべては実存的な選択です。選択をするとき、それは言われたからでもなく、お金をもらったからでもなく、自分の良知がそれを正しいと思うからです。

正義は説かれるべきではなく、正義であることを実行することです。良知は説かれるべきではなく、良心であることを実行することです。

区議会（地方議会選挙）の夜、彼はあまり眠らなかった。民主派が勝利したのを確認すると、二杯のウイスキーで祝杯をあげた。

この政権の前では無力だと感じるかもしれませんが、私たちには自分の意見を表明するもっとも限られた空間があります。それが選挙です。

国家権力の下で夜空を見上げることを誰が禁じることができるか

張夫妻は、一九九七年以前から英国での居住権を持っており、英国内に不動産を持ち、子どもたちはそれぞれの家庭を築いている。

私たちの能力があれば、イギリスでもアメリカでも、好きなところに行って、家を持って、静かで美しい環境を楽しむことができます。イギリスではブレグジット（EU離脱）の話をすることができますが、それは自分とは関係のないことです。しかし、今回の選挙は違います。すべての香港人に関わった選挙です。

香港が恋しい。特に好きなのは、人と食べ物だという。

あんなに美味しい牛バラ麵とワンタン麵が食べられるところは他にないでしょう。香港ならではの街の喧騒や、人と人との親密な関係。それらは私の子ども時代の思い出です。もちろん、強い鎮圧が来ていて、ある日突然、みんなが声を抑えなければならなくなるでしょうが、声を完全に抑えることはできません。

ガリレオが破門されたとき、ローマ教皇に言った言葉は、人類史上もっとも感動的なもののひとつです。

「私が話すこと、私の本をすべて燃やすこと、誰かに話すこと、何かをすることを禁じることはできても、私が夜に星を見ることを禁じることはできません」、と。

二〇一九年一二月一一日

〈附録3〉『明週文化』インタビュー

真実も自由も愛する：張燦輝、生死を語る

二〇一九年六月一五日は曇りの日だった。昼休みにアドミラルティにあるＣＩＴＩＣタワーの歩道橋の前を歩いていたら、パシフィック・プレイスに黄色い服を着た人物がいて、その横に白い横断幕があるのがちらっと見えた。だが、横断幕に何が書かれているのかはっきりとはわからなかった。金鐘道（Queensway）が普段通りに混雑していて、消防隊員もまたいつものように彼の飛び降り自殺を制止できるだろうと思った。夕方、彼の死を知ったとき、私はしばらく路上で言葉を失った。

しばらくの間、多くの香港人と同様に、私も彼のバナーに書かれた遺言を読んだ。そして、その後の数カ月で、さらに多くの命が失われたことに悲しみを覚えた。

この九カ月間、香港人は「死」に対して、かつてないほど直面していた。いくつかの死が世間

を騒がせ、「民不畏死」[1]という主張がなされた。会ったことのない人の死を悼むことは社会現象になっている。だが、私たちは死について語り、正しく理解することがまだできていない。

死を避けることはできません。この世界では、生と死、あるいは生、老、病、死というのは、もっとも自然なことなのです。

三月中旬のある日は、天気がどんよりとしており、雨もしとしとと降っていて、死について話すのに適した日だった。そしてその日、香港中文大学哲学科の元教授の張燦輝が、私の「死」に関する問いにこう答えてくれた。彼自身、人生の半分を費やして、その答えを探していた問いでもある。

悟死共生

香港中文大学で二〇年以上教鞭をとってきた張燦輝は、香港の大学教育において「死の哲学」を教えた先駆者である。二〇一二年におこなった最終講義「死の哲学」や他の論文をまとめた『悟死共生：死の哲学的考察』は、二〇一九年七月に刊行された。この本では、古代ギリシャのプラトンやキリストから、中国の伝統的な儒教・道教の死生観まで、またマルティン・ハイデガーやジャン＝ポール・サルトルから、自殺や安楽死、死後の世界といった現代の問題まで論じられている。

張燦輝は「死」をテーマにしたいくつかの本を執筆してきた。そして、『悟死共生』を刊行したのは、ちょうど香港で社会的に衝撃的な自殺者が続出している時期でもあった。

死は私たちの日常生活にもよく見られることだ。食卓の肉。感染症で亡くなった人の命。私たちの日常生活には死があふれている。しかし、多くの人が死を怖がり、死について語ろうとしない。これは、人々の「死への恐怖」と「現世への執着」、そして「未だ生を知らず、焉くんぞ死を知らん」という儒教的な考え方を反映したものである。

しかし、ドイツの哲学者ハイデガーに影響を受けた張燦輝が指摘するように、「死は生の外にあるのではなく、生の中にある。人はなぜ死ぬのか。それは、がんや心臓病ではなく、生まれつきのものが原因なのだ。死の理由はただ一つ、それは生である。私たちは、あらゆる瞬間に死ぬ可能性があることを知っている。」彼が使うメッセージツールであるWhatsAppのステータスメッセージは、ラテン語のMemento mori、すなわち「死を忘れることなかれ」という意味である。

命は儚《はかな》く、死は不意に訪れる。被投（世界の中に投げ込まれているという事実）というかたちで生を受けた私たちにとって、生にはどんな喜びがあり、死にはどんな苦しみがあるのだろうか。死と向き合うことで初めて、人生を振り返ることができるとした上で、張燦輝はこう語る。

死と向き合うことのもっとも重要な意味は、まず自分がどのような世界に生まれたのか、自分が生きる意味は何なのか、これまでの人生で自分らしくいられたかどうかを問うことです。

絶望の中に希望を見出す

張燦輝は、『悟死共生』の中で自殺を否定している。彼の立場は、自殺志願者は自殺することで問題を解決したいと願っているが、結局、その希望は自殺によって打ち砕かれ、幻想となってしまう、というものだ。自殺は、最終的には問題を解決する能力を肯定しつつ、自分の能力を破壊するという自滅的な行為である。「自殺はまちがいなく、辛い事実を永遠の現実に凝縮したものであり、望ましい問題を解決するものではない」と張燦輝は書いている。

しかし、同書が出版されたのは二〇一九年七月。上梓した同年六月の段階では、同年の後半に香港で発生した自殺について、張燦輝は想定していなかった。彼が同書の中で主張していることは、自己の問題から逃れたほとんどの自殺者に当てはまる。だが、体制側に訴えられた一連の自殺者に対しては、別の解が可能である。つまり、生と死を人間世界の文脈の中に置けば、人間の存在は個人的なものであるだけでなく、他者に関するものでもあることが理解できるという。

張燦輝はフランスの社会学者エミール・デュルケムの『自殺論』を引用し、「利他的な自殺」についての議論を続けている。このようなタイプの自殺者は、常に「殉教者」として認識される。自分の死が一定の効果や意味をもたらすと信じて、意識的に死と向き合う。人生に価値がないと思って自殺するのではなく、人生の価値を肯定し、生前にできなかったことを死によって実現しようとするのが「利他的な自殺」をする人たちである。ベトナム戦争のときに、焼身という、もっとも苦しい方法で自殺した僧侶たちのように。

彼らの死は、僧侶や人々の集団全体による、政権への抗議を意味することを、世界に向けて発信しているのです。

犠牲者が出るのはつらいことです。そして、状況によってそうせざるを得ないのは、とても悲しいことでもあります。

張燦輝の思いは、この数カ月間に香港で起きたような、人々の怒りを揺り起こす一見不可解な壁によって、余儀なく人生を終わらせることになった犠牲者たちにある。

（自殺者は）自分の人生に希望がないと言いましたが、絶望の中にある希望という、より大きなインパクトを与えることができる、そんな行動を起こしました。……彼らの死は、絶望の中にある希望を私たちに確認させるとともに、生命の価値を確認させる、と私は考えています。

そう彼が話すと、中大の山から鳥の鳴き声の合唱が聞こえてきて、春の霧の中、活気が出てきた。

死が人生を変えるという大きな疑問

張燦輝の「死の哲学」に関する研究の原点もまた、死であった。若い頃の彼は、一九六〇年代の憂鬱な時代を経験した。苦しい生活を支えるため、両親は必死に働いていた。そんな中、彼は実存主義の本を読み、「なぜ自殺しないのか」「この世に生きることには、どんな意味があるのか」というカミュが指摘した哲学の問題を考えた。

結局、張燦輝は自殺したわけではない。しかし、目の前で死を目撃したことがある。中学六年生のとき、女性が二階建てバスに轢《ひ》かれて即死するのを見た。

大学に入学したあと、父が車両進入禁止の道でミニバスに轢かれて亡くなった。父の死によって、私は世界観や人生観を再定義せざるをえなくなりました。

突然起きた肉親の不条理な死に大きな疑問を抱いた彼は、生と死について考えるために、香港大学の建築学科から香港中文大学の哲学科への転校を決意した。

中文大学は、張燦輝の人生が始まった場所であり、アイデンティティが育まれた場所でもある。一九七〇年に入学し、学士号と修士号を取得したあと、ドイツで博士号を取った。その後、中文大学に戻り、哲学科の主任や一般教育センターのセンター長として、二〇年以上にわたって教鞭をとった。

労先生の教えを胸に

中文大学で哲学者の労思光先生と出会った張は、労先生の指導を受けた最初の大学院生（修士課程）であり、労先生の家をたずねて講義を聞く「入室弟子」の一人でもあった。張が退職した二〇一二年に、労はこの世を去った。二〇一七年には、同じく労思光先生の教え子である哲学仲間の闞子尹《かんしいん》とともに、中文大学崇基学院未圓湖のそばに恩師の銅像を建立した。

建立当日に、一九七〇年代に中大を卒業した学生たちと一緒に銅像を見に行き、銅像に近づいて労先生の生涯について、「先生は生涯にわたって共産主義に反対した『公共の知識人』」と張は説明した。中大哲学科オリジナルのウィンドブレーカーを着た彼は、誇らしげだった。

二〇一九年一一月中旬、中大で警察と一般市民が激しく衝突したあと、張燦輝は、自分が長年勤めてきた大学が戦場に堕ち、荒廃しているのを見て、深く悲しんだ。そんな中でも、恩師の労思光先生の「共犯者にはならない、加害者を助けず、阿諛追従せず、旗振り役にはならない」という言葉を忘れない。

張は、先人の教えを守ってきた。

私のリーダーシップの下、大学はほとんど圧迫を受けませんでした。二〇一二年に退職するまで何年も中大で働いていましたが、いまでも中大は学問の自由と思想の自由があるところだと思っています。何を言ったり書いたりしていいか、誰にも聞かなくていいです。条件はただ一つ、アカデミック・スタンダードに従うことです。

また、古代ギリシャの哲学者プラトンの愛弟子であるアリストテレスの言葉、つまり「私はわが師を愛しているが、真理をもっと愛している」という言葉を引用し、権威あるものであろうとなかろうと、先人たちを常に批判しながら真実に近づくことが、学問の意味であることを説いた。

少し前に、ある学者が新聞に物議を醸すようなコメントを書いたが、翌日には「政治に関わりたくない」という理由で撤回してしまった。[2]

労先生がかつて言っているように、暴政や共産党に対する彼の見解は正しいものです。だんだん自由が徐々に圧縮され、もっと自己検閲をしなければならないことはわかっているとのことです。

ようするに、「知識人やインテリは、こういうこと（自由を奪うこと）にどう向き合うべきか」を考え続けなければならない。張は、すべての人に声を上げることを強制しているわけではないが、「問題があることを知っていながら声を上げず、阿諛追従する人、あるいは旗を振る人には反感を覚えました」と言う。

一九四九年生まれの張は七〇歳。中華人民共和国が建国されたのは、彼が生まれる一カ月半前である。彼は、自分が生きているあいだに、中国や香港が民主主義や自由に向かって変化することはないだろうと悲観している。そして、師匠の労先生に倣って、「一生、羅湖《ローウー》の北に足を踏み入れない。つまり中国本土に行きません。自由のない場所には行きたくないです」と決めている。

真理も自由も愛する

張燦輝は、恩師を愛し、真理と自由を愛している。退職して何年も経つ彼は、自由な時間には人生の偉大な問題を探求することを楽しんでいる。同時に、年齢を重ねて身体能力が低下するにつれ、自分にとって死はもはや学術的な問題ではなく、現実的な問題であることを実感している。

しかし、彼はすでに生と死に寛容で、「正直言って、明日死んでも構いません」と言う。もちろん、死んでもいいということは、死にたいという意味ではない。「まだチャンスがあるうちには、すぐに死にたくはない」。死をあまり深刻に考えない、それが死を考える老人としての彼の、今の姿勢である。

張と彼の家族は、死について語ることを恥ずかしがらない。何年も前に娘から「死ぬまでにお父さんが持っているすべての本を読めますように」と言われ、笑っていた。彼は膨大な量の本を持っていて、週に一冊読んだとしてもすべて読むのに二〇〜三〇年かかるからだ。ようするに、彼の「一〇〇歳まで生きる」ことを願って、娘はそんな言葉を彼に伝えたのであった。七〇代となった自分が、娘が言うようにあと二〇〜三〇年生きられるとしたら、もちろんうれしいことだ。でも、死は避けられないし、どうすることもできないことを彼は知っている。

彼は、死後の世界に期待しているのではなく、むしろ希望を持ち続けている。父の亡骸の前でこう誓った。

人生のすべてを肯定します。完璧な答えはないかもしれないが、疑問を持って生きようとしました。同時に、死を悟ることによってこそ、共に生きることができることを肯定します。生命の価値は、死を前にして初めて理解できるものです。

二〇二〇年四月三日

注

1　出典「民、死を畏れざれば、奈何ぞ死を以ってこれを懼れしめん。」（『老子』第七十四章）

2　「第二章　2　良知を問う」を参照。

第2章　真理の危機

1　人間になる

デモが止まったからといって、市民の怒りが抑えられるわけではない。共産党の体制下の生活では何もできないが、少なくとも共犯者にはならない、加害者を助けず、阿諛追従しない。しかし、あきらめるのはまだ早い。反送中運動の種は植えられ、いつかはさらに大きな運動になるだろう。壁は高いが、やはり卵をたくさん投げることには意味がある。[1] みんなが覚醒し、この運動に意識的に参加すれば、歴史の変革に参加できるはずである。

亡命中の中国知識人が中文大学を創立

二〇一九年一一月一二日に香港中文大学で警察による暴力的な取り締まりがおこなわれ、私は悲しんでいた。人生の大半を中文大学で過ごした私は、中文大学の学生をはじめ、中文大学の一草一木に愛情を持っている。

香港中文大学は、一九六三年に崇基学院、新亜書院、聯合書院という三つのカレッジが統合して設立された。特に崇基と新亜は、重要な位置を占めている。崇基はかつて中国に一〇校以上のキリスト教大学を運営していたが、中国共産党が政権を取ったあと、そこにいた学者たちは教育活動を継続するために香港にやってきた。また、他の中国の知識人も、中国を離れて香港に亡命し、新亞で学問的な営みを再開した。

新亞の創始者たち、特に香港中文大学哲学科の唐君毅《とうくんき》先生が私たちに大きな影響を与えてくれた。私は、唐先生に直接教わったことがある。また、崇基に所属した労思光先生にも指導を受けた。一九五五年に台湾から着任した以来、中文大学の非常に重要な教員になり、中国哲学史を書き、共産党や国民党を批判した知識人としての性格など、労先生から学んだことはたくさんあった。

新亞を開拓した知識人たちは、中国大陸全体が衰退したと感じ、中国文化の何が悪かったのかを反省しなければならない、と主張した。また、香港で中国文化の位置づけをどうやって肯定するのか。新亞の学者たちは、アジアの文化を反省しながら多くの著作を書いた。

政治に参加する市民の権利

二〇一九年一一月一二日に起こったことは、香港中文大学の友人や卒業生のみなさんにとって、非常に心が痛み、生々しい出来事だった。大学は、学問・思想・言論の自由の場であり、私たち教師と学生が共に人生や世界について考える場でもある。あの日、二〇〇〇本の催涙弾とゴム弾を撃った警察の攻撃は考えられないことであり、悲しいことでもあった。

その日の夜に中文大学に向かっているとき、私は高揚していた。今回の事件はどのようにして起こったのか。この抗議活動は二〇一九年に始まったものではなく、二〇一四年にすでに始まっていた雨傘運動から継続したものだ。アドミラルティ（香港の地名）での七九日間の占拠活動は、強制撤去に終わった。占拠運動は失敗し、役に立たないと思われているようだが、重要な覚醒だったと私は考えている。

どのような覚醒かというと、デモ参加者をはじめとする平和主義者である香港のほとんどの人は、どれだけ平和的手段を使って政府に抵抗しても無駄であることを知った。長年にわたり、私たちは数え切れないほどの共同請願書に署名し、新聞の一面に声明文を掲載するために多くのお金も払ってきた。だが、それは無駄なことであった。強大な権力を持つ香港政府は、私たちを無視してきた。政府は、私たちの人権と自由の保護について多くを語っている。にもかかわらず、それらが実行されたことはない。このままでは、私たち香港人や次の世代にどんな未来が待っているのだろうか。

開かれた中国の夢は打ち砕かれた

敬愛する恩師、沈宣仁《しんせんじん》は、かつて私にこう言った。「覚えておいてほしい、君は一九四九年に生まれた。君の世代は、過去三〇〇〇年間の中国の歴史の中で、もっとも幸福で、もっとも自由で、もっともチャンスがある世代だ」と。中国本土や台湾の友人たちが、政治闘争と「白い恐怖」[2]を同時に経験したのとは対照的に、香港の人々は何の困難もなくそれらの問題を回避することができた。

残念ながら、イギリス政府は香港人に民主を与えなかった。私たちは民主主義、公民権、政治参加の権利と自由を求めて、あらゆる努力をしてきた。香港の民主化は歴史的な問題である。第二次世界大戦後、イギリスは世界の植民地から徐々に撤退した。よって、香港には自由と法治はあっても、民主主義がなかった。とはいえ、私たちの世代は自由と法治の恩恵を感じていた。

子どもの頃、香港と中国の国境検問所がある落馬洲《ロックマージャウ》に行って、自由主義の世界から共産主義が垣間見えたことを覚えている。そして、一九八〇年代、中国が改革開放されると、すべてが変わった。まるでルネッサンス期のように、中国では若者や知識人のあいだで新しいものが生まれているように見えた。当時、北京大学に友人がいて、彼が「何を書いているのか、何を考えているのか」を注視していた。その当時、「ああ、中国には未来がある！」と私は思っていた。一九八〇年代に中国とイギリスが香港の将来について合意したとき、前よりも進歩した中国を感じた。中国の改革開放は、経済だけではなく、政治にも求められていた。

消費だけの経済発展と堕落した自由

しかし、一九八九年の天安門事件でその希望は完全に打ち砕かれ、大きな悲しみを味わうことになった。台湾から帰国して八三年と八四年に香港で仕事をし、九一年には母校の香港中文大学に戻って教鞭をとった私は、八九年以前と以後のすべての変化を経験していた。

八九年以降、世界と中国の関係について少しずつ理解を深めていた。中国の経済は表面的には軌道に乗っているようだが、中国共産党はいまだにアメリカを最大の敵と考えている。キッシンジャーやニクソンのようなリベラル派は、中国が台湾と同じように発展することを望んでいた。

国の経済が軌道に乗り、国民がお金を持てば徐々に変化し、自由と民主主義への道を歩み始めると考えていた。

しかし、もう一度言う。私たちはまちがっていた。GDPで中国は世界第二位の経済大国になった。だが、国民は何を持っているのだろうか。消費の自由か、堕落の自由か。もっとも重要な市民的自由、本当の意味での思想の自由は、中国には全く存在しないのだ。

報道・教育・法律が、すでに党のため

西洋の世界、あるいは自由な世界では、市民社会には教育、報道、法律という三本の重要な柱がある。中国本土では、この三本柱は明らかに党に奉仕している。そんな中で、言論の自由があるのか。本当の意味での法治ができるのか。教育の本当の意味は、次の世代に自分で考える力を身につけてもらうことだ。全体主義国家である中国の国民が、自主的な考えを保つことなどできるのだろうか。

もちろん、羅湖橋《ローウーブリッジ》の南にある香港では、一国二制度によって自分の考え方や行動、生き方が守られていると信じてきた。だが、実際には香港での生活が大きく変化していることに、香港人は少しずつ気づいている。

暴力は原因ではなく結果である

雨傘運動のあいだ、私たちは中国への期待が希望的観測に過ぎないことに気づいた。中国本土

が開放されれば、香港にもようやく真の民主、自由、法治がもたらされると考えていた。あれから、私たちの友人である占拠提唱者の九人は全員逮捕された。共産党はあらゆる方法で私たちを打圧し、大学の知識人を黙らせた結果、怒りが爆発した。二〇一九年四月二八日に、私は反送中運動のデモ行進に参加したが、その数は一〇万人、あるいは二〇万人とも言われていた。私たちはあらゆる方法で抗議したが、政府は私たちを無視した。それでも、知識人として発言する権利はある。発言する権利を使わなければ、さらに悲惨な状況になる。

二〇一九年五月から八月にかけて、私はしばらく香港を離れ、ドイツとフランスを旅していた。香港を気遣う友人たちとニュースを見ながら、一〇〇万人のデモ行進、続いて二〇〇万人のデモ行進、そして七月一日の立法会占拠を見た。まさか香港でこんなことが起きるとは思ってもいなかった。親「勇武派」[3]がデモに参加することによって、政府が「暴力」の証拠を見つけて喜んでいた。政府の人々は勇武派を「暴徒」だと非難していた。しかし、「暴徒はいない 暴政あるのみ」のではないか。もちろん暴力はいけないし、違法であることは百も承知だ。とはいえ、勇武派はどこから来たのだろうか。

一〇〇年以上前、光緒帝《こうちょてい》に革新を実行させようとした康有為《こうゆうい》や梁啓超《りょうけいちょう》などの非暴力的な知識人がいたが、後に孫文という最初にしてもっとも重要な勇武派が現れた。前世紀の革命の歴史では、ナチスの下、それに抗うフランスのパルチザンもかなり暴力的だった。つまり、暴力は結果であって、原因ではない。

私の友人は、学生だけでなくホワイトカラーの人も多く、昼間はきちんとした服を着て穏やかに仕事をしていた。他方、夜は完全武装をしていた。なぜ彼らがそうしなければならなかったのか。なぜ香港人はそのような行動をとっていたのか。それは、彼らの政府に対する怒りと、現状を変えなければならないという良心を持っていたからだ！

歴史は人間が創造したもの

学生の頃、全体主義や反ユートピアをテーマにした小説や映画をよく見ていた。たとえば、ジョージ・オーウェルの『一九八四年』を読んだが、これは過去の話だと思っていた。中文大学の先生たちは共産党を批判したのも、それは歴史だと思っていたからだ。チェコのヴァーツラフ・ハヴェルが「無力な者の力」について語ったり、ジャン＝ポール・サルトルが「なぜフランス人は自由を求めているのか」について語ったりしていたが、それらの思想は過去のものだと思っていた。しかし、すべては目の前にあった。

私たち香港人は、これまで享受してきた自由と法治が徐々に縮小していることを知っている。だから、もう豚になることを望んでいない。私たちが自由と放置への意志を持たなければ、一体誰が助けてくれるというのだろう。歴史は人が作るものであり、その歴史は人が行動を起こせば少しずつ変化していくものだと私は信じている。人々が覚醒し、運動に参加したとき、彼らはすでに歴史の変化に参加しているのだと言える。

二〇一九年の反送中運動の際には、老子の「上善如水《じょうぜんみずのごとし》」あるいはブルース・リーの「水になれ」という柔軟な戦略あるいはスローガンが用いられた。知識人が記事を書いたり、外国でスピーチをしたりと、さまざまなレベルに香港の多くの人が浸透し、戦っていた。林鄭月娥・行政長官を支持する人が九パーセントしかいなかったことは、九一パーセントの人が体制に反対したことを物語る。もちろん、九一パーセントの人々のすべてがデモ現場で戦っているわけではない。だが、今はインターネットの力が強い。よって、誰かが話したり書いたりすれば、誰かが聴いたり読んだりして、たちまち拡散していく。一方で、フェイクニュースも増えるであろう。しかし、香港の多くの人は、フェイクとリアルの見分け方を知っている。

警察の暴力の問題については、それが全体主義社会を維持するための非常に重要な道具であることは明らかだ。にもかかわらず、警察官たちは自分らに非があることを認めようとしない。香港政府のトップたちは、中国を向いた行動しかしない。彼らは自分の意見を述べないので、市民の誰もが彼らの言葉に納得していない。それは、中央電視台の番組や「人民日報」の記事を中国の国民が誰も見ていないのと同じことだ。

共犯しないこと、関与しないこと

何を頼りにして進んでいけばいいのか。社会運動には浮き沈みがあり、続けていれば誰もが疲弊してしまう。コロナ禍のせいで、デモがすべて止まってしまったように見える。だからといって香港人の怒りが静まったわけではない。

香港人は、もはや恐怖から解放され、自由も失なってしまった。多くの若い友人たちに対し、以下のように伝えている。戦い続けることにはリスクがあること。妻や子どもを支えなければならないという人々のプレッシャーを理解すべきであること。しかし、そのプレッシャーの下でも、誰もが自分の良心に従うことはできること。

恩師の労思光がいつも言っていたことを思い出す。「共産党の生活の中でできることは何もないが、少なくとも共犯者にはならない、加害者を助けず、阿諛追従せず、旗振り役にはならない。少なくとも『ノー』と考える能力があるのなら、関与しないことだ」と。

実際、私は中国の友人、特に哲学分野の学者をたくさん知っている。ここ数カ月、彼らからのメッセージを受け取ってはいるが、すぐに削除される。だから、すぐに読まないと消えてしまうのだ。このような強力な監視の下で、彼らにできることは限られている。アメリカやフランスで博士号を取得したこの友人たちは、中国共産党のシステムでは、知識人は簡単に買収されてしまうことを知っている。だからといって彼らがあきらめたわけではない。

反送中運動の種はまかれた。小さな一歩であれ、反省を続けていれば、それが積み重なっていくものだと私は信じている。壁は高い。卵では役に立たない。とはいえ、卵であっても、それを投げ続ければ、それなりの意味がある。

私は、自由、個人の発展、理性を尊重するという新亜精神を常に高く掲げている。私たちは倫理的な人間でなければならない。自分自身にも、学会にも、社会にも、世界にも責任を持つ人間でなければならないのである。

二〇二〇年三月一七日

注

1 村上春樹のエルサレム賞受賞スピーチ「壁と卵」を参照。
2 戦後台湾で起きた言論統制と政治弾圧を指す。
3 武力行使をするデモ参加者たちを指す。

2 良知を問う

二〇二〇年三月一八日に香港大学医学部の袁國勇《えんこくゆう》教授と龍振邦《りゅうしんほう》教授が「パンデミックは武漢で始まった——一七年分の教訓が忘却されている」と題した記事を発表した。ところが、同日夕方には「政治に関わりたくない」という理由で、彼らは記事を取り下げた。

知識人が弾圧されるのは、悲しいことだ。知識人にとって、学問の自由は非常に重要である。私は一人の知識人として、学問の自由と思想の自由を生涯にわたって追求してきた。

不正を目の当たりにしても、黙っていたり、中立でいたりしてはいけない

私の世代では、弾圧、隷属、権力、不自由などは歴史の一部だと思っていた。とはいえ、幸運なことに一九四九年から近年まで、私たちは非常に自由な場所に住んでいた。子どもの頃から大人になるまで、好きなものを読んだり書いたりすることができた。また、海外での研究を終えて、大学で教えるために戻ってきても、何を教えてもいいのか、何を教えてはいけないのか、何を教えなければならないのかという指示を一切受けたことはなかった。

私のスタンスはただ一つである。教育とは、恣意的な発言によるものではなく、学術的な根拠に基づいておこなわれるべきだということである。人類の歴史の中で、多くの学者や科学者の考えが集約され、私たちはその結果を共有し、探求し続けてきた。その中で、学問の自由はもっとも重要なことであり、それを維持しなければならない。

反送中運動のあと、「勇武派」に限らず、勇気を出して真実を語っている人も多い。「和理非（平和、理性、非暴力）派」や知識人のみならず、一般市民までが怒り、良心に基づく声を上げていた。

我慢できずに声を出す。しかし、声を出すとひどい目にあう。たとえば、最近ではYouTubeの「黄色いアイコン事件」があり、言論が検閲され、広告を掲載できなくなるという問題があった。この問題では、私たち全員がさまざまな種類の圧力に直面している。だが、あえて「自分は中立だ」「意見はない」と発言を控えれば、やはり弾圧する側の共犯者になる。

※「黄色いアイコン」については、以下を参照。
https://www.iscle.com/web-it/g-drive/youtube/yellow-icon.html

不参加も一つの態度である

二〇一八年の夏に、五年に一度開催される「世界哲学会議」という重要な国際会議が北京で開催された。これまでに世界各地で開催され、前回はアテネで開催された。同大会には、毎回六〇〇〇〜七〇〇〇人が参加する。二〇一三年に北京が大会開催権を獲得したとき、多くの人が「あぁ、私たち中国人がオリンピック開催権を獲得したようなものだ、大きなイベントになるだろう」と大喜びした。

かつて香港中文大学哲学科の主任を務めていた私は、二〇一八年の世界哲学会議に招待された。そのとき、私は「オリンピックに参加したいからといって、たとえば一九三六年のベルリンオリンピックに参加するか」と断った。なぜ一九三六年なのか。ナチスが同年にオリンピックを開催したのは、あの場所で自分たちの存在をアピールし、自らの力を世界に宣言したかったからだ。もし、私が二〇一八年の北京での世界哲学会議に行けば、私は中国共産党の共犯者になるだけでなく、同党を哲学を指揮する単位として支持することになる。

私は招待した側に、不参加は「態度」だと言った。中国でも西洋でも、哲学の核となる価値観は「自由」である。中国には、本当の意味での学問の自由、思想の自由、言論の自由がない。自由を尊重しない場所が、どうして世界哲学会議を開催する資格があるのだろうか。

大学に潜入した白い恐怖

私は香港中文大学哲学科の主任として、うち一四年間は一般教育研究センター長として、教育現場に携わった。人生の半分を香港中文大学で過ごしたが、その間、基本的に官憲に監視されることはなかった。少なくとも私が中文大学を退職するまでは、そこは学問の自由と表現の自由を尊重する場所だったと断言できる。私たち教師が何を考えようと、どんな教材で教えようと、検閲や禁止はなかった。

しかし、大学教授や学者の言論の自由や学問の自由は、簡単な昇進制度によって徐々に抑制することができることを私は知っていた。だから、多くの先生方が中国大陸について、あえて多くを語らないようにしていた。これが自己審査にほかならなかった。

もちろん、中国大陸の学界には密告の文化があり、香港とは違っていた。それどころか、私は博士号を取得して台湾の大学で教えたことがあるが、当時はまだ蔣経国《しょうけいこく》が戒厳令を解除していなかったので、「白い恐怖」という問題があった。しかし、戒厳令が解除され、台湾で民主主義が発展し始めてからは、そんなものはなくなっていった。香港の場合、中国に返還されてから教授や学者が恐怖を覚えるようになるなど、とても悲惨な状況になった。

恐怖からの解放

市民社会には、恐怖から解放される自由がある。「白い恐怖」のときには、自由が少しずつ小さくなり、ゆっくりと抑圧されていることを私たちは感じた。さまざまな「治安維持」に関わる組織が、多くの資金を使って活動していたからだ。今の私たちの言葉は、監視されている。ただし、言葉のインパクトが強くなければ、問題は起こらない。

実際、共産党には相手にされないかもしれない。とはいえ、恐怖心が働き、いろいろな結果を想像してしまうこともある。思い切って発言すれば、出世に支障をきたす。しかし、今のところ、中大の同僚からは、そうした問題に関する話は聞いていない。

自分の良心に「ノー」と言い、自分の本当の人格を実現する

権力にどう向き合うか。権力とどうやって戦うか。誰もが苦境を抱えている。妻（または夫）と子どもを養わなければ、家族の世話をしなければ、マンションを買わなければ……。しかし、そうした理由で苦しんでいる人たちが黙っているからといって、ただちに彼らと袂を分かつことはない。今の香港で発言することは、容易ではなくなったからだ。

知識人であろうと一般人であろうと、弾圧を受けながら、何が良心であるかという問題と向き合うことは重要である。なぜなら、良心と向き合うことは、人格が試されることを意味し、また自由をどのように理解しているかを意味するからだ。

私たちは、良心に関する試練の回答を求められているのである。

二〇二〇年三月二四日

3　政治と真実

政治については、誰もが関心を持っている。そして、学校で教えている人は、政治に関与してはいけないと言う人がいるが、そんなことは考えられない。

教育の目的は、人間が自由人であること、そして善良な市民であることを教えること。そう主張した西洋の哲学者アリストテレスは、政治や現状について議論に参加しない人は、アテネ人としての資格がないと言った。

第二次世界大戦後、ドイツの哲学者でハイデルベルク大学のカール・ヤスパースは、大学は社会の良心であると言った。ならば、政治に参加せず、政府が何をしているのか監視しないで、どうして良心的と言えるのだろうか。大学が「政治に関心を持つな」と学生たちに言うのは、良心とはかけ離れた行為であろう。私はずっと大学で勉強し、研究し、学生を教えてきた。大学教授が社会や一般の人々に対して持つ責任を知っている。私の恩師であり、教育者でもある労思光の言葉を引用する。「私たちは、自分の良心と対話しなければならない。不正や不公平に直面したとき、声を上げなければならない」。この言葉は、私の心に刻まれている。

現在、中国共産党が世論のほとんどを支配しており、誰も反対意見を言うことができなくなってしまった。嘘も千回つけば、人々はそれを信じてしまう。誰かが立ち上がって真実を語り、多くの人々が声を上げて嘘を暴くようになることを、私は願っている。一人が「皇帝は服を着ていない」と言えば、人々はその人を馬鹿にする。だが、二人、三人、あるいはより多くの人が真実を語れば、私の目に映る皇帝だけが服を着ていないわけではないことを、より多くの人が知ることになる。そして、私も含めた多くの人が積極的に発言するようになり、やがて誰もが真実を知るようになる。

自由とは空気のようなものだ。空気がないと徐々に息苦しくなる。まるで、疫病の中で徐々に危険を感じるよう。人々は空気（＝自由）を失って初めて、空気の尊さを感じるのである。

政治は人間のためにある

アリストテレスは、人間は理性的動物であると同時に、政治的動物でもあると言った。私たちは、誰もが必ず政治に関わっている。みんなが街で起こっていることに関心を持つことにより、国民をどのように統治すべきかを知事が正しく判断できるのである。

もう一つのポイントは、権力をどう配分するかである。なぜ人々に力を与えなければならないのか。かつては、君主が国家の法律であり、国家の法律が君主であり、君主がすべての発言権を握っていた。この二〇〇年から三〇〇年のあいだに、欧米諸国では君主制が検討され、国民が自分で国家を管理するようになった。人権だけではなく、政治参加の権利も重要視されている。近代中国の父である孫文も「政治」を唱えていた。「政」は民衆のことであり、「治」は管理のことである。民衆は、自分のことは自分で管理しなければならない。これを孫文は「民権」と呼んだ。

明朝末期から清朝初期は、学問が厳しく弾圧された時代ではあった。だが、儒者の黄宗羲《こうそうぎ》は

『明夷待訪録《めいいたいほうろく》』の中で、皇帝が何をすべきか、臣下が何をすべきかについて、また翰林《かんりん》の知識人が政務に参加して皇帝に助言することの必要性について論じた。彼は、人々はそれらのことに関わらないわけにはいかないと言った。

大学は社会の良心である

今の香港では、政治に関わりたくないので黙る学者も多く、その悲しさを私はしみじみ感じている。一九三三年にナチスが権力を握ったとき、学問は優れていたが、政治には無関心だった多くの学者が声を上げなかった。その後、国民の権利が独裁政治に取って代わられた。ヤスパースによれる、大学は知識を伝達する場であるだけでなく、政治を議論する場でもあり、大学は社会の良心であるべきである。良心とは何か。政治に積極的に参加することだ。もし大学が無関心でいいというならば、それは政府が国民に真実を知らせようとしない全体主義社会でしか起こり得ないことだ。

二〇二〇年、世界がパンデミックに冒されているとき、ある国のリーダーがどのように話すのかを観察することには、大きな意味がある。ここでは、市民の九パーセントの支持しか得られず、七七七票の選挙委員票だけで当選した林鄭月娥・行政長官の話は置いておく。一七〇〇万票で当選したドイツのアンゲラ・メルケル首相を見てみよう。なぜなら、彼女はドイツは開かれた民主主義国家だと真摯に語っていたからだ。民主主義とは何か。ドイツ政府は、すべての政策においてオープンでリベラルである。多くの人が病院で治療を受けているときに、感染者数や死亡者数といった統計だけを見てはいけないと彼女は言う。コロナ禍で困っているのは、あなたの父親であり、祖父母であり、妻であり、夫であり、友人であり、みんな一人ひとりが大切なのだ、と。本来の民主主義社会では、面子を保つことや経済的な問題に注力するだけではなく、すべての人を大切にするのである。

民主主義の国は、一人ひとりを大切にする。とりわけドイツの民主主義は、悲惨な経験と歴史がもたらした結果なのだ。ナチスがユダヤ人を人間以下の存在と見なしたとき、平気でユダヤ人を殺してしまった。もし、すべての人間が人間であることを理解している政府であれば、まったく違った態度になったであろう。すべての人間が人権を持っている。だからこそ、私たちは命だけでなく、自由を求めることができるのである。

アメリカの独立宣言にもあるように、私たちには幸福を追求する不可侵の権利がある。現代の政治において、憲法とは何か。それは、被支配者が支配者を統治する法律を定めておかないと、まちがったことが起きるからだ。

一八世紀に哲学者のルソーが提唱した「社会契約論」は、君臣のあいだには合意があるべきであり、憲法はその社会契約を実現するものであるという考え方である。アメリカでは、ワシントンがイギリスの植民者を追い出したあと、自ら王様になるのではなく、建国した人々と一緒に国民の権利を守り、政府を監視するための憲法を起草した。中華人民共和国の憲法にも、国民の自由を守るなどと書かれているし、香港の基本法にも国民の権利と国民が政府を監視する権利を守るとか書かれている。そうでなければ、憲法が存在する意味はない。

千の嘘も嘘である

全体主義国家でもっとも重要なのは、メディアの統制である。ナチスによる映画やメディアを使ったプロパガンダは、嘘も千回言えば人はそれを信じてしまうことを示した。今は中国共産党が圧倒的なプロパガンダで輿論の大半を掌握している。もちろん、私たちは「白い恐怖」を知っているが、あえて声を上げればそれなりに結果が出ることも理解している。

知識人になるためには、真と偽、正しいこととまちがっていることを区別する方法を知っている必要がある。インドの詩人ラビンドラナート・タゴールは、詩集『迷い鳥』の中で、「偽りは、力を増しても真実になることはない」と書いた。国営のメディアが何か広報したとしても、何が真実で何が真実でないかは心の中でわかっている。閉鎖的な社会であっても、多くの人が真実を知っているはずだ。

たとえば、二〇一九年に香港で起きた反送中運動のとき、中国本土の友人たちも壁を越えて、香港から発信されるさまざまな意見を見聞きして、役人がどんな広報をしても信じないようになった。なぜ多くの人が、いまだに公的なメディアを信じているのか。信じている人たちは、けっして「信じていない」とは言わない。公的なメディアが嘘をついていることがわかっていても、あえてその嘘を暴くために名乗り出ないのである。

このような時代になって、私は悲しくて仕方がない。私たち香港人は、自由のある場所に住んでいる。にもかかわらず、なぜ勇気を持って真実を語ろうとしないのだろうか。

知識人は声を上げないといけない

私は、労思光先生に次のことを教わった。「良心に耳を傾ける必要がある。不正に直面したら、声を上げなければならない」。先生は共産党や国民党に反対し、返還後の香港についても発言していた。知識人のモデルである。知識人は、大学という象牙の塔に頭を埋めて勉強や研究をするだけではなく、社会的責任を負わなければならない。先生の指導を受けたすべての学生が、自由を取り戻すための活動に、勇気を持って声を上げることを願っている。

私は人生のすべてを大学で学び、研究し、教えてきた。大学教授の責任、社会への責任、一般市民への責任を知っている。だからこそ、国家を大切にすることや中国文化の発展を語るときに、歴史にこだわるだけではなく、今、声を上げる必要を感じている。

最近、私は孫文が一〇〇年前に目指したことを調べたが、果たしてそれが達成されたのだろうか。二年前に南京の中山陵を訪れたとき、多くの人が孫文の銅像だけを見て、その銅像に書かれた言葉に関心を示さないことに気づいた。そこには、もっとも重要な彼の信念である「自由」「民権」「選挙」が繁体字で書かれているが、もはやその前に立つ人もいない。

台湾の親友から聞いた話では、孫文は広東省香山《こうざん》県で生まれ、香港に留学し、世界各地で革命を計画した。死後は南京で埋葬されたが、その思想は台湾で生かされた。孫文が語った民権、たとえば選挙権は、確かに台湾で実行されている。今の台湾では、誰もが政治に参加する権利を持っている。

台湾がやったことを、なぜ香港ではできないのか。そこに権力の問題があるのは明らかである。

香港の権力者は、行政長官の権力の源と責任がどこにあるか理解していない。前述のとおり、林鄭月娥は七七七票で香港の最高権力者になった。台湾を見てみよう。蔡英文が八一七万票を獲得している。ドイツのメルケルは一七〇〇万票を獲得している。残念ながら、香港人には行政長官を選ぶ権利がない。

二〇一九年末におこなわれる香港の区議会選挙。香港の何百万人もの人々が、たとえ地方の評議会であっても、政治に参加したいと考えている。より多くの議論とより多くの参加が実現されてこそ、民主的な政治だといえる。必ずしもすべての人が正しいというわけではない。だが、権力を持っている人が好き勝手にできるというものでもない。権力について議論し、分析することは、最終的には私やあなただけでなく、多くの人々の生活を一緒に考えることにつながる。大切にしなければならないのは、コミュニティ全体であり、社会全体であり、香港全体なのだ。

残された自由を大切にすること

区議会の選挙では汎民主派が勝利したが、一方で香港警察は最近、多くの区議会議員を逮捕している。これは長い戦いの始まりで、白い恐怖の波が、おそらく次から次へと押し寄せてくるだろう。香港には、言論の自由や学問の自由がまだあると思う。自由を失って初めて、空気の尊さを感じる。自由があると感じているうちに、今どうやって戦うのか、自由の権利をどうやって使うのか、を真剣に考えなければならない。

私は、歴史は人が作ったものだと信じており、必然となるような規則性はないと思っている。

多くのパンデミックが歴史となったように、コロナ禍もまた、いつか過ぎ去って歴史となることだろう。重要なことは、今の時代の人間と人間、人間と自然、人間と社会の関係を振り返り、深く考えることである。

二〇二〇年三月二八日

4　真と偽

二〇二〇年五月の香港中等教育修了証書試験（ＨＫＤＳＥ）[1]の歴史科の試験で、「一九〇〇―一九四五年の間に、日本は中国に損害よりも利益を多くもたらした」ことについて意見を述べよ、という出題があり、議論を呼んでいる。中央政府駐香港連絡弁公室（通称：中聯弁）や親中メディアは、受験生がこのテーマを議論すべきではないと熱狂的に批判した。結局、教育局が試験局に、その試験問題を取り消すよう圧力をかけ、教育現場は騒然となった。

この歴史試験の問題をきっかけに、教育界の有識者（たとえば「教協」[2]という組合の成員ら）が日中関係における利害について、多くの記事を書いている。賛否両論の意見の提示もあれば、毛沢東の日中関係肯定論などを引用するものもある。しかし、問題なのは、損害や利益についてどのように評価するかではなく、学問的議論が権力者に管理されないことにある。管理されてしまえば、どれほど自分の観点を述べたとしても、まちがっているとされてしまう可能性がある。

教育の目的は、生徒たちが自分で考えることができるかどうかにあると、私は常に考えている。情報を分析し、自分の評価を述べることは、香港の中高校教育における「通識教育科」[3]の重要な目的の一つであった。善悪を知り、何が真で何が偽なのかを理解することは、教育がもたらす善意である。だから、教育にはその善意を望む。しかし、権力者の中には、私たちに善と悪の区別、真実と偽りの分析をさせたくない人がいる。なぜなら、その発言が彼らの言うことと一致しない場合、それはまちがっていると言いたいからだ。

真実は権力者によって決められたものか

今日の香港の状況は、オーウェルの小説『一九八四年』の一節に似ている。主人公のウィンストンが拷問を受けているときに、拷問官が四本の指を立てて「何本か」と尋ねた。ウィンストンは「四」と答えたら放電され、「五」と答えても放電された。「だったら何本だ」とウィンストンが聞くと、拷問官は「それは、あなたが決めることではなく、私が決めることだ。四本の指を立てたとき、私が五と言えば五、六と言えば六。そう言わなければならないのだ」と。つまり、真実は自分の考えや反省によって到達するものではなく、権力者によってあらかじめ決められているのである。

警監会報告書[4]の記者会見で、林鄭月娥・行政長官のうしろにあったパネルの文字は、「The

Truth about Hong Kong（香港についての真実）」だった。これほどの皮肉は見たことがない。彼女が語っているのは嘘の香港であり、彼女と一部の役人が悪魔とスキャンダルの集団の中で踊っているようにしか私には見えない。結局、試験問題をめぐる論争も、香港政府は中聯弁が示した立場に従うことしかできなかった。

リーダーには、修養というものがなければならない。行政長官は、私たちの教育を「籠のない鶏」（やり放題）と言い放った。これは侮辱的な発言である。「籠のない鶏」とは、一体何を指しているのか。教育分野の先生や生徒たちは鶏なのか。そんな発言をすること自体、恥ずかしいことだ。

このような言葉が出るような行政長官には、もはや信頼をおくことができない。『人民日報』のように、「Aである」ことを「Aではない」ことにする。彼女が真実だとして語れば語るほど、真実から遠ざかる。その結果、かつて社会全体や香港が信じていた、法治国家の基盤となる真実の公開性や透明性がすべて失われてしまう。そこに残るものは、完全に権威主義的な社会だけである。彼女とその連中たちは鄧小平を恨んでいたかもしれない。なぜ「一国二制度」にしたいのか。最初から「一国一制度」にすればよかったのではないか。

誹謗中傷される香港中文大学の通識教育

二〇二〇年初頭、香港中文大学通識教育の「中国文化要義」という講義に出題された問題があった。ある警察官の発言を引用し、法家《ほうか》思想で評論せよという質問だった。これも警察に対する憎悪感を煽ると、当局から批判された。香港紙『大公報』の四月一七日付には、アメリカが中文大学の中米センターを通じて教育に関与し、学生を荼毒《とどく》したという記事があった。これは、まったくのデマだ。

記事では、二〇一二年に香港バプティスト大学が行った香港のリベラル教育に関する研究「香港藍皮書」に言及し、その一章に記されている「香港中文大学の過去数年間のリベラル教育改革がアメリカ人によって操作されたものである」という部分を引用している。その研究が出されたときは、ちょうど私が大学を退職したばかりのときだった。長年、中大の通識教育センター長を務めた私から見れば、その研究の嘘は一目瞭然だった。

その後、中大の通識教育センターは同研究の関係者に強く抗議し、結果として香港バプティスト大学に特別調査委員会が設置された。そして、同研究の主張が根拠のないものであることが証明され、香港バプティスト大学側は中大に謝罪した。何の証拠もない疑惑が、何年経っても持ち上がってくることに驚きを隠せない。

このような根拠のない告発はまだ存在している。今後も私たちを悩ませることになるかもしれない。今の香港の状況は、警監会報告、歴史科試験問題論争、六一二「暴動」問題、そして郭榮《かくえい》鏗《こう》立法会議員資格剝奪事件など、権力を持つ側が、私たちが何を考え、何をすべきか、何をすべきでないかを指示するような、強大な爪跡を見せている。

こうした状況の下に置かれた私たちは、ひざまずいて服従していてよいのだろうか。私たち学者や知識人は、自分の良心に従って行動してきただろうか。私たちは不正を目の当たりにしても、ただ黙っているだけなのか。特に法曹界の友人たちは、権力や不正に直面したとき、どのように正義を貫くことができるのだろうか。むずかしいことであることはわかっているが。

大学教育はビッグビジネス

今、香港の学者たちはどのような役割を果たすべきであろうか。私は、けっして同僚や友人を非難しているわけではない。退職したから言えるだとか、学術的キャリアの後遺症を心配することがないとか、昇進を考える必要もないなどと言う人もいる。それでも私は言いたい。それぞれ人々がそれぞれの役割を持っていることは、黙っている理由にはならないと思う。

現在、大学教育は大きなビジネスチャンスになっている。知識は売買される商品となり、教授や講師は大学の従業員として、「顧客」である学生に知識を教えているといっても過言ではない。ちょっと優秀な学者であれば、学生の評価や指導をしっかりとおこない、年に一〜二本の学術論文を発表するなど少しだけ研究をすればよい。香港の社会問題や文化的な問題は、学生が気にすることなどない。それを学生に教えるのは、研究者の役割ではない。

しかし、大学の学者なのであれば、学生のことや地域のこと、特に大学で教えている香港出身の学者のことを気にかけなければならない。私の友人たちは、真実を語りたくないのではない。権力者がさまざまな方法で弾圧してくるから、「白い恐怖」を感じているだけなのだ。

私が二〇年以上務めた中文大学をはじめとする香港の大学は、今でも学問の自由を尊重していると感じている。少なくとも私が退職するまではそうだった。だが、ある同僚に言われた。「そんなに甘く考えないでほしい。私たちを監視するプロがいる」。そういう「プロ」たちは、私たちに恐怖を抱かせるために、少しずつ現れてくるだろう。

毛沢東は学者を「臭老九《チオウラアオヂウ》」とし、簡単にコントロールできると考えていた。知識人には口しか使えないが、自分らが使える抑圧の方法はたくさんあるということだ。たとえば、昇進や昇給をさせないことや、人が嫌がるような仕事をさせることなどが挙げられる。そういう目にあった人は、権力の側に何でも従うようになる。悲しいことだ。

また、ある友人はこう言った。「聖賢の書を読むことで、結局、何を学び、何をおこなったのか。読んだのは何のためだったのか」。特に、香港中文大学の哲学科には、私たちの恩師である唐君毅、牟宗三、労思光など、知識人としての意気や、真理・知識・真実を追求する姿勢など、非常に良い模範がある。多くの学生たちが、それらのことを身をもって教わった。

今、私たちが沈黙していることが問題だ。数年前は沈黙していても大丈夫だったかもしれない。権力者が出現した今、我々は何ができるのか。

香港の「三民主義」:順民・移民・暴民

すでに述べたが、孫文の民主主義は、民生・民族・民権のことである。今、この「三民主義」は香港では、順民・移民・暴民という意味になっている。私の友人は、「移民になりたいけれど、香港を離れられない。順民にもなれない。暴民になる勇気もない」と言った。順民にはなりたくないが、移民はなかなかむずかしい。とはいえ、暴民になる勇気もない。この状況では、他にできることは、もはやないのではないか。

大先輩である労思光、唐君毅、牟宗三は、内戦がもっとも激しいときに、常に同時代のことを省察した。たとえば、尊敬するアメリカのユダヤ人学者ハンナ・アーレントは、第二次世界大戦を生き抜いた。危機に直面するとき、私たちの夢は奪われた。一方で、世界の現状にどう向き合うかを考え、どうやってもっと力をつけて学生に、そして自分の学問に責任を持つか、という点について考える機会が与えられる。そして最終的には、自分の良心と学術のスタンダードを信じるのみとなる。

レッテル貼りが得意な民族主義者

中国共産党は、種族間の恨みや憎しみをよく煽る。民族主義という大義でレッテルを貼るのは、もっとも簡単で安価で効果的である。一四億の人口、四〇〇〇年の歴史。中国文化について語るとき、それらは最大の誇りだという。しかし、その誇りをもって、黒が白になるのか。黒いものを黒くないといえるのか。

世界の多くの人々が（元アメリカ大統領の）トランプを非難し、ニューヨーク・タイムズやワシントン・ポストなどアメリカの主要メディアもトランプを酷評した。中国に目を向けると、トランプが非難されたのと同じように習近平を非難するような、気概のある新聞は一つもない。根性のあるメディアは一社もない。一四億人の人口と四〇〇〇年の文化を語り続けていたからといって、それが何なのだろうか。国民の数が多ければ、何をしてもいいというわけではない。

「中国の夢」の中で生きたいと思い続けている人もいる。私の友人がよくこう言った。「あなたはあなたの夢を見ることができるが、あなたは私にあなたの夢を見させることはできない」。それはそうだ。私たちは同じ夢を見るはずがない。夢を押し付けることは、一人ひとりの人格やユニークな個性、独特な主体を無視することになる。

大陸人は怒っても声を上げられない

中国共産党の政権は、何年続いているのか。一〇〇年続くのであろうか。この二〇〇〇〜三〇〇〇年の中国における中国文化の発展を語るとき、私たちは広東語で話し、唐詩や宋詞を読み、小説を読み、思想家が教える反省点を読み取る。これらに共産党と何の関係があるか。

中国共産党が文化大革命で中国の文化を破壊したことは周知の事実である。その後、彼らは孔子学院のような、共産党の思想をまともなものだとごまかしてくれるものを作った。ドイツにはゲーテ・インスティテュートがあり、中国には孔子学院がある、と考えたのだ。しかし、ドイツのゲーテ・インスティテュートは、思想統制のためのものではない。今となっては、大きなジョークになっている。

中国文化に共感することと中国共産党に共感することは、同じではない。孫文の革命的な理想を実現したのは、台湾という小さな島である。

現在、中国共産党は四面八方から批判を受けている。中国は中国共産党ではないと批判を口に出すことが、一四億人の人々の気持ちを傷つけるというのであれば、私は反論できない。とはいえ、役人が言うことと、その背後にいる普通の人たちが実際に考えていることは、まったく違うということを私たちは知っている。

長年の経験から、中国の友人たちの多くは精神分裂的な状況にあると私は理解している。彼らが公の場で自分の立場を表明するとき、公式なレトリックを使う。だが、プライベートで話すときはまったく違う。こうした使い分けをしている国民の不満や怒りがいつ爆発するのか。それはわからない。私が生きているあいだに、その爆発を見ることができるのだろうか。

自由な場所とは、恐れずに本音を話せる場所であり、公式な話法など使わずに済み、台本を読まないで済む場所でもある。もし、香港の人々が自由に発言できるなら、この自由はもっとも貴重で宝のようなものである。

二〇二〇年五月一八日

注

1　香港の大学入学共通テスト入試にあたる。

2　「香港教育専業専人員協會」の略称。この組合は二〇二一年九月一一日に解散した。

3　二〇二一年三月に教育局は「通識科」という科目名を「公民と社会発展科」と

変更することと決めた。

4　獨立監察警方処理投訴委員會を指す。二〇一九年七月二一日の夜に元朗という街で白い服を着た暴力団の衆がデモ参加者を含む一般市民へ無差別的襲撃をおこなったにもかかわらず、警察官が現場から離れ、積極的逮捕をしなかったことに対して、報告書をまとめた。

5　General Education。日本の大学では、一般教育・全学教育・教養教育などと呼ばれている。

5　真実に生きる

二〇二〇年六月三〇日に、中国共産党が推し進めた「国家安全法」が施行され、香港は文化大革命の時代に突入し、香港の人々はかつてないほどの「白い恐怖」にさらされることになる。しかし、前世紀にナチスのヒトラーや旧ソ連の独裁者スターリンが終焉を迎えたように、独裁と権力に支配された政権、また弾圧によって人々を黙らせる政権は、永遠には続かないと私は固く信じている。歴史を見れば、嘘で全体主義を維持するには、明確なタイムリミットがあることがわかる。

ベルベット革命を起こし、後にチェコ共和国の大統領となったヴァーツラフ・ハヴェルが言った。「この時代に『人間』であることは、真実の中で生きることだ」と。

何も武器を持たない香港人は、残忍な香港警察などと対決する必要はない。絵を描き、文章を書き、小説を書き、ドラマを使うなど、さまざまな方法で真実を語ればいい。嘘を否定し、真実を語ろうとしている仲間が、まちがいなくたくさんいる。

声を上げること。それこそが、私たちがとるべき大切な姿勢である。

文化大革命の再来　しかし香港人は無知な農民ではない

中国共産党が「香港国家安全法」を強引に立法化しようとしている日に、香港に帰属意識を持つ、良心ある人々は、香港が本当の意味で終焉に直面していることに、泣きたくなる気持ちを抑えられないことであろう。

先日、トランプが香港の国家安全法についてこう話していた。二〇年以上前の土砂降りの夜、イギリスの国旗が倒れ、五星紅旗が上がっているのを見て、香港は中国の伝統と香港の独自性を受け入れ、明るい未来が待っていると思った。中国が、香港を前進させるのではなく、数十年前の文化大革命の時代に戻し、香港の「一国二制度」が「一国一制度」になるとは思わなかったという。

香港の高級官僚と呼ばれる人たちは、大陸の官僚が言ったことをオウムのように繰り返している。中国は香港に、数え切れないほどの保証を約束した。にもかかわらず、法曹界、政界、財界の多くの有識者が指摘するように、香港の立法制度を回避して強引に成立させた「香港国家安全法」などの法案は、「香港基本法」や「一国二制度」の原則には完全に違反していると考えられる。

それでも、私たちは真実に生き、希望を持ち続けなければならない。いつの日か、虎の威を借る共犯者たちを歴史が批判するだろう。私たちは、香港と私たちが今保っている人生を大切にしなければならない。私たちは共犯者たちと一緒に陪葬《ばいそう》する必要はない。なぜなら、そのような方法では歴史が発展しないからだ。

たとえ文化大革命のような時代に置かれていても、香港の人々は無知な農民ではない。情報を自由に受け取ることができ、十分な教育を受けている。歴史的な本や歴史を批判的に検証する本を読み、今何が起こっているのかを知っている。

史を以て鑑と為す

最近アメリカで出版された『暴政』[1]という本は、一九二〇年代から三〇年代にかけてドイツでナチスが台頭し、議会で可決された法律を使って、ゆっくりと知識人を弾圧していったことに対して、知識人がどのように対応したのかを探ったものである。最近では、一九六〇年代から八〇年代にかけてのチェコで、いかにして公の場での発言や憲章の作成、地道な演劇や評論活動を通じて、全体主義的な社会に対するベルベット革命を起こし、一九九二年に待望の民主化を実現し、一九九三年にはヴァーツラフ・ハヴェルがチェコ共和国大統領に選出されたのかを、劇作家のハヴェル自身が語っている。

暴政を前にして、私たちは無力であるかのように思えるが、ヒトラー、ムッソリーニ、スターリン、あるいはローマのカエサルを見てみよう。独裁と権力によって支配した人々は、人々を弾圧して黙らせることだけを目的とし、すべての人に同じことを聞かせ、同じことを言わせれば、「真実」を手にすることができると考えていた。ところが、人々はそれに納得しない。すべての全体主義、つまり権力を使って人々を弾圧する政府は長続きしない。歴史を見れば、そのことは明らかである。

凡庸な悪

香港の多くの高官や警察官は、いつも「法に則って行動し、法を執行する」と口にする。彼らに伝えたいのは、一九六〇年代にナチスの大罪人であるアドルフ・アイヒマンがアルゼンチンで逮捕され、イスラエルで裁判にかけられたことである。アーレントはアイヒマンの裁判を傍聴し、後に『エルサレムのアイヒマン』[2]という本を書いた。さて、この犯罪者は悪魔だったのか。ハンナによれば、アイヒマンは命令に従い、「凡庸な悪」を実行する官僚に過ぎなかったという。

凡庸な悪は何を意味しているのか。アイヒマンは数え切れないほどの命令を下し、数多くの人を強制収容所に送ってきた。だが、本人は法律に従っているだけだと思っている。「命令には従うし、自分には関係のないことだし、銃を持ったこともないし、人を殺したこともない。じゃあ俺の罪は何だ」。彼が書類にサインしたことによって、何百万もの人々が殺されたが、そんな彼は暇さえあれば哲学書を読み、バッハの音楽を聴き、家庭では良き父親であった。彼は自由に考えることを拒み、「言われたことをやればいい、法律を破れと言われたらそうすればいい、自分には関係ない、上司に任せればいい」としか考えていなかった。何も考えずに命令に従うだけ。これでいいのか。

民主の発展　すべての人間の価値を重要視する

最近、一九六一年に製作された『ニュールンベルク裁判』という映画を観た。これは一九四八年にナチスの裁判官たちが戦争犯罪人として裁かれた、つまり裁判官が裁かれた裁判を描いた映画である。

被告となった一人は、かつてドイツの首席裁判官であった。彼は、ナチス政権の下では、政権がどこまで悪いことをしているのかは知らなかった。彼を裁いた裁判官は、「それはそうだ。しかし、あなたはその政権を認めていたし、裁判をしたときに自分が裁いた相手が何の証拠もなく有罪になった時点で、罪を犯しているのだ」と結論づけた。

私は、「人間になる」ことを強調している。この二〇〇〇年のあいだ、民主主義の発展でもっとも重要なことは、人間の価値を重視することであった。そうしないと、ナチスの時代にユダヤ人が番号として扱われていたように、権力者が人間を「ただの番号だ」と思えば、その番号はいつでも消滅させることができてしまう。

なぜ、共産党を残酷だと思うのか。それは、中国共産党が、人間の価値を軽視していることである。言いかえれば、人間は番号ではなく、「個人」がもっとも重要であることを知らないからである。個人を尊重せず、道具としてしか見ていないのであれば、自分自身も尊重していないことと同義である。

今の時代に「人間」であるためには、ハヴェルの「真実に生きる」という言葉を思い出す必要がある。

香港人の「大亡命」

香港版「国家安全法」が導入されたあと、多くの香港人は怖くなり、移民を考えている。この「大亡命」が一九九七年や一九八九年、あるいはそれ以前の一九六七年の香港での暴動のときよりもさらに強力なものであることに恐怖を感じている。一九九七年には、香港には未来があり、「一国二制度」が私たちの生活を本当に守ってくれるとほとんどの人が信じていた。だが、今はそう思えなくなった。

香港にはユニークな文化がある。その文化を失ったら、私たちはどうなってしまうのだろうか。たくさんの本を読んでいるわけでも、たくさんのお金を稼いでいるわけでもなく、ただ単に香港の現状が不公平だと感じている普通の人たちを、私は数え切れないほど見てきた。そう感じているのなら、怒りがあるのなら、声を上げなければならない。

しかし、声を上げると逮捕されてしまう。たとえば、二〇二〇年五月二四日のデモでは、香港警察は三〇〇人以上のデモ参加者を逮捕した。多くの逮捕者は起訴されず、三六時間から四八時間ほど監禁されただけで、見せしめとして人々を怖がらせるための逮捕だった。

　では、そんな状況の中でどうやって生きていくのか。真っ向勝負をする必要はない。政権が何を言おうと、私たちは微笑むだけでいい。できることなら、何かを書き、声を出し続けることも大切だ。学者として、知識人として、長年にわたってカントやアーレントの哲学書を読んできた。授業や学術セミナーで話し合った数々の疑問が、突然私の目の前に現れ、質問されている。「どうすればいいのか」と。かつて文天祥は「時窮すれば節乃《すなわ》ち見《あらわ》れ一一丹青に垂る」[3]と詠んだ。このような問題に直面したとき、ひざまずいて降伏するか。それとも、立ち上がって反抗するのか。

駝鳥にならず　声を出し続ける

　私の恩師である労思光は、生涯にわたって公共的知識人として活動してきたが、共産党や国民党に対しては批判的な態度をとっていた。労先生は、体重が四五キロにも満たない小柄な人で、体も弱かったが、権力の前では負けず、権力を拝まないという姿勢で、大きな尊敬を集めていた。先生は、共犯者になってはいかないと言った。私たちは、学界という象牙の塔に隠れる駝鳥《だちょう》であってはならない。不正を目の当たりにしたら、知識人としてさまざまな角度から声を上げなければならないのだ。

　香港の知識人には、もっとできることがある。もちろん、彼らが沈黙していることには、さまざまな個人的な理由があると思う。だが、危機に直面したときにこそ、声を上げ、立ち上がるべきだと私は考えている。

私は、今の香港政府がやっていることに反対しているだけである。アンデルセン童話の「皇帝の新しい着物」ではないが、何度言われても嘘は嘘である。だからこそ、ハヴェルは私たちが真実の中にいる必要があると言っているのだ。

一一二頁の写真は二〇一九年の南極旅行で撮ったものである。これは夕日だろうか。それとも日の出なのか。そうたずねられた私は、「日の出でも日没でもない。日の出と言えば、我々の光がこの先にあることを意味し、日没と言えば、より大きな闇がこの先にあることを意味する」と答えた。

そして、私はラテン語で「In veritate vivas spemque custodias（真実の中で生きる。希望を持ち続けよう）」を書いた。「真実の中で生きる」と言ったのはハヴェルだった。「希望を失わないように、希望を持ち続けよう」と言ったのはバラク・オバマだった。これらの言葉は、今の時代だからこそ必要とされているものだ。

私たちは、起きている現実に対して、多くの反省をしながら生きている。そんな中で重要なのは、嘘を拒絶し、真実を語ることである。もちろん、私たちは賢く活動し、いきなり派手な活動をすることは控える必要がある。なぜなら法執行機関は、国家安全法という私たちを弾圧するための強力な手段を手にしているからだ。

香港は、かつての香港ではなくなった。私は六〇年間、香港に住んでいる。一九四九年に生まれ、共産党と一緒に成長し、香港の急速な変化を見て、父の世代の勤勉さが私たちにチャンスを与えてくれた。これまでの香港から、多くの恩恵を享受してきた。しかし、共産党がそれらを一掃してしまった。私たちは香港と陪葬しなくていい。歴史の発展は誰にでもわからないからだ。

前述したとおり、嘘と全体主義には、一定のタイムリミットがあることが、歴史を見ればわかる。限られた時間の中で、私たちは耐え忍び、あきらめず、真実に生き、同時に希望を持ち続けるしかない。いつか、この虎の威を借る者たち、共犯者たちは、歴史に裁かれることになるだろう。その日を目撃することはできないかもしれないが、私は理性と良心を信じている。悪魔は永遠に存在するものではない。

二〇二〇年六月一日

注

1 『暴政——20世紀の歴史に学ぶ20のレッスン』(ティモシー・スナイダー著、池田年穂訳/慶應義塾大学出版会、二〇一七年)。

2 『エルサレムのアイヒマン——悪の陳腐さについての報告』(アーレント著、大久保和郎訳/みすず書房、二〇一七年)。

3 出典:『正気の歌』(文天祥著)。なお、文は元朝に抵抗した南宋の忠臣であり、降伏勧告に応ぜず刑死した。

活在真相，永存希望
In veritate vivas spemque custodias

第3章　実存の危機

1　自由と実存の危機

　まさか老後にこんな悲惨な目にあうとは思わなかった。第二次世界大戦後の香港で生まれ育った香港人にとって、戦乱による顚沛流離《てんぱいりゅうり》、政治運動への弾圧、または独裁政権による支配を体験したことはなかった。ところが、数十年のあいだ、享受してきた自由と法治と繁栄が突然、この数カ月に私たちの目の前から消えていってしまった。警察国家とパンデミックの中で、市民の権利が弾圧され、人身の安全が脅かされつつある。今までの市民運動は、独裁的で無能な香港共産党政権が起こした災いとの闘いであった。その災いは、天災といえるものが三割、人災が七割だといえよう。そして、その災いが七百万の香港人を被災者にし、香港社会を無間地獄へと転落させたのだ。

　二〇二〇年六月三〇日に施行された国家安保法によって、香港全土は完全に壊滅した。香港は中国の一つの地方都市となり、全体主義の支配下になってしまった。私たちにできることは、まだあるのか。嘆き悲しんでいるときに、抵抗し続けることを考えていいのか。

　私は、政治的・社会的側面からこの未曾有の災難について論じるつもりはない。というのも、すでに他の友人が多くの優れた評論を書いているからだ。ここでは、今の状況に関する実存的感情について語ってみたいと思う。

一九六〇年代、少年だった私は実存主義の本を読んでいた。王尚義『異邦人から失われた世代へ』、漆木朶（孟詳森）『幻日手記』など、台湾からの思想を目の当たりにした。また、『大学生活』という香港の雑誌を通じて、胡菊人が書いた実存主義を紹介するエッセイを読み、その中で彼がキェルケゴールとヘッケルのことを「実存の騎士VS理性のハゲタカ」と記したエッセイをいまだ鮮明に覚えている。

これらの本やエッセイから、「実存的危機」とは何かを知った。唐君毅によれば、この危機とは、現代人が自分の生について反省した際に、何も頼るものがないことに気づいた状況で、いわゆる「四不掛搭」（上は天に在らず、下は田に在らず、外は人に在らず、内は已に在らず）という状況のことである。言いかえれば、神はすでに死に、自然は汚染され、文化的・政治的社会は混乱し、自己の価値は失われた、という危機だ。私たちは今、まさにこの実存的危機の中にある。

なぜ生き続けなければならないのか。カミュは「なぜ自殺しないのか」がもっとも重要な哲学の問題だと言った。この荒唐無稽な世界で生き続けるためには、どうすればよいのか。哲学の問いは無駄だと決めつけ、食べて飲んで遊ぶという生活を送ればいいのか。それとも、私たちは毎日を生き続けるのに十分な理由や意味や価値があるのかと考え続ければいいのか。いずれの考え方も感傷的なもので、個人的な問いかけに過ぎない。

大学生たちが目指したのは「四仔主義」、すなわちマイカー（車仔）、マイホーム（屋仔）、妻

（老婆仔）、子ども（bb仔）を得ることだった。実存的危機は、実存主義という授業の論文テーマにすぎなかった。

もちろん、一九六〇年代の香港での二度の暴動や、中国本土での文化大革命という残虐な出来事に直面した若者たちは、アイデンティティ・クライシスの中にあったと思われる。自分は何者か、香港人とは誰か、中国人とは誰か、というように。なおかつ、これらの問いは当時の生活とはまったく関係がないものだった。生活の面では、香港の繁栄と豊かさがあり、香港人の特有の創造性が現出した上で、一九七〇年以降の香港は成長してきた。

一九五〇〜六〇年代の香港は、高度成長の軌道にまだ乗っていない楽園だった。ほとんどの香港人は北方から逃げてきた者であり、「借りた場所、借りた時間」で暮らしていた。親の世代は家計のために必死に働き、若者たちは一生懸命に勉強すれば成功する、という時代だった。政治や文化に関心を寄せることもなく、また学校において中国や香港の歴史、また世界史を学ぶ必要もなかった。もちろん、共産党や国民党にも、香港から数百キロ以上離れた「金門砲戦（一九五八年）」[1]にも、関心がなかった。イギリスによる植民地支配は、私たち香港人にはあまり影響を及ぼさなかった。朝鮮戦争やベトナム戦争は海外のこと。文化大革命は遠くで起こった悲劇。私たちは安全・安心な社会で暮らしており、かといって民主的な社会ではなかったものの、特に文句を言うこともなかった。貧しい人々も地道に生活を送るためにがんばっていた。中国の歴史にずっと欠けていたもの、つまり自由を手に入れたのだ。

数え切れないほど語られてきたこの香港神話は、今はもう滅び去っている。神話もなければ、借りた場所や時間もない。私たちはゆっくりと、いや突然に覚醒した。「実存的危機」の中で、私たちが直面しているのは、青春時代の感情的な問題でもなければ、実存主義をめぐる理論的な問題でもない。香港市民一人ひとりが真剣に考えなければならない問題だ。肉体的にも精神的にも弾圧を受けるこの時代に、いかにして有意義に生きるか。これは、抵抗活動の意味を問う政治レベルだけの問題だけではなく、私たちの実存に関わっている問題だ。

政治的危機は実存的危機につながる。私とは誰か。私は自由であるのか。何を信じればいいのか。何をすればいいのか。何を理解すればいいのか。このような不条理で馬鹿げた香港に住む意味や価値はまだあるのか。

私は、哲学というアカデミックな世界で何十年も研究と教育をおこなってきた。大学という「象牙の塔」で働き、哲学は授業や学会の中にしか存在しないと考えてきた。だが、そうした考えはまちがっていた。哲学は生活の中にあり、実存的危機は理論的な問題ではなく、日常生活の中にある。哲学を語りながら、それを具体的な「生」の現場に生かさないことは、言葉の戯れをおこなっているに過ぎないのである。これは、恩師の労思光が教えてくれたことだ。

この文章は「破題」に過ぎない。また書き続ける。

二〇二〇年八月二一日

注

1　中華人民共和国の解放軍が一九五八年八月二三日から一〇月五日にかけて中華民国の福建省金門島に対して砲撃をおこなった事件を指している。

2　真実

今日における政治状況と新型コロナウイルス（武漢肺炎）によって、私たちは実存的危機を押し付けられている。

私たちは何十年もかけて、哲学や文学の本を読んだり、映画を観たりした。いずれの作品も、私たちが生きる不条理で混沌とした世界に、これほどの存在意義があるのかと、想像を絶するものばかりだった。

サルトルの『嘔吐』、カミュの『反抗的人間』、カフカの『城』、オーウェルの『一九八四年』などはフィクションに過ぎず、何の意味もないと思っていた。『シンドラーのリスト』や『ニュールンベルク裁判』のような第二次世界大戦の映画を観ても、ナチスがユダヤ人に対しておこなった残虐行為の罪について考えるのは二一世紀の話ではなく、過去の話だと思っていた。ハヴェル

『力なき者たちの力』やアーレントの『革命について』『エルサレムのアイヒマン』などは、理論的な書物に過ぎず、私の今の生活には関係ないと思っていた。

しかし、この不条理で、残酷で、非合理で、偽善的で、良心がなく、権力に飢えた世界が、二一世紀の香港に現れたのだ！

なぜ、世の中はこんなに不条理なのか。人に騙されたり、外国人に利用されたり、マスコミに惑わされたり政治家に煽動されたりしたのか。私たちが理解している現実はリアルなものなのか。真実を知ることができるのか。

私たちが香港特別行政区の善意を理解しておらず、中国政府の政策に偏見を持っている、という意見もある。逃亡犯引渡条例改正案から国家安全保障法まで、すべて法は「一国二制度」と香港の安定と繁栄のために提案されたのだ、と。抵抗運動をする人々は、そうした真実を理解していない、と。香港政府の言葉は、無知な大衆が発したものでもなければ、親体制派メディア・政府高官・国家指導者の言葉でもなく、上級知識人や専門家が共有している「真実」なのだ、と。国家安全保障法が香港を正しい道に戻すために中国から与えられた新しい社会契約であり、社会学教授や法学部教授などの先輩学者たちはそのことに満場一致で同意している、と。

以上は、ドイツで博士号を取った後輩の哲学研究者が数カ月前に話してくれた内容である。彼女の長年にわたる観察によれば、香港政府に反対している私たちこそが、反共産党の人々や外国のメディアに騙されているという。天安門の虐殺はなく、共産党の指導力は欠点がないほどすばらしく、祖国の未来は明るいという。

果たして、私たちは真実を十分に知っているのだろうか。天安門事件の現場に行って、真実を自分の目で見たことがあるのか。三〇年前に起きたことは、今の「チャイニーズドリーム」には遠すぎて何のプラスにもならない。だから、過去のことなど忘れたほうがいい。一四億人の中国国民のうち、おそらく九五パーセント以上が天安門事件について何も知らないし、知ろうとしないだろう。知ったとしても何の意味があるのか。「真実」は権威に決められるのだから。

ドイツのナチスの専制政治、イタリアのファシズム、ソ連の共産主義独裁、中国の文化大革命など、前世紀の全体主義には、一般市民から知識人、科学者まで、数え切れないほどの人々が、ヒトラー、ムッソリーニ、レーニン、スターリン、毛沢東を偉大な指導者・予言者として賛美したことを覚えているのだろうか。真実を把握して歴史を理解しているのは、彼らだけなのか。二〇世紀のドイツを代表する哲学者ハイデガーでさえ、一九三三年にナチスに入党し、ヒトラーを「ドイツの救世主」と絶賛していたのだ。

マルクスの『共産党宣言』(一八四八年)は、プロレタリアートが革命を成功させるには共産党の指導の下でしかできないことを明確にしていた。歴史的発展の法則や物事の裏にある真実を知っているのは、共産党だけだからだ。ギリシャのプラトンは二〇〇〇年以上前に、哲学者が王様になって初めて、都市国家に真の正義が存在すると断言した。イエスは「私は道であり、真理であり、道である」と言いながらも、イエスを通してのみ、私たちは神のもとに帰ることができる。だからこそ、彼は「救世主」なのだ。二〇〇〇年以上ものあいだ、数え切れないほどのキリスト教の信奉者たちは、イエスへの揺るぎない信仰を持って生きており、世界の終わり、イエスの再臨、善良な人の天国への復活、罪人の地獄への避難を待っている。だが、残念ながらイエスは再臨していない。

二〇〇〇年以上ものあいだ、人類は無数の災難に見舞われた。プラトンの哲人王論が、その意図はともかく、独裁者のモデルとなった。一九三〇年代に、ヒトラーはドイツに短期間の繁栄と権力をもたらし、その一〇年後の第二次世界大戦で六〇〇〇万人のユダヤ人が殺害され、ドイツの人々と文化は悲惨な状態に陥り、世界中の多くの人々が永遠の地獄に突き落とされた。第二次世界大戦では、スターリンの全体主義的で専制的な支配が八〇年で破壊された。文化大革命という一〇年間の大惨事は、毛沢東が中国人民の救世主であることを証明したのか。

権力は「真実」を握り、「真実」とは何かを決める。すべての異議や反対意見はまちがっているとされる。その「真実」には批判や論争の余地がない。ソ連の全体主義時代、反体制派が精神病院に監禁されていたのは、当時の心理学が体制の意見を反映した結果である。つまり、人間の意識は世界を正しく反映したものであり、普通の人は偉大で美しい社会主義国を心の中に映し出さなければならず、もし不一致があれば、それは心理的な問題であり、精神的な病気であるから、治療してまちがった概念を修正しなければならない、ということだ。

私たちの実存的危機は、真実をどのように把握するかに関わっている。権力はあらゆる反対意見を弾圧しながら、何が正しいと考えるかを決めるために、自らが「真実」を握っていると主張する。このことを、私たちはどう考えればいいのか。

もちろん「真実」あるいは「真理」は、哲学の重要な問題である。しかし、ここで哲学的な議論をする必要はない。それは、哲学の授業ですることにしよう。私が関心を持っているのは、現在私たちが理解している世界が現実であることと、政府から提供される「真実」が幻想であることを、どうやって知るのか、である。

少なくとも、次の点は確かである。それは、ある現象を何億人もの人が信じていても、真実は権威によって決まるものではないし、何人の人が信じているかで決まるものでもないということだ。権力は、人々が「何が真実なのか」を受け入れることを強制することはできない。自由に考えられるからこそ、真実を知ることができるのだ。

アーレントが指摘した「凡庸な悪」とは、ナチスの戦犯アイヒマンが生まれながらにして悪ではなく、目の前の悪をすべて無視して思考を停止したことを示している。上司が常に正しい。よって、彼はただ命令を受け入れるだけでいい。反省する必要はない。命令を遂行するという義務を果たせばいい。ユダヤ人の死は他人事である。良心と理性と共感は、仕事とは何の関係もないし、意味も持たない。

自由に考えることを拒否すること。それこそが凡庸な悪なのだ。

「真実」は、簡単に手に入るものではない。時事問題についての幅広い知識と理解を通じて、合理的かつ主体的に状況を分析していく必要がある。だからこそ、説得力のあるメディアの解説を読んで、それらを比較するだけでなく、哲学・歴史・文学・社会科学などの知識を広く勉強する必要があるのだ。知識の積み重ねが、私たちの「内なる力」となる。そうすることによって、真と偽を見分けられるし、何が「真実」なのかを見極めることができる。

主体がなければ、自由がない。疑いがなければ、真実がない——自由も真実もなければ、私たちの実存に危機もない。なぜならば、そうなれば実存に意味がなくなるからだ。

何十年も本を読んできた私にとっては、今が本当の試験を受けるときである。それはどんな試験かというと、学位を取得するための試験ではなく、自分の内面の知識を使って真実を理解し、安心立命になるための試練だ。

二〇二〇年八月二五日

注

1　以下、聖書の和訳は『聖書［口語］』（日本聖書協会、一九五五年）による。

3 怒り

市民が黒い服を着てデモ活動に参加しているのは、怒らずにいられなかったからだ。後悔することなく抗議を続けているのは、心の中の怒りや痛みを消すことができず、忘れられず、いや忘れたくないからだ。

小さい頃、官涌市場[1]の近くに住んでおり、公立小学校に通っていた。私の同級生のほとんどは市場の子どもたちだった。良い生徒だった私が、五年生のある日、授業中に教室を出ようとしたら、黒板のチョークで遊んでいたせいで、教師から二〇回のムチという体罰を受けた。目には涙が浮かんでいが、泣くことはなく、怒りの感情を抱いた。なんでこんな罰を受けなければならないのか。六〇年近く前の出来事ではあるが、今でも記憶に新しく、忘れることができない。

なぜ私は怒っているのか。本当に悪いことをして、先生に見つかったのなら、二〇回のムチを受けるべきであろう。しかし、自分は何も悪いことをしていない。ならば罰を受けるべきではないと、そのときは思った。不当に苦しめられていることに、怒りを覚えた。

この一年間、香港の若者たちが警察から残忍な殴打を受けたことに比べれば、私が受けた二〇回のムチなど、どうでもいいことであろう。また、何百万人の香港人の怒りに比べれば、個人の些細なことなど言及するに値しない。

香港と北京の政府は、警察の横暴と嘘と倒錯した政策で香港を殺してきた。昨年から今日まで、良心と理性を持った香港人全員が、ほぼ毎日、その不条理さを目の当たりにして、悲しみと怒りに包まれている。七・二一[2]と八・三一[3]をはじめとする多くの犯罪は、すでに多くの政治評論があり、補足する必要はない。不条理さを目の当たりにした今、私が気になるのは「怒り」の意味である。

怒りは、人間のもっとも一般的な感情の一つである。日常生活の中で嫌なことがあったり、理不尽な扱いをされたり、不当な扱いをされたり、過剰に非難してくる人に遭遇したときに、私たちは怒ってしまうことがあるだろう。相手が謝罪して自分の非を認めれば、問題は解決できる。しかし、相手が自分の過ちを認めなければ、相手の不適切な方法によって引き起こされた痛みや苦しみを手放すことはできないだろう。

個人的な怨み、集団的な恨み、人種的な憎しみ、そして国と国とのあいだの戦争が、人間を苦しめ、怒りと憎しみをもたらしてきた。人類の歴史は、怒りによって引き起こされた無数の災難と悲劇に満ちている。人類の心の中には怒りと憎しみがあり、それを解決する方法がない。だから、人類の恒久平和への希望は幻想に過ぎない。中国の歴史にずっと欠けていたもの、つまり自由を手に入れたのだ。

ホメロスの叙事詩『イーリアス』の一行目は怒りで始まる。

> 怒りを歌え、女神よ　ペーレウスの子アキレウスの、おぞましいその怒りこそ　数限りない
> 苦しみをアカイア人らにかつは与え……[4]

西洋の文学は怒りから始まる。十年戦争は残酷さ、悲しみ、殺害、憎悪、すべての否定的なものをもたらした。怒りは災いと痛みをもたらすだけだ。

また、キリスト教は七つの大罪の一つに怒りを挙げている。怒りが罪の根源であり、それが他の悪事につながるからだ。イエスは怒りが受け入れられないことを指摘され、「敵を愛しなさい」と語ったと『新約聖書』のマタイによる福音書に書かれている。孔子は怒りを素直に報いて、怒りを払拭するようにと諭した。仏教は怒りを我執《がしゅう》の毒と捉え、衆生《しゅじょう》から怒りや憎しみを取り除かなければ、悟りがないと説教している。

ローマ時代のストア派のセネカは、西欧古代においてもっとも詳しい怒りに関する哲学的著作を書いた。セネカによれば、怒りとは人間の理性を覆す一種の狂気であり、怒りがあるところには、人はけっして心の平安を見出すことができない。怒りをコントロールできなければ、人間は動物と同じで自律性がなくなる。私たちは理性で生きるべく、怒りは私たちの判断能力を破壊するるので、怒るべきではない。理不尽なことは気にしないほうがいい。これらのことは私の幸せとは何の関係もなく、不動心（アパテイア）にいたほうがいい。

怒りの扱い方としては、怒らない（怒りに抵抗する）ことと、怒っても悪いことはしない（怒りを抑える）ことの二つがある。つまり、怒りは非合理的であり、それゆえに不道徳であり、人生にとって無価値なものである。

もし、以上のような中国や西洋の哲学や宗教の怒りに対する否定的な考えを信じているのであ

篆刻　神人共憤

れば、怒りを手放して自分の運命を受け入れるしかないだろう。すべての人間の苦しみや罪が怒りや復讐によって解決できないのであれば、私たちはこの「真実」を認めなければならないだろう。

　しかし、哲学史の中では、怒りに対する別の考え方がある。アリストテレスは、怒りには肯定的な意味があると考えていた。彼は、怒りを痛みに対する反応だと定義している。不当あるいは不条理に痛みを受けた被害者が、怒りを感じて弁明や復讐を要求し、加害者に対する応報を望む。アリストテレスに言わせると、人は怒りを欠くと無関心になり、怒りすぎると暴力的になる。もちろん、怒りだけでは問題は解決しないが、怒りは問題を解決したいという欲求につながる。怒りを上手にコントロールすること、怒るべきことに怒ること、そして正当な理由で不条理なことに怒ること。それがアリストテレスの怒りの技法だ。

　私は、怒りを否定する分析に反対する。ストア派のように、不正や不条理に無関心ではいられない。「神には神、カエサルにはカエサル」といって残酷さを無視することができなければ、「恨みを徳で返す」といって怒りを収めることもできない。孟子曰く。惻隠《そくいん》の心なきは人に非《あら》ざるなり、是非の心なきは人に非ざるなり。不正や不条理に無関心であることは、人間ではないことだ。

以上のことから、怒りには少なくとも三つのポジティブな意味があると私は考えている。

一、不当な扱いを受けたとき、自分の尊厳を守るためには怒りが必要である。

二、不条理や不正義に対する怒りは、不正義を真摯に受け止めるための必要条件である。

三、怒りは、不正に対抗するために必要不可欠である。

この怒りの分析が正しければ、我々の闘争の原動力は抑圧や時間によって変わることはない。私たちの心の中の怒りは鎮められないからだ。前世紀にナチスがユダヤ人を虐殺したことを忘れないように、天安門での六月四日の大虐殺という悲劇も忘れない。ニュルンベルクでのナチス戦犯の裁判は、ユダヤ人と世界の怒りを黙らせる唯一の方法だった。今、毎日に起きている不条理なことが怒りの燃料になる。正義が来なければ、心の中の怒りと憤りは消えないだろう。

二〇二〇年八月二九日

注

1 地下鉄「佐敦駅」の近くにある。

2 二〇一九年七月二一日に地下鉄「元朗駅」とその周辺で起きた白い服集団によ

る無差別攻撃事件を指す。

3　二〇一九年八月三一日に地下鉄「太子駅」で起きた警察による無差別攻撃事件を指す。

4　『イーリアス〈上〉』（岩波文庫、一九六四年）、九頁。

5　『怒りについて』（セネカ著、兼利琢也訳／岩波文庫、二〇〇八年）。

6　『チベット仏教が教える怒りの手放し方』（ロバート・A・サーマン著、屋代通子訳／築地書館、二〇一一年）。

参考文献：
セネカ『怒りについて』（翻訳多数あり）
ロバート・サーマン『怒り』、オックスフォード大学出版局、二〇〇四年
マーサ・ヌスバウム『怒りと赦し』、オックスフォード大学出版局、二〇一六年

4 恐怖

民、死を畏《おそ》れざれば、奈何《いかん》ぞ死を以《も》ってこれを懼《おそ》れしめん。

老子『道徳経』第七四章からのこの引用が、抗議運動の文脈の中で過去一年間に何度も登場している。死を恐れていない私たちに、死の恐怖を利用して怖がらせることは無駄だ！

子どもの頃、ラジオで深夜の怪談をよく聞いていたが、本当に怖かった。ある日、怖い怪談を聞いて、震えながらベッドで丸くなった。突然、私は幽霊と死を怖がらない二つの理由を思いついた。まず、人間が死んで幽霊になっても、服は幽霊にはならない。つまり、幽霊は服を着ていないから、見えるはずがないのだ。また、幽霊は私を死なせるから怖いと思うかもしれないが、死んだら自分も幽霊の仲間になるのだ。この二つの理由を頭に入れておけば、もう幽霊も死も怖くなくなった。

幼稚な発想ではあるが、深夜の怪談は怖さや恐怖に対する考えの方向性を提供してくれた。

二〇世紀の実存主義は、恐怖と不安を人間の重要な危機の一つとしている。恐怖とは、誰かが何かを恐れる気持ちを指している。アダムが禁断の果実を食べたあと、主の呼びかけを聞いて、こう答えた。「園の中であなたの歩まれる音を聞き、私は裸だったので、恐れて身を隠したのです」（創世記三：一〇）。神の命令に背いたことによる差し迫った罰への恐れと、罪を犯したことで死ぬことになることへの恐怖が語られる。それに対して主は、「しかし善悪を知る木からは取って食べてはならない。それを取って食べると、きっと死ぬであろう」（創世記二：一七）と語る。ここでは、まず恐れには対象がある。恐れの対象はエホバ自身ではなく、罪を犯した結果生じる罰と苦しみである。聖書の中に、アダムが恐怖にどのように直面したかについては何も書かれていない。ただ、アダムが自分の罪の悪い結果だけを受け入れ、エデンの園から追い出されたとしか書かれていない。

古代ギリシャのアリストテレスが恐怖と勇気とを結びつけて分析し、後世に多大な影響を与えた。ようするに、「われわれの恐れるところのものは、おそろしいことがらであり、おそろしいことがらとは無条件的にいえばもろもろの悪しきことがらである。ひとびとが恐怖を〈もろもろの悪しきことがらの予期〉と定義している所以である。われわれは、だから、あらゆる悪、たとえば不評・貧乏・病気・無友・死のごときを恐れるのであるが、勇敢な人間という場合、必ずしもこれらすべてのあしきことがらにかかわるものとは考えられない」[1]。

恐怖とは、悪しきことがらの予期である。この悪は、大きな痛みや損失をもたらし、生命を脅かすことさえある。恐怖に直面すると、普通の人は恐怖から逃れようとする。逃げ切れないときは降参し、痛みやダメージを軽減しようとする。普通の人は、恐怖の中で生きたいとは思わない。しかし、なぜこれほど多くの香港の人々、特に若者たちは、この一五カ月の間、恐怖を無視して抵抗活動に参加してきたのだろうか。

黒い警察に立ち向かうために、フル装備で行進することの怖さを知らないのだろうか。催涙ガスやペッパースプレーが怖くないのか。逮捕されたときに「法律に則って」暴力を受けることは怖くないのか。警官に膝で首を押さえ付けられることは怖くないのか。無差別逮捕後の警察署で、虐待やいじめを受けることは怖くないのか。不当な告発を受けて裁判を待つ苦悩は、怖くないのか。犯罪をおかしたあとに刑務所に入れられ、肉体的・精神的苦痛を受けることは怖くないのか。香港人は、これらすべてのことが怖くないのか。

文明の発展とは、何よりも自然の脅威の恐怖から人類を守ることである。家は嵐や雷雨から私たちを守り、安心して暮らせるように建てられる。それと同時に、人間と野生動物とを隔離する。さらに、敵の攻撃から私たちを守るために、ポリスが建てられた。ポリスの出現は、支配者と民衆の政治的関係をめぐる論争を経て、ようやく実現できた。一八世紀末までは王政による絶対主義的な支配が主流だったが、アメリカ革命やフランス革命でトップダウン型の支配が逆転し、憲法は政府と国民のあいだの社会契約となった。

政府の権力を牽制してバランスをとることが重要であり、三権分立はこの形態の政府の中でもっとも文明的な発展を遂げたものであった。三権分立における行政・立法・司法のあいだの牽制と均衡こそが、国民に恐怖からの自由を与える唯一の方法である。私たちは、憲法で認められた法律の下で権利と責任を果たす限り、警察や裁判所をはじめとするすべての役人を恐れることはない。なぜならば、私たちは法律によって守られているからだ。

私たちが恐怖から自由でいられるのは、現代世界では当たり前のことである。一九四八年に人類文明の歴史の中でもっとも重要な文書の一つである『世界人権宣言』が国連で採択され、「人権の無視及び軽侮が、人類の良心を踏みにじった野蛮行為をもたらし、言論及び信仰の自由が受けられ、恐怖及び欠乏のない世界の到来が、一般の人々の最高の願望」と宣言された。

この数十年の香港は、世界でもっとも安全な都市の一つであった。私たちが恐れるような場所は、香港にはなかった。いつでも通りを歩くことができた。デモに参加したり、抗議したり、スローガンを唱えたりすることができた。報道の自由・言論の自由・学問の自由は当たり前のものであった。私はずっと大学で働いてきて、本を読んだり、教えたり、講演や会議をしたり、執筆や出版をしたりしてきた。検閲はもちろん、審査があったことは一度もなかった。法治があるから怖くない。世界人権宣言の下で守られていたからだ。

悲しいことに、これらの権利や自由はすべて、この一〇カ月ほどのあいだに、一歩ずつ消えていってしまった。香港は、もはや安全な街ではない。警察の残虐行為、恣意的な逮捕、国家安全保障法の押し付け。三権分立は過去のものとなり、香港は怖い街になってしまった。元旦、六・四、六・九、六・一二、七・一、七・二一などの日々。立法会、アドミラルティ、モンコック、元朗、大埔その他数え切れないほどの場所。これらの日々と場所は、香港の何百万人もの人々が怒り、悲しみ、恐怖を感じる空間となってしまった。いつ、どこにいれば安心だという保証はまったくない。香港は、もはや「恐怖の街」になってしまったのだ。

怖いに決まっている。なのに、なぜ私たちは抵抗しなければならないのか。

幽霊が怖かった幼少期の経験を追体験したとしよう。私が幽霊や霊を怖がらなくなったのは、じつは無知ゆえに訪れるこの恐怖を、心と理性を使って克服できるからだ。恐怖に打ち勝つためのもっとも重要な武器は、知識である。人類の自然に対する脅威への恐怖は、科学的知識によって緩和された。雷や稲妻は、猛威を振るうようなものではなくなった。自然の働きを理解するのは、科学の知識が必要不可欠だ。一七世紀の科学革命の創始者であるフランシス・ベーコンは、「知識は力なり」と述べており、自然界の法則を理解すれば、自然を制御し、自然を変えることができるとした。

しかし、人間の政治生活における恐怖は、科学的な知識で解決できる自然現象ではない。人間が蓄積してきた政治的な知恵をもとに、権力者の権力を規制する制度によって解決されるものである。民主主義はけっして理想の政治制度ではないが、独裁政治よりもはるかに優れていることは確かだ。民主主義と法治国家は、国民を恐怖から守る制度であるからだ。

六年前の雨傘運動から現在の抗議運動は、民主を追求することと法治を維持することを主な目的としている。悲しいことに、暴政は強引な支配で私たちの謙虚な要求を完全に拒否した。恐怖からの自由は保証されていない。私たちは今「恐怖の街」に住んでいる。恐れるのが嫌ならば、思考停止し、香港共産党政権の言う「真実」を受け入れ、「凡庸な悪」を受け入れ、公式メディアの発表を読み、指示を受けて生き、「2＋2＝5」の思想を受け入れるといい。しかし、それをやったからといって、本当に毎晩安心して眠ることができるのだろうか。

暴政に怒らせられた私たちは、抵抗せざるをえない。厳しい弾圧が怖くて、どうやって暴政を押さえることができるのか。もちろん勇気を持たなければならない。ならば、その勇気はどこから来るのだろうか。

再び、幽霊と死の恐怖の話に戻ろう。幽霊や霊の恐怖は合理的な知識で克服できるが、死の恐怖はそう単純に克服できない。実存主義的な恐怖の分析には対象があるが、死の恐怖はそういった対象の恐怖とは違う。死は物ではなく、無なのである。死は経験できないから、私たちには死についての知識がない。ウィトゲンシュタインによれば、「死は人生の出来事ではない。死を人は経験することがない」[2]という。死が何であるかわからない。にもかかわらず死は、生きているうちに、すべての存在の可能性と意味を打ち消しにかかる。人が死ぬのは、生まれてきたからにほかならない。アリストテレスによれば、死は最大の悪であり、死を恐れることは最大の恐怖である。

死の恐怖は、誰もが感じる実存的危機である。しかし、なぜ死を恐れずに戦えるのか。私たちはどんな勇気をもって、専制政治に立ち向かうのか。

次回は恐怖を克服する勇気について考える。

二〇二〇年九月一一日

注

1 『ニコマコス倫理学(上)』(アリストテレス著、高田三郎訳/岩波文庫、二〇〇四年)、一〇七－一〇八頁。

2 『論理哲学論考』(ウィトゲンシュタイン著、丘沢静也訳/光文社古典新訳文庫、二〇一四年)、一四二頁(6.4311)。

5 勇気

若い頃、カミュの実存主義的な作品を読んだが、今でも二冊の本が心に残っている。『異邦人』の冒頭は、「今日、ママンが死んだ。もしかすると、昨日かも知れないが、私にはわからない」とし、主人公の不条理な人生経験の話が出てくる。『シーシュポスの神話』は、「真に重大な哲学上の問題はひとつしかない。自殺ということだ」という記述から始まる。生きる価値があるかどうかという問いは、それがどう答えられるかにかかっている。

私たちのほとんどは、それがつまらなくて冗長な問答だと感じる。起きて、仕事に行って、食べて、寝るのが日課になっているのだから。だが、ある日突然、私たちの命が脅かされ、危機が訪れ、死の恐怖が目の前に迫ったとき、「私たちの人生は生きる価値があるのだろうか」と問いかけることになる。

カミュは、人生は退屈で不条理であり、ほとんどの場合、私たちは日常生活に埋もれてしまい、これらの哲学的な問いについて考える時間も理由もないと考えている。しかし、自殺しないで生きていくためには存在理由が必要であり、生きるためには勇気が必要だ。自覚的に生きるためには、日常の不条理の中に生きる意味を見出す必要がある。

ヴィクトル・フランクルは、ナチスの強制収容所での悲惨な経験から重要なメッセージを引き出した。[1] 想像を絶する残酷さに直面し、いつでも消滅してしまう可能性があるとき、生命を維持するために何ができるのか。生き残るためには、どんな勇気が必要なのだろうか。勇気は、人生の意味の確実性からわきでる。だから、存在の価値と意味を知っている人は、生き続ける勇気を持つことができる。強制収容所では、飢餓が起き、拷問され、残酷な目にあう中で、聖人のように生きていた人もいれば、生き続けるためには何でもしたいと思っていた人もいた。フランクルがロゴセラピーを設立したのは、このような理由からだ。ニーチェが言うように、「理由があって生きている人は、ほとんどのことに耐えられる」という。勇気は意味と価値観から生まれる。

一九八九年五月二〇日に台風が香港に上陸した際、私たちは豪雨と風の中、ビクトリア公園に集まり、北京の戒厳令宣言と天安門広場での学生への弾圧開始に抗議した。「李《り》鵬《ほう》辞めろ」「北京の学生を支えよう」などのスローガンが荒天の中で唱えていた。悲しみと怒りを隠せない顔に、雨の涙が流れてきた。集会やデモの自由という法的な権利があることを知っていたので、恐れることなく、集会やデモのあと、無事に帰宅した。

その後、数え切れないほどの街頭行動をおこなったが、理不尽で不当なものに抗議すべきだと感じている限り、怖くもなければ勇気を振り絞る必要もなかった。誰も参加を強要してこなかったし、抗議やデモをしても何のリスクもなかった。毎年の六月四日の記念活動は、数万人の市民が思想の自由を表現する場であった。二〇二〇年六月以前、抗議することに勇気はいらなかったのだ。世界人権宣言によって保障された権利を行使することは、当たり前のことだった。

この正当な権利が奪われ、香港は恐怖の街になってしまった。言語道断である。集会をやったり、反政府スローガンを唱えたり、抗議のスローガンを掲げることは、今はすべて「違法」な行為となっている。抗議には危険が伴い、逮捕や暴行の可能性もある。私たちが本来は持っているはずの市民権を行使することは、当たり前のことではなくなり、それを行使するためには勇気が必要となった。抑圧や恣意的な逮捕、暴力の恐怖に直面しても、その権利を行使するためには勇気がいる。恐怖に打ち勝つためのモチベーションは勇気だ。

アリストテレスは、今述べたような論考の中で、恐怖を「もろもろの悪しきことがらの予期」と定義している。勇気とは、悪にどう立ち向かうかという徳《アレテー》であり、臆病な人は恐怖に怯え、無謀な人は衝動的に行動する。だが、「かくて、然るべきことがらを、然るべき目的のために、また然るべき仕方で、然るべきときに耐えかつ恐れるひと、またこれに準ずるごとき仕方で平然たるひとが勇敢なひとにほかならない」[2]と述べる。

勇気は、恐怖及び平然に関しての中庸である。しかし、道徳的な美徳としての勇気は、生得的なものではなく、学習や反省、そして恐怖に直面したときに勇敢である能力から導き出される。勇気のある人は、恐怖に直面して行動するとき、勇気という感情だけに頼るのではなく、状況を正しく理解し、主体的に行動する自立した意識を持っている。勇気とは、恐れと自信に関する知識である。恐怖は危険だ。とはいえ、恐怖が克服されるのは、信仰が正しい知識を与えてくれるがゆえに、勇気を持って立ち向かうことができるからだ。勇気ある者は、崇高なもののために行動する。なぜならば、これは徳の目的だからだ。

確かにアリストテレスの勇気論は、個人の徳の問題に言及しており、理性と徳に基づいて、いかにして幸福と有意義な人生を実現するかということを論じている。しかし、彼はまた、社会集団の一員としての人間の責任の問題にも関心を持っていた。人間は「理性的動物」でありながら、「政治的動物」でもある。正義があれば、個人は幸せになれるという。

香港でおこなわれた毎年の六月四日のデモは、天安門事件の弾圧に対する怒りを表す正義のデモであった。雨傘運動と反送中運動のデモも、正義に対する脅しや抑圧があったからこそ、何の迷いもなく抗議するために街に出たのだ。この一〇カ月間、香港では何十万人もの人が街に出た。老人も、若者も、退職した人も、専門家も、主婦も、教師も、医者も、教授も、学生も、公務員も。私たちは、個人や組織に煽動されたわけでもなければ、参加したからといって金銭的に報われるわけでもない。リーダーから指示を受けたわけでもなく、同じ政治信条を持っているわけでもない。香港が専制政治によって破壊され、道徳価値・法治精神・是非善悪がすべて専制政治によって踏みにじられたという危機に私たちは目覚め、そのことに共感を持っていたのだ。この共感は、一五〇〇余年の歴史を持つ香港では前例がない。これが怒りの理由であり、恐怖を克服する理由でもある。この共感こそが勇気を与えてくれるのだ。

アリストテレスは「人類の最大の恐怖は死である」とも述べた。現代の実存主義者の恐怖や不安は、自分の人生の無常、有限性、恣意性、意味の喪失、帰属意識の欠如、無意味さなど、すべてのものが最終的には無価値で無意味であるという事実に直面したときの無力感や無力感に由来している。そうした無の中に個人の居場所はない。無という現象を避け、それを感じないようにしない限り、人生を再定義する根拠を見出すことはできない。

前世紀の実存主義者、神学者ポール・ティリッヒの『生きる勇気』[4]は、ニヒリズムに対する彼なりの拒絶を提供している。勇気とは、何もないという脅威にもかかわらず、自分自身の存在を肯定することである。存在の肯定は、単一の個人の存在が不可能であるため、正確に言えば個人の存在の肯定である。他者の存在は、その中に含まれている。だから、私の勇気は「私たち」の勇気から生まれるとティリッヒは指摘した。

デモ行進に参加したとき、誰からの指示もなく、同じ方向に歩き、同じスローガンを唱え、同じ歌を歌っていた。参加者たちは、互いに知らなくても、同じ信念や感情を共有していることを心の中で知っていた。この共感こそが私たちの勇気だ。

智仁勇《ちじんゆう》の三者は天下の達徳なりという儒教の教え、つまり「智者は惑わず、仁者は憂えず、勇者は懼れず」[3]ということは、義のためなら勇者には恐れがないことを意味する。孟子は死よりも不義のほうが恐ろしいと考え、生を捨てて義を取ることを唱えた。ソクラテスは正義とは何かを知っていて、勇気を持つことが正義だから、死はまったく怖くないと主張した。

私たちが勇気を持っているからといって、恐怖心がないというわけではない。それは、不条理なことが起こることへの日々の怒りである。その私たちの勇気には、衝動や無謀さなど必要ない。知識と判断で真実を知り、権力の「偽り」に抵抗する。「私たち」が勇気そのものであり、勇気を持っているからこそ、闘い続けられるのだ。

二〇二〇年九月二三日

注

1 『夜と霧』（ヴィクトル・E・フランクル著、池田香代子訳／みすず書房、二〇〇二年）を参照。

2 『ニコマコス倫理学（上）』、一一〇頁。

3 『論語・子罕篇』による。

4 『生きる勇気』（パウル・ティリッヒ著、大木英夫訳／平凡社ライブラリー、一九九五年）。なお、ティリッヒは実存主義について深い分析を行っているが、勇気の基礎づけはキリスト教の信仰にあるという。枚数の制限で本稿では割愛した。

参考文献：

パウル・ティリッヒ『生きる勇気』エール大学出版局、一九五二年。

6 復讐

不当な弾圧に直面したとき、怒り以外の方法で復讐ができるのだろうか。

一九六九年一二月中旬のある日の午後、五四歳になった父が、一方通行の道路を猛スピードで逆走してきたミニバスに轢《ひ》かれて亡くなった。数カ月後、裁判所はミニバス運転手に危険運転の有罪判決を下し、三年間の免許停止と罰金を科した。運転手は、裁判所で母親や家族に謝りもせず去っていった。父親の突然の死で、母親と八人の兄弟姉妹が残された。運転手は有罪判決を受けたが、それで正義は果たされたのか。家族の悲しみ・痛み・怒り・不安は、公正な裁判で補償され、「緩和」させられたのか。謝罪もなく法廷を出た運転手を一瞥したが、その姿は五〇年経った今でも忘れられない!

裁判所の甘い判決は、私たちの悲しみや怒りを鎮めるには程遠い。ならば、私は父を殺した人に復讐するべきか。彼の家族も同じように罰を受けるべきか。「君父《くんぷ》の仇《あだ》は倶《とも》に天を戴《いただ》かず」[1]のように、簡単に彼を逃がしていいのか。そもそも、彼に与えられるべき罰とは何か。殺すつもりはなく、ただ無謀な運転をしただけで、彼の死刑を望んでいいのか。懲役一〇年でいいのか。それとも二〇年間。私の家族を養ってもらえばいいのか。

いずれにしても、父の死の原因はあの運転手にあり、私たちの悲しみの原因もあの運転手にある。その後、私たちは責任追及もしなければ、無知だから保険金の請求もしなかった。半世紀が過ぎた今、あの運転手はもう死んでいるかもしれない。だが、この事件は今でも私を悩ませ、けっして忘れることも許すこともできないのだ。

罪人の処罰と復讐は、人間文化の中で常にテーマになっている。ギリシャ悲劇の多くは、復讐をテーマにしている。ホメロスの二つの叙事詩[2]は怒りに始まり、殺しと復讐で終わる。シェイクスピアの四つの悲劇も復讐がテーマだ。ハムレットとオフィーリアは、父親の仇を討たなくても幸せになれたかもしれない。邪悪な叔父と共犯者の母親を殺害したことで、その存在が決定づけられたデンマークの王子の運命は、怒りと悲しみに支配されている。復讐の怒りが彼の人生を燃やした。金庸《きんよう》[3]の武侠小説『射鵰《しゃちょう》英雄伝』や『鹿鼎記《ろくていき》』（いずれも徳間文庫）まで、どの本も国家と家族の確執を扱っている。数多くの映画やテレビ番組でも、犯罪や復讐の物語が取り上げられている。これらの復讐の物語は、フィクションや映画だけでなく、日常生活の一部でもある。チェスの試合に負けたり、テニスのコートで相手に負けたり、愛する人を他の男に奪われたり、仕事を奪われたりと、私たちは誰もが不幸になり、イライラし、怒り、復讐の方法を探している。

復讐は、人間の存在において重要な感情様式である。

私たちは、失敗したり、抑圧されたり、理不尽な扱いを受けたりすると、不満、敗北、挫折、落ち込み、怒りを覚える。復讐のチャンスを待つか、降伏して忘れてしまうか、笑い飛ばすか、怒りを抑えて内に秘めたままにしておくか。復讐の心を見せるのを恐れているのかもしれない。しかし、これが個人の不平不満ではなく、市民社会への弾圧に対するものだとしたらどうだろう。殴ることと逮捕することに違いはなく、警察の横暴によってそのような扱いを受けてきた人が、自分自身にも周囲にも数え切れないほどいるとしたら、その横暴に対して私たちは何ができるのだろうか。当局に文句を言えばいいのか。正義が何なのかを探すのか。

この一年、香港では数々の抗議デモが鎮圧され、悲しみと怒りに満ちた事件が続出している。正義が貫かれることなく、不平不満が解消されることは期待できない。だからといって、当局に復讐すればいいのか。「目には目を、歯には歯を」と言われているが、暴力には暴力をということでいいのか。数十年かけて、安居楽業・繁栄安定・法治自由安全の街として築き上げられた香港は、このように人々が迷っているあいだに「恐怖の街」となってしまったのだ。

復讐心は被害者のもっとも正常な反応のようだ。しかし、宗教や哲学では復讐を認めていない。イエスはこう述べている。『「目には目を、歯には歯を」と言われていたことは、あなたがたの聞いているところである。しかし、私はあなたがたに言う。悪人に手向かうな。もし、だれかがあなたの右の頬を打つなら、ほかの頬をも向けてやりなさい。」「しかし、私はあなたがたに言う。敵を愛し、迫害する者のために祈れ」(マタイによる福音書　五：三八－三九、四四)。

「目には目を、歯には歯を」とは旧約聖書のユダヤ人の迫害への対処法だったので、イエスはこの憎しみに基づく信仰を新約聖書では普遍的な愛に変えた。人と人とのあいだに復讐は許されない。神は最終的な審判者だから、人間の罪は神によってのみ許されたり罰せられたりするのだ。すべての人間の悪行は、時の終わりの前に世界の最終的な裁きで正当に報われる。「愛する者たちよ。自分で復讐をしないで、むしろ、神の怒りに任せなさい。なぜなら、『主が言われる。復讐は私のすることである。私自身が報復する』と書いてあるからである」(ローマ人への手紙　一二・一九)。私たちがクリスチャンであるならば、怒ることをやめ、復讐をあきらめ、すべての弾圧を受けるようにというイエスの教えに従っているしかないのだろうか。

もちろん、これにはもう一つの重要な原則が含まれている。復讐と正義は切り離せない概念であるということだ。どちらも犯罪に伴う怒りを扱っている。被害者の怒りや憎しみが引き金となって起こる復讐には限りがなく、加害者の処罰は原罪よりもはるかに大きい場合がある。正義の怒りは、犯罪者に与えられた害を倍増させ、犯罪はそれに値するため、復讐は正義と快楽の行為となる。

しかし、憎しみはより多くの憎しみを生み、復讐はその見返りに復讐を生む。だからこそ、文明社会では私刑を禁止するのだ。裁判所とは、被害者の怒りを鎮め、有罪者を処罰するために、法治によって正義が果たされる場所だ。私刑が許される場合、復讐者の真の動機はどうやって知ることができるのか。また、他人を罰するというモラル的特権をどうやって得ているのか。復讐は「目には目を」に限られていて、被害者の痛みを超えていないのだろうか。そして、罪人が復讐者の正義を認めることを拒否すると、復讐者に反旗を翻すことになり、その復讐は終わりのない暴力の永続につながる。個人的な復讐における善悪の区別は容易ではなく、復讐のための道徳的正当性を十分に判断することはできない。たとえば国際舞台では、イスラエルとパレスチナのあいだの憎悪と復讐に目を向けることができる。両者が互いに受けたダメージはあまりにも深くて痛々しく、平和への希望はない。

なるほど、社会は私的な復讐を認めていない。だが、法治が機能不全で不公平であるならば、権威主義的な政府によって正義が歪められているならば、司法が独立していないならば、裁判所が政治的な目的のためだけに機能しているならば、どうだろう。結局、この世の外にいる神や天に訴えることになるのかもしれない。『竇娥冤《とうがえん》』の中で、六月の飛霜《ひそう》という物語があり、悪質な罪人が罰を受けずにいることを、天は容認していないことを証明している。天には目がある。「善には善の報いがあり、悪には悪の報いがある。報いが報われないのではなく、時機がまだ来ないだけだ」。このことわざのとおりでいいのか。神や天よ、悪人と罪人の懲罰をしてくれ！

この願いは叶うのだろうか。歴史や人生経験から、数え切れないほどの邪悪な罪人が罰を受けないままで過ごしていた。罪人のおかげでひどい目にあった、報われない人々の物語を見てきた。最初の質問に戻る。復讐はできるのだろうか。

前世紀のフランスの実存主義哲学者であるシモーヌ・ド・ボーヴォワールは、一九四六年に復讐をテーマにした「目には目を」というエッセイを書いた。第二次世界大戦でドイツが敗北したあと、フランスはヴィシー政権下でドイツの支配者に仕え、悪事を働いたフランス人を悪者扱いするようになった。ドイツの共犯者である反逆者は、戦後のフランス人からは軽蔑され、裁判にかけられ、処罰され、多くは死刑に処された。

裁判にかけられたフランスの知識人の一人、ブラジラクは、占領下でユダヤ人を売り飛ばし、強制収容所に送り込んだり殺したりした罪で告発された。ブラジラクは有罪となり、死刑判決を受けた。しかし、フランスの知識人グループは、ブラジラクの犯罪に関する恩赦を要求する署名運動を開始した。なぜかというと、裁判の全日程に参加した結果として、絶対悪は抽象的な哲学的概念では分析できないし、冷静で客観的な法的観点からも判断できないということを痛感したからだ。天災や疫病を憎むのではなく、人間は、自分が害の原因ではなく、自分の意識で真の悪を作り出すからだ。

ボーヴォワールは、これらの悪事の最大のものは、他人の主観性を剝奪してしまうことであり、廃棄物を処理することをためらうように、同胞を恐怖と残酷さをもって扱うことであると断言した。「合法的な」暴力行為によって、被害者とその愛する人に与えられた痛みと怒りは計り知れないものであり、そうした感情はけっして補償もされない。だが、少なくとも悪の加害者は罰せられて当然だ。法の執行の名の下に犯罪者は、「代償を払う」ことになる。被害者は暴政がもたらした悲しみを忘れず、復讐を祈る。復讐の欲望の元となるものは、怒りを忘れず、悪行を忘れないようにすることだ。これが「目には目を」だ。もちろんボーヴォワールは、復讐のための民間法執行を支持しているわけではない。罰や復讐に何らかの意味があるとすれば、それは均衡や正常性の回復としてではなく、非人間化を受け入れることを拒否した人類の、公然とした肯定としてのものだと彼女は考えている。

独立した委員会[4]に対する問い合わせをしようという呼びかけは、遠回りのように思える。とはいえ、少なくとも復讐の呼びかけは非合理的なものではなく、人間の感情に沿ったものであることはわかっている。公正な裁判は怒りを鎮めることはできても、被害者の骨の痛みや悲しみを薄めることはできない。第二次世界大戦後、ニュルンベルク裁判ではナチスの戦犯が人道に対する罪で裁かれ、そのほとんどが死刑判決を受けた。しかし、これで正義は終わったのか。なぜなら、戦犯たちがどれだけ死刑判決を受けようとも、ナチスの残虐行為に対して無数のユダヤ人が抱く苦い怒りはけっして忘れられず、鎮まることはないからだ。

テーン・ローゼンバウムは『復讐について』[5]の中で、「復讐とは、記憶し、その記憶に基づいて行動することである……過去を消し去る〈赦し〉とは異なり、〈復讐〉は過去を保存する。劇の冒頭で幽霊としてハムレットの前に現れた父親は、息子に復讐しろとは言わず、その必要もなく、ただ『さようなら、さようなら、だが私を忘れないでくれ』と言う。ハムレットはこの言葉の意味を正確に理解し、父に応え、父の最後の言葉に耳を傾けるために自分が何をすべきかを知っている」と述べている

私は、生前に父と話したこともなく、死後の夢の中でも何をすればいいのかを話したことがない。これは、とても残念なことであった。彼の死は、日常の交通事故で亡くなる人と同じように、不幸な事故であり、故意に誰かの過失があったわけではない。復讐する必要を私は感じない。悲しみと苦しみは、過ぎていく年月で消えていくだろう。しかし、私はやはり忘れられない。なぜ父はそんな馬鹿げた理由で死ななければならなかったのか。

二〇二〇年一〇月二日

注

1 『礼記』曲礼・上。
2 『イーリアス』と『オデュッセイア』を指す。
3 本名は査良鏞。武侠小説を代表する作家である。
4 警察の暴力を調べる独自委員会を指す。
5 Thane Rosenbaum, Payback : The Case for Revenge. University of Chicago Press, 2013.

7 根本悪と凡庸な悪

二年前に南京大虐殺記念館を訪れ、二回も入館した。南京の民間人を殺した日本軍の横暴さを感じた。当時の日本による中国侵略の残酷さや非人道的な振る舞いは、映像や写真、言葉を通して再構築することができる。記念碑の目的は、悪しき罪が忘れ去られることのないように、最後には正義が勝利し、戦犯に重い刑罰が下されるように、この悲劇が二度と起こらないように、そして全人類が平和に共に生きることを願って建てられる。しかし、そのような願望は、果たして実現したのだろうか。

南京にはもう一つの大虐殺があった。一八五六年に湘軍《しょうぐん》が太平天国の都であった天京（南京）を攻略し、金陵《きんりょう》の人々を殺した。この虐殺行為は、第二次世界大戦における日本軍のそれよりも確実に規模が大きかった。南京には湘軍による大虐殺の記念碑はなく、映像や写真も展示されていない。だが、南京陥落についてはこのように書かれている。


湘軍は『貪欲で略奪が多く、かなり無秩序であった。男たちは皆、略奪と殺戮のために探索に出かけた』……街道沿いの死体の十人中九人は老人だった。幼い子どもたちも見せ物として道路に突っ伏していた。老人たちは十数本、数十本のナイフで傷つき、その悲鳴は四方八方に届いた。


ちなみに、湘軍のリーダーは曾国荃《そうこくせん》であり、その兄は清朝末期の碩学《せきがく》で湘軍を率いていた曾国《そうこく》藩《はん》だった。これは、漢民族による漢民族の虐殺の歴史である。

ここでは二つの南京大虐殺の歴史を論じるのではなく、なぜ人間はこのような残酷さを容認できるのかについて考察したい。武器を持っていない罪のない女や子どもを、なぜ男たちが自分の手で虐殺できるのか。孔子や孟子の教えに精通していた曾国藩が、なぜ女性や儒学者の虐殺を赦し、略奪を赦したのか。惻隠の心はどこにあったのか。共感と思いやりはどこにあったのか。

前世紀にドイツで六〇〇万人以上のユダヤ人が虐殺されたナチスの大虐殺は、この二つの虐殺とは程遠いものであった。南京大虐殺はわずか数日で終わったが、ナチスによるユダヤ人大量虐殺は一九四〇年代初頭に始まり、一九四五年のナチス敗北まで続いた。それは、老若男女の罪のないユダヤ人が、ドイツやポーランドなどヨーロッパ各地から強制収容所に移送され、虐待を受け、強制労働を強いられ、人道的な治療を受けることなく病気や飢餓で死亡し、最終的にはガス室で毒殺されて、遺体が焼却炉で焼かれた。強制収容所の中でももっとも悪名高いのは、一〇〇万人以上のユダヤ人が残忍に殺害されたアウシュヴィッツ＝ビルケナウ強制収容所である。さらにナチスは、ジプシーや同性愛者、共産主義者など数十万人を組織的に殺害した。収容所でおこなわれたこれらの出来事は、今でも収容所博物館で知ることができる（私は近年、ミュンヘン近郊のダッハウとフランス近郊のナッツヴァイラーの両収容所にも行った）。ドイツでの大虐殺から七〇年以上が経過しているが、収容所を訪れた人は誰もが、ナチスの残酷さや収容された人々に対する残虐な扱い、焼却炉で人が焼かれる臭いを感じたに違いない。強制収容所を訪問する目的は、いかなる道徳的基準をも超えた、これらの犯罪を忘れさせることではない。根本悪とは何かを体験することである。

南京大虐殺やナチスの強制収容所と今の香港と、何の関係があるのか。前者の悲劇は前世紀に起こったものであり、残酷で容赦ないものであったものの、過去の話はいったんここまでにしておこう。今でも当時の収容所の様子を映したドキュメンタリーを見ることはできる。その光景の恐ろしさや残虐さは、地上の地獄が実際に起こりうるというほどの衝撃を受けることもある。しかし、それらはすべて過去のことであり、私には関係ない。

昨年六月以降に香港でおこなわれた反送中運動では、抗議者に対する警察の残虐行為の場面が数多く見られた。抗議者は、首に膝を押し付けられて苦しみ、「七・二一」と「八・三一」には市民が無差別に攻撃され、その後、連日テレビや新聞、SNSなどに暴力との闘いの様子が映し出された。「警暴」は悪であるが、「黒暴」[1]もまた同様であろう。残虐な悪は、まさに目の前にある。私は、ここでは暴力の是非は論じない。だが、道徳的判断の前に、暴力が被害者に与える痛みが現実の現象であることは指摘しておこう。ようするに、悪とは他人に対して意図的に苦痛を与えることである。では、他人が悪者になることとは何か。

じつは、悪は人間文化の中でもっとも重要な負の現象なのだ。キリスト教では、旧約聖書の創世記第二章には善悪の知識の木が書かれている。アダムとエバは後に神の言葉に背き、蛇に誘惑されて禁断の実を食べてしまう。第四章では、カインが嫉妬に駆られて弟のアベルをわざと殺してしまう。殺人は第一の大悪である。それに続く（カトリック教による）七つの罪、つまり高慢・貪欲・欲望・怒り・嫉妬・大食・怠惰はすべての悪の源であり、すべての悪は抑制されていない個人的な欲望の結果である。肉体的にも精神的にも。その結果、数え切れないほどの人間の苦しみや悲劇が起こる。

この見方は、中国の儒教の善悪説と似ている。また、孟子の性善説と荀子の性悪説は、人間の利己的な欲望と良心との対比からも理解されている。性悪説は性善説の真逆ではなく、人は生まれながらの欲望に従順に行動し、礼によって抑制されなければ悪が生じるという考え方だからである。ようするに、悪事を働くということは、自分のわがままや欲望を満たすことなので、目的化しているのだ。それは不道徳な行為であり、「良心の堕落」である。

南京での二つの大虐殺を理解するために、伝統的な中国と西洋の悪の概念を用いるならば、獣性・貪欲・復讐・虐待・変態などの概念を用いて、殺人行為の残虐さを説明しようと思えばできる。しかし、これらはナチスの大量虐殺の悪事を理解するのには不適切であろう。

第二次世界大戦後、「アウシュヴィッツ」は西洋の哲学者にとってもっとも重要な問題の一つとなった（ナチスの犯罪は、伝統的な善悪説や神学説への本格的な挑戦であった）。三人のユダヤ人哲学者、レヴィナス、ヨナス、アーレントは、根本悪について独自の見解を展開した。レヴィナスは「無用の苦しみ」の中で、カナダの哲学者E・ファッケンハイムの「ユダヤ人に対するナチスの対応」についての記述を引用している。


ナチスによるユダヤ人大量虐殺は、ユダヤの歴史の中では前例のない出来事である。ユダヤの歴史以外の場所でも、このような大量虐殺は前例がない。実際に起こった数々の大量虐殺も、少なくとつぎのふたつの点で、ナチスによるこのホロコーストとは区別される。いわゆる大量虐殺では、権力や領土や富の奪略の名目で（ただし、こうした根拠が恐るべきものであることに変わりはないのだが）、数々の民族全体が殺された……。これに対して、ナチスによる皆殺し、それは抹殺のための抹殺であり、皆殺しのための皆殺しであり、悪のための悪である……。しかも、犯罪それ自体よりも犠牲者たちの置かれた状況のほうが紛れもなく異様であった。カタリ派の分派たるアルビジョワ派の信者たちはその信仰ゆえに死んだ。死ぬまで彼らは、神は殉教者を必要としているのと信じつづけたのだ。黒人のキリスト教徒たちはその人種ゆえに殺された。（中略）ナチスによるのホロコーストにおいて殺された百万以上のユダヤの子どもたちは、ユダヤ教の信仰ゆえに殺されたのでも、ユダヤ人の信仰とは無関係ななんらかの理由で殺されたのでも、彼らをユダヤの子どもとして残した先祖たちの忠誠心ゆえに殺されたのでもなかった。[2]

このような、利己的な目的もなく、純粋に「思想や哲学」のためだけの、悪のための悪は、根本の悪なのだ。アーレントは、彼女の重要な著書『全体主義の起源』[3]の中で、根本悪について次のように説明している。ユダヤ人は「人間」ではない。名前はどうでもいい。数字だけの無価値な物体である。人権、尊厳、個性、道徳的人格、法人格のすべてが完全に剝奪されている。彼らの主な目的は、全体主義政府の反対派、反体制派、独裁者に不快な思いをする者をすべて敵に回すことだ。よって、ユダヤ人はもはや人間ではなく、どんな冷酷で残酷な扱いをしても絶対に許される物体なのだ。すべての良心と思いやりがなくなった。このように他者が不要な存在になるという理屈は、ドイツにおけるナチスの強制収容所だけでなく、二〇世紀初頭のアルメニアや旧ソ連の収容所、カンボジアのポル・ポト時代、中国の文化大革命、ルワンダの虐殺などにも見られた。

アーレントは、全体主義国家において極端な悪がどのように生み出されるのかに関心を持っていただけではない。なぜ全体主義の信奉者が上官の命令で盲目的に殺人をおこなうことができるのかにも関心を持っていた。その結果として、彼女は新しい概念である「悪の凡庸さ（あるいは「凡庸な悪」）」を提唱した。『エルサレムのアイヒマン』のエピローグにはこの一節がある。

アイヒマンという人物の厄介なところはまさに、実に多くの人々が彼に似ていたし、しかもその多くの者が倒錯してもいずサディストでもなく、恐ろしいほどノーマルだったし、今でもノーマルであるということなのだ。われわれの法制度とわれわれの道徳的判断基準からみれば、この正常性はすべての残虐行為を一緒にしたよりもわれわれをはるかに慄然とさせる。なぜならそれは――ニュルンベルク裁判でくり返しくり返し被告やその弁護士が言ったように――、事実上 hostis generis humani（人類の敵）であるこの新しい型の犯罪者は、自分が悪いことをしていると知る、もしくは感じることをほとんど不可能とするような状況のもとで、その罪を犯していることを意味しているからだ。[4]

本書全体では、六〇〇万人のユダヤ人を強制収容所に送り込んだ責任を負ったナチス党員のアイヒマンはまったくの悪質な悪魔ではなく、自分ではけっして人を殺さず、ただ命令に従うだけだと繰り返している普通の官僚に過ぎないとしている。平凡な家庭人であり、愛情深い父親であり、カント哲学を読んだことのある平凡なドイツ人であった。

長い裁判のあと、アーレントはアイヒマンの最後の発言について次のように述べている。

裁判に賭けた自分の期待は裏切られた。自分は真実を語ろうとして最善を尽くしたのに、法廷は自分を信じなかった。法廷は自分を理解しなかった。自分はけっしてユダヤ人を憎む者ではなかったし、人間を殺すことなど一度も望まなかった。自分の罪は服従が原因であるが、服従は美徳として讃えられている。自分の美徳は、ナチスの指導者に悪用された。しかし、自分は支配する側の徒党には属していなかった。自分は犠牲者なのだ。そして指導者たちのみが罰に値するのだ。（彼は多くの下級戦争犯罪人ほどだらしなくはならなかった。この連中は〈責任〉のことはけっして心にかけるなと言われていたのに、責任ある連中が自分たちを〈見捨てて逃げ出して〉しまったから——自殺によって、また絞首されて——その連中を呼んで説明を求めることができないとさんざん不平を鳴らしたものである）「私は皆に言われているような冷酷非情の怪物ではありません」とアイヒマンは言った。「私はある謬論の犠牲者なのです」。彼は〈スケープゴート〉という言葉は使わなかった……。[5]

アーレントは、アイヒマンには凡庸さが目立つと考えている。

私が悪の陳腐さについて語るのは、もっぱら厳密なる事実の面においてであり、裁判中、誰も目をそむけることのできなかったある不思議な事実に触れているときである。アイヒマンはイアーゴでもマクベスでもなかった。しかも、〈悪人になってみせよう〉というリチャード三世の決心ほど、彼に無縁なものはなかっただろう。自分の昇進にはおそらく熱心だったということのほかに、彼には何の動機もなかったのだ。そうしてこの熱心さは、それ自体としてはけっして犯罪的なものではなかった。もちろん、彼は自分がその後釜になるために、上官を暗殺することなどけっしてしなかっただろう。俗な表現をするなら、彼は自分のしていることがどういうことか、ぜんぜんわかっていなかった。[6]

天地は仁ならず、万物をもって芻狗《すうく》となす。[7]

疫病や山火事などの災害では、数え切れないほどの命が消え、それが惜しまれる。意識的な人間の行動だけが、善悪を区別することができる。人は悪事を働くことができるし、善事を働くこともできる。私たちは日常生活の中で、利己的な欲望に駆られて悪事を働くことが多く、他人にさまざまな被害や苦しみを与えている。ハイデガーが言ったように、過ちや罪を犯すことは人間の現象だが、私たちは自分の過ちを認め、悔い改め、赦しを請うことができる。しかし、全体主義の政府や独裁者が国民に対しておこなった「根本悪」と、その信奉者がおこなった「凡庸な悪」を、私たちは受け入れることができない。

アイヒマンを描いた二〇〇七年の映画『ヒトラーの審判~アイヒマン、最期の告白』の終演まぎわに、アイヒマンを起訴した検事はこう言った。

「何百人もの人は、アイヒマンのことなど聞いたことがない」というものであった。何百人もの人々がアイヒマンのことなど聞いたこともなく、彼が絞首刑に処されたこと、裁判にかけられていたことすら知らないと彼は語った。

今日、世界の若者に、「ヒトラーとは誰か」とか「ヒトラーとは何者か」と聞いたら、多くの人が「聞いたことがない」と言うだろう。ヒトラーのせいで六〇〇万人のユダヤ人が虐殺され、さらに何百万人もの人々が死んだというのに。そして、ヒトラーと同じように、アイヒマンにも彼らの死に対する責任があるのだ。

こうした告発は、私のライフワークとなった。それは、真の民主主義を信じることなど、人生の多くのことに対する見方を完全に変えてくれたからだ。アイヒマンのような人間から人類を救えるのは、こうして告発し続けるしか方法がない。

周りにはアイヒマンがたくさんいる。しかし、アイヒマンは独裁政権の下でしか成長・台頭できず、左翼・右翼を問わず、独裁政権は真の民主主義の下では成長・発展しない。だからこそ、私たちは民主主義のために戦うべきなのだ。同じことが二度と起こらないように。アイヒマンが二度と現れないようにがんばっていきたい。

根本悪と凡庸な悪。これらがこの一年、香港ではゆっくりと目の前で繰り広げられている。その結果、世界の見え方が変わり、香港人の運命も変わってきた。

民主主義と自由がなければ、真の法治と正義は存在しない。警暴であれ、「黒暴」であれ、現在の反送中運動のさまざまな悪事を「正義」で裁くのは無駄なことである。法治と言論の自由が残っている状況の中で、できるだけアイヒマンもヒトラーも再登場しないことを祈るしかない。

二〇二〇年一〇月一一日

注

1 黒い服を着る勇武派のデモ参加者の暴力を指す。
2 『われわれのあいだで』(エマニュエル・レヴィナス著、合田正人・谷口博史訳/法政大学出版局、二〇〇一年)、一三七-一三八頁。
3 『全体主義の起原』(アーレント著、大久保和郎・他/みすず書房、二〇一七年)。
4 『エルサレムのアイヒマン』三八〇-三八一頁。
5 同、三四一-三四二頁。
6 同、三九五頁。
7 老子『道徳経』第五章。

8 アイデンティティ

生きるか、死ぬか、それが問題だ。どちらが立派な生き方か。気まぐれな運命が放つ矢弾にじっと耐え忍ぶのと、怒涛のように打ち寄せる苦難に刃向い、勇敢に戦って相共に果てるのと。

(『ハムレット』[1])

シェイクスピアの劇を観たことがある人なら、この名台詞を知らないはずがない。運命の暴虐な矢を黙って受けるか、世界の果てしない苦しみに立ち向かうか。この実存的な問いかけ、この舞台のモノローグは、香港に住む私たちにとって、とても刺激的で適切なものである。もちろん、私たちは死と生のどちらを選ぶかという問題に直面しているわけではない。だが、昨年から香港で起こっている変化は、私たち自身の実存的な問いを突きつけている。抑圧という運命を受け入れるのか。それとも、故郷を離れてどこかへ行ってしまうのか。

この連載の第一回目の記事でも述べたが、香港の政治状況が原因で、私たちの実存的危機が生じている。コロナ禍の下では、身体的自由度の欠如は一年ほどで解消されるかもしれない。しかし、精神的自由度の欠如は好転するまでに非常に長い時間がかかり、私が生きているあいだには危機の解消が見られないだろう。

したがって、留まるか去るかの問題は、現在の私たちの存在が問われているのだ。とはいえ、留まるにしても去るにしても、私たちの誰もが亡命者であることを忘れてはいけない。

一九四九年以降に香港で生まれた私たちは、戦争の残酷さを知らないし、祖国を離れることの悲しみも知らない。だが、私たちと同じ時期に多くの中国人は、大陸から逃げ出し、抗日戦争から国共内戦と続く戦争と混乱の年月を耐え忍ばなければならなかった。かつ、その生活は常に脅かされていた。当時、多くの人は、二つの実在的な選択に直面していた。第一は、新しい中国共産主義のユートピア神話を受け入れるため、中国に残るか。第二は、国民党と一緒に台湾に移住するか。結局、多くの商人・労働者・知識人が、自由と法治があって、民主主義がなかった香港に行くことを選んだ。

中国から香港に渡った人の中に、新亜書院の創設者の一人である唐君毅がいる。中国本土も台湾も、全体主義的な支配と人権軽視、イデオロギー弾圧がおこなわれている場所だった。それに対して、自由と経済が第一、政治が第二という香港では、共産党や国民党を批判することができた。知識人は香港で、思考し創造することができた。唐は、中国の戦乱が早く収まって、祖国に帰ることを願いつつ、一時的に香港に住んでいた。

一九六一年、唐は『祖国週刊』に「中華民族の花果瓢零を説く」という論考を発表し、当時の香港に滞在した中国人の知識人の落胆を明確に記した。当時の中国は、政治的にも文化的にも道徳的にも崩壊していると唐は考えており、「庭の木が倒れて、花や実が風に飛ばされて散ってしまったら、生き延びるには、他人の庭の下の日陰や、壁の隅で、泥に湿らせて、成長を願うしかないのではないか。これは中国の子孫にとって大きな悲劇だ」とその論考で書いている。

香港はイギリスの植民地であり、私の土地でもなければ、私の民族でもない。そういった放浪感は、住む場所に対する彼の見方にも反映されている。私たちの夢の魂は中国にある。だが、私たちの体は、残念ながら、避難所としての香港に居場所を求めなければならない。

唐が言いたかったのは、香港は中国ではないし、滞在しても中国への帰属意識は生まれないということである。彼は「中国の文化人」だ。よって、当時の香港に滞在した、唐や彼と同世代の知識人たちは、心の中に香港を持っていなかった。香港の民主的・文化的条件や発展にも気を配っていなかった。世界に目を向けた上で中国文化を守り、最終的には中国に戻るという前提で、唐たちは新亜書院を設立したのだ。彼らの目の中に、香港は存在していなかった。後に、牟宗三も「私と香港は互いに存在しない」と言った。

唐には出口が見えなかった。共産党による中国文化の破壊に、絶望と無力感を覚えた。外界を変えようとしても何もできない。だから、内なる意識に戻って、自分の価値観を肯定するしかなかった。彼が提唱した「霊《れい》根《こん》自《じ》植《しょく》」とは、自分の存在価値の根源を守り、その道をしっかりと押さえることである。

唐君毅

唐は、中国の伝統文化、特に儒教に言及し、中国文化の精神を再解釈し、継承することを一生の目標としていた。「自分自身のルーツを自覚することで、私たちの存在は先祖代々の民族、歴史や文化、習慣や伝統とつながっている。このように、私たちの生命の起源は天心や自然宇宙までたどることができる。また、この天心を落ちないように、自然宇宙を壊されないように、私たちはこれらを守らなければならない」と唐は書いている。

一九五八年に唐が、牟宗三・徐復観《じょふくかん》・張君勱《ちょうくんばい》と共同で執筆した「中国文化と世界」宣言は、中国文化の中心的な思想と価値観を世界に向けて宣言した新儒教の古典となっている。内容は、中国の伝統文化に根付いている限り、私たちの存在には根拠があり、世界のどこにいても生きていくことができるというものだ。唐は生涯を香港で過ごし、すべての主要な著作で、この「保守的」な基盤を確認したが、故郷に帰る機会はなく老衰で亡くなった。

私は大学時代に唐先生の授業を受け、彼の壮大な哲学や文化思想に影響を受けた。四川訛りの北京語での講義内容は、なかなか理解することができなかった。だが、知識と人柄に深く感銘を受けた。残念ながら、彼の「花果飄零《かかひょうれい》」という考えを受け入れることはできなかったし、新儒教の影響を受けることもなかった。

新儒教は、華僑や欧米の学者に大きな影響を与え、香港の私たちの世代にも大きな影響を与えてきた。しかし、香港では、私と同世代の香港人にはあまり真剣に受け止められていないようだった。私は香港人なので、中国文化の衰退という彼の痛みを感じることはできない。

私が唐の「花果飄零」論に言及するのは、一九四九年前後に彼らが中国を離れるかどうかを決める際に直面したジレンマと、現状の香港で起きている留まるかどうかという二つの問題の矛盾を対比させたいからである。唐の世代は、中国文化の終焉が迫り、その選択を迫られた。他方、現状の香港では、目の前で死にかけていることにより、選択を迫られている。

私たちと唐には、七〇年の隔たりがあり、異なる危機的状況にある。一九四九年の中国は戦乱の国で、生命と財産の保護もなく、すべてが混沌としていた。二〇一九年の香港の混迷は香港共産党政権に責任があり、そのあとの暴力は警察の横暴と嘘の結果である。二〇二〇年の国家安全法は「一国二制度」を葬り去る最後の一手だった。

七月に入ってからの香港は、どうやら落ち着いていて、デモがなくなった。香港に「平常」が戻ってきたようで、「競馬はいつも通りに走れて、ダンスはいつも通りに踊れる」ような「繁栄と安定」が確実に戻ってきた。政府はそう自慢している。だが、以前の香港が二度と戻ってこないという事実は、多くの香港人の心に根付いている。だからこそ、それが理由で彼らは香港を離れたのだ。彼らは権力者の独裁に、絶対的に失望した。警察の残虐行為の告発を政府が無視することに、無力感を感じた。そして、香港に内在するすべてのルール、価値観、意味の逆転に悲しんでいる。この一年ほどで、目の前にこれらのことが起こってしまった。

私の周りには、老若男女・知識人・一般市民を問わず、同じ悲しみを共有する人々たちがいる。先輩の李怡が「香港の覚醒」と言った。

二〇一九年は必ず歴史に名を残す。これは香港が目覚めた年であった。過去二〇〇年の歴史の中で、節目の覚醒であった。やや突然の覚醒ではあるが、歴史に根ざしたものであった。それは香港の人々が、世代を超えて、次の世代へ、その次の世代へと覚醒していくことである。今後、香港は二度と戻らない道を歩むことになる。後戻りはできない。

彼は、この一年間の香港の動きを詳細に考察し、覚醒の意味を説いた。私からの説明はいらない。しかし、覚醒したから何があるのか。何があろうと、私たちは自分や世界と向き合い、生き続けなければならない。目を覚ました「私たち」と覚醒とは、どんな関係があるのか。不安定さを心配する問題もなく、生まれてから死ぬまで本物の中国人であることを疑うこともなかった唐とは違い、李は共産党による中国の伝統文化の破壊によって「覚醒」したのである。

同様に私たちは全体主義体制による「香港」の殺害にも「覚醒」した。唐は、中国の伝統文化のもっとも美しい価値観を自意識の中に内面化しているため、「霊根自植」という、世界の隅々まで生きている真の中国人であることを実感している。私たちは、自分のアイデンティティを確信しているのだろうか。「香港市民」とは何か。香港生まれの人たちは、「中国でも西洋でもない、中国と西洋の両方」の文化の中で育ち、東と西が出会う生活を送ってきたことはまちがいない。自由と法治は当たり前のことであり、ほとんどの人はそれらの核となる価値観をどう守るかを気にする必要はない。民主化運動は八〇年代から始まった。努力はしたものの結果はあまり芳しくなく、最終的には基本法によって香港に民主化がもたらされると考えられていた。

一九九七年以降、香港の核心的価値観は徐々に侵食され、民主化のための運動は無意味なものとなっていく。現在のような香港の死の過程でふと気がついたのは、自分たちの存在を頼りにしている価値観や信念も破壊されつつあること、そして「香港」がそれだけ自分たちにとって大切なものであるということであった。だからこそ、何百万人もの香港人が権利を取り戻そうと反乱を起こしたのだ。しかし、暴政はすべての反対と行動を抑え、白い恐怖が街を包み込んだ。以上の観点から、私たちも唐のように、実存について考え直さなければならない。政権の取り決めをすべて受け入れて新香港人になるのか。

今は怒りを鎮めて、爆発の機会を待つことしかできないのか。

香港を離れて、民主主義と自由と法治がある国に行くのか。そこで「花果飄零」の新世代になるのか。

過去のことを忘れて、香港のことを忘れて、一刻も早く自分と子どもを移住先の文化に同化させる自由のある、アサイラムのような場所に行きたいのだろうか。

人間は、自分の運命をコントロールできなくなったとき、自分の持っているものに安住し、選択する必要がなく、自分の運命をあきらめられるものなのだろうか。

一つ確かなことは、私たちが直面している問題が、すべて香港での出来事に由来しているということで、意識的にも無意識的にも私たちが「亡命者」になってしまっているということだ。

しかし、私たちは歴史上のほかの亡命者のようなものとは異なる。ユダヤ人の亡命者たちは、いつ、どこで苦しめられても、イスラエルは亡命を終わらせるために許された土地であると、すべてのユダヤ人は信じ、彼らは二〇〇〇年ものあいだ亡命を続けてきた。亡命した唐の心の中には、家としての儒教文化が残っている。私たちはどうなのか。私たちを落ち着かせてくれる本来の香港は、どこにあるのか。

留まるべきか、留まるべきでないか。そういった問いに対して、私は明確で唯一の答えを持っているわけではない。なぜなら、結局のところこの危機は、それぞれの人がそれぞれの良心や理性、知識に応じて乗りこえることであり、誰もあなたに代わって判断してくれる人はいないからだ。

いずれにしても、すべての判断は、自分が何者であるかの再定義となる。生きるか、死ぬか、それが問題なのだ。

二〇二〇年一〇月二一日

注

1 『ハムレット』(シェイクスピア著、野島秀勝訳/岩波文庫、二〇〇二年)、一四二頁。

参考文献：

唐君毅「説中華民族之花果飄零」台北：三民書局、一九七五年。

黄冠閔「飄零乎？ 安居乎？——土地意象與責任意識」『中國文哲研究通訊』第十八巻、第二期、二〇〇九。

9　希望と絶望

二〇世紀の名作映画『風と共に去りぬ』（一九三九年）のラストシーン。絶望しながらも希望を持ったスカーレットは階段に立つ。「タラ、家に帰るわ。家に帰って、彼を取り戻す方法を考えてみるわ。結局、明日は今日とは違う日になるわ！」

「明日は今日とは違う日」という名セリフは、絶望から希望に火をつけるためのものだ。同作では、敗北の波にも屈せず、運命に挑み続けるスカーレットのあきらめない精神が強調されている。今日は倒れても、明日にはまた起き上がって、いつかは「帰りたい」。そして、それが叶う。もちろん、小説が終わってからも、彼女がどうやって家に帰り、「彼を取り戻す」ために何をするのかは書かれていない。八〇年前の名作だが、香港の人々の心を温めてくれた。

確かに、「明日はよくなる」というだけでは意味がない。主観的な善意だけでは不十分である。具体的な行動を伴わないただの願望や欲望であれば、他人に「福、東海の如く、寿、これ南山なり」を願うだけの空虚な言葉でしかない。

中国語の願望・希望・盼望・欲望・失望・絶望は、英語のexpectation・hope・looking forward・desire・hopelessness・despairとは異なり、いずれも「望」という漢字がついている。「望」は、「甲骨文字の形は、（中略）地面から盛り上がった塚の上に立ち、遠くを見ている人の形に似ている」というように、会意字である。つまり、希望も失望も絶望も、すべては先を見通す力、つまり来るべき未来の時空を見通す力に関係している。

残念ながら、中国には希望の哲学はない。儒教や道教では「未来」の理論は語られていないが、これは中国文化の時間の循環に対する理解と関係していると思う（仏教には未来仏である弥勒菩薩の説があるが、弥勒菩薩は明らかに時間に対して深い理解を持っており、「希望」と「未来」は必然的に関連している。枚数の制約でここでは詳論できない。）。

しかし、西欧の文化では「希望」が重要視されている。ギリシャ神話によると、ゼウスはプロメテウスが火を盗んだことを罰するために、弟のエピメテウスにパンドラを送った。パンドラの箱の神話にはさまざまな解釈がある。その一つは、世界に罪や苦しみがあるにもかかわらず、人類にはまだ「希望」があり、これが苦しみや悪に対抗する唯一の力である、ということだ。しかし、希望は必ずしもポジティブなものではなく、ネガティブなものもある。なぜなら、ゼウス神よりも上位にあるのは運命の神＝モイライがいる。「希望」は女神エルピスでありながらも、ゼウスや運命の神によってその意思が決められている。

希望が絶望に変わることもある。人間は自分の運命をコントロールすることができず、すべての期待が裏切られることもあるからだ。つまり、パンドラの箱に残った「希望」は、結局は人間の、意味なく美しい願いなのだ。一九世紀の哲学者、フリードリッヒ・ニーチェは、「希望」はゼウスが人間に残した最大の悪の一つであると考えた。希望は、さらに不可能な願いや夢をもたらし、失望や絶望はさらに大きな苦しみを生むからだ。

キリスト教では、最初から神の約束を肯定しており、「希望」は信仰の確信である。

どうか、あなたのしもべに言われたみ言葉を思い出してください。あなたは私にそれを望ませられました。あなたの約束は私を生かすので、わが悩みの時の慰めです。（詩篇一一九：四九－五〇）

新約聖書では、パウロが信仰、希望、愛の三つの要素の教義を強調している。

あなたがたの信仰の働きと、愛の労苦と、私たちの主イエス・キリストに対する望みの忍耐とを、私たちの父なる神のみまえに、絶えず思い起している。（テサロニケ人への第一の手紙一：三）

希望は、信仰の結果である。希望は、神の愛に突き動かされている。絶望的になるのは、神の正義と愛が必ず人間に訪れ、罪と苦しみがやがてなくなるという確信があるからだ。希望と期待は、私たちの心の中にある主イエスの証しだ。暴虐の圧迫に不屈の精神で抵抗することで、現実の希望となる。私たちが互いに愛し合うことで、神の愛が現れ、信仰の真理が確認されるという。キリスト教徒は二〇〇〇年前から、毎年のイースターにイエスの死後の復活を記念し、正義を求める無数の希望に応えて、イエスが最後の審判のために世界に戻ってくることを願ってきた。人類は二〇〇〇年以上ものあいだ待ち続けてきたが、イエスの再来はまだ実現していない。

西洋の哲学者イマヌエル・カントは、「私は何を知りうるか」「私は何を為しうるか」「私は何を望みうるか」という哲学のもっとも重要な三つの問題を提起した。カントは、理性が人間のもっとも重要な能力であることを確認すると同時に、人間は有限の存在であり、限られた認知能力（純粋理性）の範囲内でしか現象世界を理解できないため、限界があると論じた。同時に私たちは、道徳的な生活を実現するために、道徳的な法則（実践的な理性）に従わなければならない。

このような人間特有の理性の能力を認識することを、カントは人間の「覚醒」と呼んでいるが、これが「啓蒙」である。啓蒙とは、人間が自らに課した未熟さ、つまり他者の導きがなければ理性を働かせることができないという未熟さから、人間を解放することであると言う。原因が理性の欠如ではなく、指導なしに理性を使う勇気と決断力の欠如である場合、この未熟さは自業自得となる。

「サペーレ・アウデ（Sapere Aude）！」。知る勇気を持とう！　これは、啓蒙主義のスローガンである。理性は、真の自由の確かさでもある。一人ひとりの理性に従うことで、人類が望む「永遠の平和」が最終的に現れるという「希望」である。

啓蒙思想家たちは、理性とは人間が自分の運命をコントロールする能力であると考えた。理性は楽観的な精神をもたらし、世界がより合理的でよりよい場所になり、人間のニーズが満たされるという希望をもたらす。

啓蒙主義の時代は、希望と進歩、自信と楽観の時代であった。一八世紀に始まった技術・産業革命は、西洋に未曾有の繁栄をもたらし、世界を一変させた。一九世紀末には、医療、教育、工業・商業、都市化など、歴史上かつてないほどの高度な人類文明が誕生した。それは西洋文化における科学と理性の勝利である。一七世紀のイギリスの哲学者ベーコンは、人類の進歩は信仰や道徳に依存するのではなく、科学的知識に依存するものであり、「知識は力なり」と唱えた。彼の死の直前に書かれたユートピア小説『ニュー・アトランティス』がそのことを示唆した。

他方、二〇世紀は人類文明の最大のカタストロフィーであった。二つの世界大戦・ジェノサイド・絶え間ない戦争・テロリズム・ファシズム・ナチズム・共産主義・全体主義……。人類史上未曾有の苦しみをもたらし、何百万人も罪のない人々の死と亡命、そして地獄があった。これが理性と幸福に満ちた時代だったと言えるだろうか。

凡庸な悪が完全に明らかになったのは二〇世紀に入ってからではある。だが、それを可能にしたのは、カントが強調したものとは異なる種類の合理化、つまり道具的合理化か進んだからだ。戦車や車両から原爆に至るまで、戦争の武器はすべて技術的手段主義の派生物である。強制収容所システムの残虐性も、経営的合理性に基づいておこなわれている。これらの極端な悪事（残虐行為）には、カント的な「実践的理性」や神の正義は存在しない。

ここで、希望が失望に変わり、絶望に変わっていく。第二次世界大戦後の実存主義者の多くは、文明に対して悲観的であった。肯定的な意味を持つ、伝統的な道徳観はすべて崩壊している。人生は不条理である。「神は死んだ」ことはニヒリズムにつながり、信じるものは何もなくなった。一九世紀のドイツの悲観主義者、アーサー・ショーペンハウアーは、「人生は常に苦痛の中にある」「世界は盲目的な意志によって動かされている」「合理的な価値はない」「すべての幸福は幻想である」「希望は失望に運命づけられた考えである」などと述べている。人生の苦労は、結局は「無駄な情熱」なのだ。

さらに、技術的合理性は、人類に自然界を無制限に利用する機会を与え、飽くなき欲望を供給する。それが環境汚染や温室効果、無数の動植物の絶滅、そして人類が絶滅の危機に目覚めない原因となっているのだ。世界が民主主義や自由、人権、平等を唱え続けて一〇〇年。いま世界は平和になったのか。私たちは、より政治的に啓発されたのか。人権は本当に尊重されているのか。

全体主義の支配者は、東洋でも西洋でも、民主主義や人権の価値を口先では主張する。だが、民主主義や自由とは何かを決めるのは、その支配者なのである。二〇〇〇年以上前のプラトンは『国家』の中で、何が正しいかという問題を探求したとき、すでに「力は正義なり」ということを示唆していた。もちろんプラトンは、大多数の哲学者と同様に、それに反対した。私たちは理論的にも、授業や研究会でも、「力は正義なり、正義は真理なり」を批判してきた。残念ながら、現実には「力は正義なり、正義は真理なり」となっているのだ！

この悲観的な議論から判断すると、私たちは希望を捨てるしかないだろう。

香港が死んでしまい、すべての希望が失われた。平和的市民や知識人たちは、巨大な全体主義の専制君主にどうやって対抗できるのだろうか。それゆえ、私たちは絶望的なのだろうか。それとも、期待していないから希望がないのか。もしくは、私たちには希望がないわけではないのか。運命を受け入れることは、生き延びるための最良の戦略なのだろうか。

いずれにせよ、希望を捨てることは、自由を捨てることであり、未来を捨てることであり、最終的には自己を捨てることになる。

本稿では、希望について多くのことを語り、楽観的な考え方と悲観的な考え方を対比させた。

それは「希望」が誰もが簡単に口にできる言葉である一方、「希望」の意味を考えることによって、この言葉に多くの矛盾があることを指摘するためだ。希望とは、信念と知識に基づくものであり、盲目的な楽観主義や執拗な悲観主義に基づくものではない。

孔子は『論語』の中で、「道の行われざるは、已に之を知れり」と言った。そして、「其の不可なることを知りて而もこれを為す」とも言う。悲観的ではあり、楽観的な考え方ではあるが、世界はけっして理想的な場所ではなく、ユートピアが実現することはないことを示唆している。

希望と絶望のあいだ。楽観と悲観のあいだ。そこには、ポジティブな価値がある。人への配慮や自然への配慮など、あらゆる部分に希望の痕跡が見られる。人類の歴史には数え切れないほどの悪や醜さ、災害や不正がある。だが、それと同じくらいに美しく希望に満ちたものもある。モーツァルトの音楽や古琴を聴いたり、プーアール茶を飲んだり、秋の自然を見たり、李白の詩を朗読したりする。それらと触れ合うことで、世界にはまだ価値があることや有意義に生きることができると信じている。

香港の出口はどこにあるか。具体的な提案はないが、私たち全員の意志と知恵、そして真の自由と民主主義を信じる世界中の人々の支援があれば、冒頭でスカーレットが言ったように、「家に帰る」という願いがきっと叶うと信じている。

二〇二〇年一〇月二七日

10 寛恕

一九七〇年一二月七日、西ドイツのウィリー・ブラント首相は、ポーランドのワルシャワのユダヤ人記念碑に花を供えたあと、突然ひざまずいてナチスの暴虐の犠牲者に告白と謝罪と悔い改めをした。この「ワルシャワの土下座」は、第二次世界大戦中のドイツとポーランドのあいだの癒しのプロセスを開始した。

ブラントは戦時中にナチスに入党せず、スカンジナビアに亡命してナチス・ドイツに対抗する地下運動に参加した。ナチスでもなければ、ユダヤ人殺害にも参加しなかった。そんな彼が、なぜドイツ人に代わってポーランドに謝罪したのか？

もちろん政治的な動きはあった。ブラントは「ひざまずく」ことは旅程に含まれていないと強調したが、彼がひざまずいたのは「ドイツの歴史の深淵の中で、何百万人もの無実の人間が殺された重荷の下で、私の罪悪感を表現する言葉がない」からである。彼は、ひざまずいて罪を告白し、被害者に赦しを求めた。しかし、フラントはその後、二度と公に告白し、赦しを請うことはなかった。同じくドイツのフランク＝ヴァルター・シュタインマイヤー大統領が、ナチスによるポーランド空爆から八〇周年を迎えた二〇一九年に、ドイツの専制政治の犠牲者であるポーランド人に対して公に謝意を表し、赦しを求めた。

何百万人ものポーランド人やユダヤ人の死者、生死をさまよった者、その親族や友人たち。彼らは、赦しを求めるドイツの指導者たちの、公の嘆願を受け入れた。だが、辛く、怒りに満ちた悲惨な体験を後回しにして、恨みや復讐心を忘れることは、本当にできるのだろうか。過去の犯罪は、加害者が処罰された場合や被害者が賠償された場合に、許されたり恩赦されたりするという。「寛恕」は、日常生活の中でもよくあることだ。私たちはみな、故意に、あるいは無意識に、他人を傷つけるようなまちがったことをしている。悪いことをしたと認めると、それを反省し、赦しを請い、謝罪し、被害者はその結果を受け入れる傾向にある。もちろん、自分の過ちを認めず、責任を認めず、赦しを請わない人もたくさんいる。実際、人と人とのあいだの傷つき、怒り、恨み、憎しみなどの感情は、時には和解することなく、生涯の後悔や恨みにつながることもある。

本当のところ、「赦し」というものを考えた場合、確かに加害者が謝罪して許しを請えば、被害者はそれを赦して謝罪を受け入れることもあろう。だが、被害者は痛みを忘れないかもしれない。つまり、赦しとはもっと心の深い部分に関連する。加害者の罪悪感を受け入れ、傷ついた心を赦し、過去の怒りを休ませる。つまり、それは被害者が傷ついた加害者を受け入れることであり、ジャック・デリダが言ったように「贈り物」のようなものだともいえる。しかし、普通の人は、なかなかそうはいかないかもしれない。

だからこそ、キリスト教では、赦す力は最終的には神だけのものだといわれている。「神ひとりのほかに、だれが罪をゆるすことができるか」「神以外に誰が罪を赦すことができるだろうか」（マルコによる福音書二・七）。また、「もしも、あなたがたが、人々のあやまちをゆるすならば、あなたがたの天の父も、あなたがたをゆるしてくださるであろう」（マタイによる福音書六・一四）。

聖書の異なるバージョンにある「赦す」も「ゆるす」も、「寛恕」だと理解できよう。私たちが他人の罪を「赦す」ことができるのは、憎しみを覚えず、敵を愛し、復讐を語らず、愛をもって人間の争いに終止符を打つという、イエス様の愛の心によるものだ。しかし、最後の審判では、すべての人が再び義人か罪人かで裁かれ、義人だけが永遠の命を受け、罪人は赦されず、罰せられて地獄で焼かれることになる。黙示録によると、神が人類が最終的に与えるものは、「赦し」ではなく「報い」である。

キリスト教の最終の「報い」を信じていない人にとっては、前世紀の全体主義政府が国民に対しておこなった凶悪な悪行の最終的な裁きを待つことはできない。よって、ナチス敗北後のニュルンベルク戦争犯罪裁判が、死んでいった無実のユダヤ人のためのささやかな正義の手段となるのである。しかし、その悪は許されないものである。どんな罰も被害者の痛みや苦しみを補うことはできない。そして、悪を忘れたり赦したりすることもできない。

南アフリカの人種差別は、黒人に対する数え切れないほどの犯罪の原因となった。一九九四年、ネルソン・マンデラを中心とした人々による長年の闘争の末、南アフリカ人はついに自由の身となった。「真実和解委員会」（TRC）は、国内の人種憎悪や紛争を克服するために、また「過去の真実に基づく国民の団結と和解を促進する」ために、一九九五年一一月に設立された。その使命は次のとおりである。

・一九六〇年三月一日から一九九四年五月一〇日までに発生した重大な人権侵害の事実の全

面的な調査。
・被害者に真実を語らせ、救済の方法を提案することで、被害者の市民的尊厳を回復させること。
・政治的命令に従って重大な人権侵害を犯した者に恩赦を与えることを検討する。そして、すべての事実について真実を真実委員会に語らせる。（TRCのホームページより）[1]

この委員会はニュルンベルク裁判とは異なり、罰することではなく、人々の不満や恨みを和らげ、和解させることを目的としていた。ついに「真実」が世界に明らかにされ、過去の専制政治の下で隠されていた犯罪が暴露されたのである。これまでの「法による強制」という抑圧行為は、人権や法治、民主主義や自由社会の普遍的な価値観には根本的に反するものであった。一九九四年以前の南アフリカ政府による犯罪は、すべて公的に非難され、被害者は補償されるべきである。

だが、和解は赦しと同じではない。もちろん、真実を知ることはもっとも重要なことである。しかし、真実を知っても、被害者の心にある深い痛みを鎮めることはできない。この痛みが取り除かれなければ、赦しはありえないのだ。

韓国の独裁政権が学生や大衆を弾圧した一九八〇年の光州事件は、一九九七年に名誉が回復されるまで一七年を待たなければならなかった。台湾の国民党が暴力的に人民を弾圧した一九七九年の美麗島事件は、一九九〇年に李登輝《りとうき》が恩赦に署名し、政治犯が解放されるまでに一一年を待たなければならなかった。暴虐の限りを尽くした弾圧は、ついに民衆によって打倒され、正義が回復されたのである。贖罪と恩赦は社会の怒りを鎮めたかもしれない。だが、被害者やその子孫は、果たして政府の公式謝罪を受け入れ、安心して、悲劇を忘れ、許すことができるだろうか。私には、彼らの気持ちがわからない。

前世紀の人類の専制と独裁による災害とは比較にならないが、香港で一年以上の抵抗を経て、ユダヤ人、パレスチナ人、南アフリカ人、アルメニア人、ルワンダ人、ベトナム人、南京人、広島人、韓国人、台湾人、その他の数え切れないほどの罪のない人々の人災の痛みを感じることが私にはできる。民主主義と自由を求める無数の抗議者の悲しみと怒りを、少しでも理解してほしい。民族でもなければ、国家でもなく、一人ひとりの苦しみを忘れないために、香港にも「真実和解委員会」は必要だ。しかし、繰り返すが、真実を探ることと、忘れることと、赦すことは、同じではない。

赦すことについて、デリダはこう要求する「赦すこととは、赦されないものを赦すことだ！」。最近、生きているナチス兵士の裁判を描いた英国放送協会のドキュメンタリー『アウシュヴィッツの会計係』（二〇一八年）を観た。ナチス親衛隊の一員であったオスカー・グレーニングは、戦後数十年間が経過した二〇一四年まで静かな生活を送っていた。だが、九三歳で裁判にかけられ、少なくとも三万人のユダヤ人殺害に協力した罪で、二〇一五年七月一五日に有罪判決を受けた。

アウシュヴィッツ収容所の生き残りで、目撃者の一人であるエヴァ・モゼス・コルは、グレーニングを抱きしめ、「グレーニングさん、私がすべてのナチスを赦したように、あなたを赦します」と言った。エヴァの言葉は、無数のユダヤ人の嫌悪感を呼び起こした。ナチスの過激なユダヤ人殺害を赦すことができなかったのだ。

ならば、エヴァは同胞を裏切ったのか？　エヴァはまちがっていたのか？

極限の苦しみを真に経験した者だけが、極悪の罪を理解することができ、その者だけが赦しを語る資格があり、あるいは、赦さない資格がある。エヴァは何も悪いことはしていない。真の赦しは、彼女に個人的に訪れるものであり、第三者には彼女に代わって赦すことも赦さないこともできない。

グレニングは、「私がまちがいなく道徳的に有罪であり、赦しを請いますが、私に刑事責任があるかどうかは、あなたが決めることです」と言った。だから、被害者の一人であるエヴァは、この嘆願を受け入れ、彼を赦すことができた。これはまさにデリダが言っていたことであり、赦されないものを赦すことは、本当の意味での赦しである。

私たちは待たなければならないし、いつまで待つかもわからない。もしかしたら生きているうちには見られないかもしれない。しかし、あきらめずに、私たちに与えられた人権、民主、自由のために戦い続けよう。前世紀にどれだけ暴虐と弾圧が起きても、最後には世界に真実が明らかになる。権力は必ず腐敗する。そのとき、私たちは和解、忘却、寛恕について語ることができる。

二〇二〇年一一月五日

注

1　https：//www.justice.gov.za/trc/

参考文献

『Forgiveness』（チャールズ・グリスウォールド著、ケンブリッジ大学出版局、二〇〇七年）。

第4章　自由と法治

1　スピノザ『神学・政治論』を読む

政治的な迫害で絶滅の危機に瀕している私たちに、ほかに何ができるだろうか。怒りや悲しみなどの感情を表現する勇気もなく、あったとしても心の中にとどめておくしかない。あきらめることほど大きな悲しみはない。だが、あきらめていないからこそ、私たちはまだ立ち上がることができるはずである。

私たちは、理性・正義・自由・法治を信じているが、残念ながら、これらの普遍的な価値は当たり前のこととは考えられていない。歴史上、残忍で冷酷な抑圧がおこなわれたことは、数え切れないほどあった。無数の人々が敗北し、沈黙し、投獄され、虐待され、殺された。にもかかわらず、あきらめることなく、あえて権力者に対抗し、声を上げる人たちがいる。

哲学者のバールーフ・デ・スピノザと神学者のディートリッヒ・ボンヘッファーの言葉を参考にして、現在の状況を考えてみたい。

スピノザは若くして亡くなったが、『倫理学』は西洋哲学史において重要な著作である一方、匿名の著作『神学・政治論』（一六七〇年）は、後のアメリカ独立宣言やフランス革命、さらには近代の自由民主思想や世俗化に大きな影響を与えた。聖書への反対、神権政治への批判、思想の自由の提唱などの理由で、ユダヤ教会から破門された。

ここでは『神学・政治論』の最終章である第二〇章を、一部を略した上でそのまま取り上げ、三五〇年前にスピノザが何を言おうとしたのかを一緒に考えたい。

＊＊＊

スピノザ『神学・政治論』第二〇章[1]（抄）

自由な国家体制では、誰でも、考えたいことを考え、考えていることを口にすることが許される、ということが示される

もし、心に命令することが舌先に命令すると同じくらい簡単だったら、どんな人でも堅実な支配をおこなえただろうし、どんな支配体制も暴力的になることはなかっただろう。その場合、誰もが支配者たちの一存に基づいて生きることになるし、彼らの取り決めだけに基づいてものごとの真偽、善悪、正不正を判断することになるからだ。

しかし、こんなことはけっして起こりえない。すでに第一七章の冒頭で注意しておいたように、人との心が完全に他人の権利のもとに置かれることなど、けっしてありえないのだ。自由

に考えをめぐらせ、ありとあらゆるものをことに判断を下すのは、人との自然な権利であって、この自分の自然権あるいは能力を他人に譲り渡すことなど、いくら強制されても誰にもできないからである。

このことから、人々の心の中にまで踏み込んでくる支配体制は、暴力的支配体制ということになる。何を本当のこととして大切にするべきか。何を偽りとして拒むべきか。さらには、どのような考えによって一人ひとりの心が神への奉仕へと動かされるべきか。もし元首が臣民たち一人ひとりにそんなことまで指図しようとするなら、その元首は彼らに不正をはたらき、彼らの権利を横取りしていると見なされることになる。そうしたことは各人それぞれの権利の下に置かれていて、この権利を手放すことなど誰にもできないからである。たとえ本人が手放したがっても手放せないのだ。

［中略］

たしかに、権力者たちは、自分たちと何ひとつ意見の一致しない人がいる場合、そうした人たちをみな敵と見なせる権利を持っている。これは嘘ではない。しかし私たちが今話題にしているのは、もう権力者たちの権利のことではなく、何が［国全体にとって］有益かということなのだ。たとえば、たしかに権力者たちは、極めて暴力的な支配をおこなったり、市民たちを極めて些細な理由で死に追いやったりする権利を持っている。このことを私は否定しない。しかし健全な理性の下、まともな判断に耳を傾けた上で、そんなことを実行できる人が、果たしているだろうか。「いる」という人は誰もいないだろう。それどころか、そんなことをすれば必ず国全体に多大な危険がもたらされるのだから、権力者たちがこうしたことやこれと似たようなことに対して無制限の力を行使できるなどということを、ひいては彼らが無制限の権利を持っているなどということを、私たちはむしろ否定してしまってもかまわないのである。すでに示したとおり、最高権力の持ち主の権利は彼らの持つ力によって決まるからである。

このように、ものごとを自分で判断する自由、考えたいことを考える自由は、誰も放棄することができない。人は誰でも自分自身の思考活動の主人であり、これは最大の自然の権利によってそうなっているのである。だとすると結論として、いくら人々がバラバラで相容れない考えを持っていても、これを統制しようと試みてはいけないことになる。もし人々を統制して、至高の権力の持ち主たちの指図にそぐわないことは何一つ話さないようにさせようとするならば、まちがいなくとても不幸な結果が生じるだろう。民衆は言うまでもなく、極めて人生経験豊かな人たちでさえ、自分の口を閉ざすことはできないものだからだ。

［中略］

しつこいようだが、国とは人間を理性的存在から野獣や自動人形におとしめるためにあるのではない。むしろ反対に、ひとびとの心と体がそのさまざまな機能を確実に発揮して、彼らが自由な理性を行使できるようになるために、そして憎しみや怒りや騙し合いのために争ったり、敵意をつのらせ合ったりしないためにある。だとすると、国というものは、実は自由のためにあるのである。

［中略］

もしこのことにも注意を払うなら、哲学する自由を誰にでも認めている国家体制こそ最善の国家体制であることは、誰がどう見ても明らかとなるだろう。この自由は、私たちが示してきた、信仰が誰にでも認めているはずの自由と同じものなのである。

正直に言っておくと、たしかに、こうした自由から不都合が生じる時もある。しかし、不都合が何一つ生じえないほど賢く組み上げられた制度など、かつて一度でも存在したことがあったろうか。すべての法律によって定めようと人は、悪癖を正すよりもむしろ呼び起こしてしまうだろう。禁じるのが不可能なことは、たとえそこから往々にして害悪が生じるとしても、やはり認めるしかないのである。たとえば見栄やねたみや貪欲や泥酔や、その他似たようなことからどれほどの災いが生じることだろうか。にもかかわらず、こうしたことは大目に見られている。これらは本当に悪癖だけれども、法律上の命令で禁じるのが不可能だからである。だとすると判断の自由は、なおのこと認められなければならない。こちらはまちがいなく美徳であり、しかも抑圧することができないからである。

付け加えると、自由から生じる不都合といっても、それは(すぐ示すように)さまざまな統治機関の権威によって必ず避けられるような不都合である。また言うまでもないことだが、さまざまな学問や技能を発展させるためには、この自由というものが特に欠かせない。学問や技能を豊かに、かつ継続的に育むことができるのは、自由な、できるだけ先入観にとらわれない判断のできる人たちに限られるからである。

[中略]

実のところ、あらゆる人たちがあらかじめ決められた通りに語る、などということには到底なりえない。むしろ反対に、ものを言う自由を奪われようとすればするほど、ひとびとは一層頑強にそれに抵抗するのである。確かに物欲まみれの人やへつらい好きの人、またこれ以外の形で心に弱さのあるひとは逆らわないかもしれない。金庫のお金をうっとり眺めたり、腹を一杯に満たしたりすることが、彼らの何よりの安らぎなのだ。しかしよい教育と非の打ち所のない生活習慣と美徳のおかげで、人一倍自由になっている人だったら、敢然と抵抗するに違いない。

ひとびとは一般に、自分が本当だと思い込んでいる考えが犯罪視されたり、神や人間に対して道徳的にふるまう自分なりの理由が異端視されたりすることを、何よりも耐えがたいと感じるようにできている。もしそのような扱いを受けるなら、ひとびとはむしろ「そのような扱いを取り決めた」法律の方を拒絶し、「そのような法律を定めた」政府に全力で逆らおうとするだろう。そしてこのような理由で反逆をあおりたて、全力で不法行為を試みることを、見苦しいところが最高に誠実な事と思うようになるだろう。したがって、人間本来の性質が明らかにこのようなものである以上、ひとの考えをめぐって制定される法律は異端者ではなく自由人たちを念頭に置くことになり、悪人たちをこらしめるよりもむしろ誠実な人たちを怒らせるために制定されることになるだろう。またそのような法律を維持しようとすれば、国に必ず大きな危険がもたらされることになるだろう。

さらに言ってしまうと、そうした法律は何の役にも立たないだろう。というのも、それで有罪視された考えを健全なものと確信している人は、このような法律に屈服することができないからである。反対に、その考えを誤りとして斥けている人は、これを有罪視する法律を［自分たちへの］特権として受け取り、そのような法律［があること］をあまりにも勝ち誇るので、後に政府がこれを撤廃しようとしてもできなくなってしまうだろう。

［中略］

そうした何の役にも立たない法律を制定するよりも、民衆の怒りや狂乱に歯止めをかける方法がはるかに望ましいのではないだろうか。そもそも、ひとと違う考えをもっていて迎合することができないという［だけの］理由で、誠実な人たちが悪人として追放刑に処せられるなら、国家にとってこれよりも大きな災いが考えられるだろうか。くどいようだが、何の悪事も悪行もしていないのに、自由な気質の持ち主だからという［だけの］理由でひとびとが国賊扱いされて死刑に処せられるなら、［国家にとって］これよりも破滅的な災いが考えられるだろうか。そこでは悪人たちにとっては恐怖の的でしかない処刑台が、忍耐と勇気のこの上ないお手本を見せるための美しい劇場となり、主権者への非難をひとびとの心に刻み込むのである。

そもそも、自分の身の潔白を確信している人たちは、悪人たちのように死を恐れたり減刑をねだったりしない。彼らは恥ずかしいことをしたという後悔に心をさいなまれておらず、むしろ反対に、よき理由のために死ぬのは名誉あることであり、［悪行の報いとしての］刑に服するわけではないと考えているからである。彼らにとって、自由のために死ぬのは光栄な事なのだ。したがって、彼らが処刑される理由［＝自由］は愚かで心の弱い人たちにはわからず、反逆的な人たちには憎まれ、誠実な人たちには愛される。だとすると、彼らを殺すことによって一体どのような手本が示されるというのだろうか。［彼らの生き様を］見習うか、せいぜい［時の権力に］へつらうこと以外に、そこから学べることなど何もないはずである。

このように、へつらいではなく誠意が重んじられるためにも、また至高の権力の持ち主たちが最善の形で支配を続け、反逆者たちへの譲歩を迫られないためにも、判断の自由は必ず認められなければならないのである。そしてたとえあからさまに違う考えや対立する考えを持っていても、ひとびとが仲良く暮らしていけるような統治が行われなければならない。このような支配のあり方こそ最善であり、不都合を被ることの比較的少ないあり方だということを、私たちは固く信じている。それというのも、これが人間の自然な性質に一番適したあり方だからである。

そもそも既に示した通り、（自然状態に一番近い）民主制の国では、みんなが共同の取り決めに基づいて行動するよう契約を交わすが、判断や思考活動はこの契約に含まれない。つまり、すべての人がぴったり同じことを考えるのは不可能だからこそ、ひとびとは契約を結んで、一番の得票を得た意見に取り決めとしての効力をもたせるようにしたのである。それでいて彼らは、そうした方がよいと思った時には一度決めたことでも廃止できる権限を、けっして手放さなかった。このように、ひとびとに自分で判断する自由が認められなくなればなるほど、［その国は］一番自然な状態からどんどん離れていき、したがって支配のあり方もどんどん暴力的になっていくのである。

［中略］

さらに言えば、自由な国家体制においては、抑圧できないはずの判断の自由をそれにもかかわらず根絶したがる人たちこそが、実は国を乱す張本人なのである。

＊＊＊

スピノザの死から二五〇年後、ボンヘッファーも若くしてこの世を去った。野蛮で不道徳な時代に、道徳的な人間は何をすべきだったのか。ドイツの優秀な聖職者であり、ヒトラーやナチスに積極的に反対していたボンヘッファーは、この質問に悩み続け、彼の信念は彼の命を奪った。終戦まで一カ月を切った一九四五年四月九日に、ナチスは彼を絞首刑にした。ボンヘッファーの英雄的な抵抗は、多くの人々に示された。この高名なルーテル派の牧師は、自分の平和と命を何度も救うことができたはずなのに、信仰のために究極の代償を払った。

『十年後』は、ボンヘッファーが逮捕・投獄される前の一九四三年に書いた小著であり、一九三三年にナチスが政権を取ってから一〇年後のドイツの状況を解説したものである。以下、重要な箇所を抜粋した。

＊＊＊

ボンヘッファー『十年後』[2]

誰が自分の立場を守るのか

悪の仮面舞踏会は、私たちの倫理観を根底から覆している。光、恩恵、そして歴史的な必要性を装った悪の出現は、伝統的な倫理観に育まれた者にとっては全く不可解なものである。しかし、聖書を人生の拠り所とするキリスト教徒にとっては、悪の根本的な悪さを確認するしかない。

合理主義の失敗が明らかになった。合理主義者は善意であるが、素朴な現実感の欠如から、少しの理性で世界を正すことができると想像している。近視眼的な彼は、すべての側に正義を下そうとするが、対立する力の混乱の中で、わずかな効果も得られないまま踏みにじられてしまう。世界の理不尽さに失望した彼は、ついに自分の無益さを悟り、戦いから退き、勝った側に弱々しく降伏する。

さらに悪いのは、道徳的な狂信の完全な崩壊である。狂信者は、自分の道徳的な純粋さが悪の力に対抗できると考えるが、牛のように、赤い布を持っている人ではなく、赤い布を取りに行き、疲れ果てて屈服する。彼は本質的でないものに絡め取られ、敵の優れた工夫によって仕掛けられた罠に陥る。

また、良心のある人もいるが、決断が迫られる場面では、圧倒的に不利な状況でも一騎打ちをする。しかし、あまりにも多くの葛藤があり、そのすべてが重要な選択を要求しているにもかかわらず、彼自身の良心の助言や支援がないため、彼は引き裂かれてしまう。悪は、あまりにも多くの巧妙で欺瞞的な装いで彼に迫るので、彼の良心は神経質になり、動揺するようになる。結局、彼は澄んだ良心ではなく、救われた良心で満足し、絶望を避けるための手段として良心に嘘をつくようになる。自分の良心だけを頼りにしていると、悪い良心の方が、時には錯乱した良心よりも健全で強力であることを見ることができない。

人がさまざまな選択肢に直面しているとき、義務の道が確実な出口を提供しているように見える。彼らは唯一確実なものとして命令を把握する。命令の責任はその作者にあり、実行者にあるのではない。しかし、人は義務の範囲に閉じ込められていると、自分の責任で大胆な行動をする危険を冒すことはない。それは、悪に対して正鵠を得、悪を打ち負かす唯一の方法である。義務の人は、最後には悪魔に報いを与えざるを得ないのである。

さて、自由の人はどうだろうか。彼は、この世で自分の立場を貫くことを志し、必要な行動を明確な良心や天職の義務よりも高く評価し、実りある妥協のために不毛な原則を、実りある急進主義のために不毛な凡庸さを犠牲にする覚悟のある人である。どうするのかというと、自分の自由が破滅にならないように気をつけなければならない。二つの悪のうち小さい方を選ぶことで、自分が避けようとしている大きな悪が、より小さいことを証明するということに気づかないかもしれないからだ。ここに悲劇の起源がある。

ある者は、公私混同から逃れるために、自らの美徳の聖域に身を置く。しかし、そのような人は、自分の周りの不正に対して口を封じ、目を閉じざるを得ない。自己欺瞞の代償としてのみ、責任ある行動によって生じる汚れから自分を守ることができるのである。その結果、やり残したことが、心の平安を苦しめることになる。この不安に直面してバラバラになってしまうか、パリサイ人の中でもっとも偽善的な人になってしまうか、のどちらかである。

誰が自分の立場を守るのか。その究極の基準は、自分の理性、原則、良心、自由、美徳にあるのではなく、神への信仰と排他的な忠誠において従順で責任ある行動をとるように求められたときに、これらすべてを犠牲にする覚悟のある人だけがそうである。責任感のある人は、自分の人生すべてを神の問いかけと呼びかけに応答しようとするのである。

市民的勇気

市民的勇気が欠如しているという不満の背景には何があるのだろうか。この十年間、勇気と自己犠牲の豊かな実りをもたらしたが、市民の勇気は私たち自身の間でさえほとんどなかった。これを個人的な臆病さのせいとすれば、あまりにも安易な心理学である。その背景は別のところに求めなければならない。長い歴史の中で、私たちドイツ人は従順さの必要性とその力を学ばなければならなかった。個人の欲望や意見をすべて義務の要請に服従させることが、人生に意味と気高さを与えてきた。私たちは、隷属的な恐れではなく、自由な信頼のもとに、自分の義務を召命と見なし、召命を天職と見なしてきた。何が最善であるかという個人的な意見ではなく、上からの命令に従おうとするというこの心構えは、まさに自己不信の表れであった。従順、義務、召命において、我々ドイツ人が何度も何度も勇敢さと自己犠牲に優れていたことを誰が否定できるのだろうか。しかし、ルターから理想主義者に至るまで、私たちほど情熱的に自由について語ってきた民族があるだろうか。召命と自由は表裏一体である。問題は、自分の世界を理解していなかったことだ。服従と自己犠牲の精神が悪用される可能性があることを忘れていた。ひとたびそうなれば、そしてひとたび召命の行使そのものに疑問が生じれば、ドイツ人の理想はすべて揺らぎ始めるだろう。ある状況下では、自由で責任ある行動が義務や使命に優先しなければならないことが分からなかったからである。その代償として、彼はある方向には無責任な無節操さを、別の方向には常に行動を挫くような苦悩に満ちた慎重さを発展させたのである。しかし、市民の勇気は、自由な人間の自由な責任からしか生まれない。今ようやく、私たちドイツ人は、自由な責任の意味を発見し始めたところである。それは、信仰の自由な応答として大胆な行動を要求し、その過程で罪人となった人間に赦しと慰めを約束する神の存在に依存しているのである。

愚さについて

よく考えてみると、政治的なものであれ宗教的なものであれ、激しい革命は人間の大部分に愚かさの爆発をもたらすように思われる。確かに、これは心理学や社会学の法則に近いように思われる。一方の権力は他方の愚かさを必要とする。人間のある種の適性、例えば知的な適性が阻害されたり破壊されたりするのではない。むしろ、権力の高まりがあまりにも凄まじいために、人間は独立した判断力を奪い、多かれ少なかれ無意識のうちに新しい状況を自分で判断しようとすることを諦めてしまうのである。愚か者は往々にして頑固であるが、だからといって彼が自立していると誤解されてはならない。特に彼との会話では、彼自身と話すことは不可能であると感じる。それどころか、一連のスローガンや合言葉のようなものに直面している。彼は呪いにかけられ、盲目になり、彼の人間性そのものが売買され、搾取されているのだ。いったん自分の意志を放棄し、単なる道具になってしまえば、愚か者がやらない悪はないのだが、それが悪であることにはずっと気づかない。ここには、人間性を極悪非道に利用され、人間性に取り返しのつかないダメージを与える危険性があるのである。

しかし、ここで初めて、愚か者は教育では救われないことに気がつく。彼に必要なのは贖罪である。それ以外には何もない。それまでは、合理的な議論で彼を説得しようとしても、この世の役に立たない。このような状況では、「人々」が本当に考えていることを探ろうとすることが無駄であり、責任を持って考え、行動する人間にとって、この質問があまりにも余計なものであることもよく理解できるだろう。聖書にあるように、「主を畏れることは知恵の初め」である。言い換えれば、愚行の唯一の治療法は霊的な贖罪であり、それだけで人は神の目の前で責任ある人間として生きることができるのである。しかし、このような人間の愚かさについての考察には、一つの慰めがある。どんな状況下でも大多数の人間が愚かであると考える理由はない。長い目で見れば、支配者が人間の愚かさからより多くのものを得ようとするか、それとも人間の独立した判断力と抜け目のない精神からより多くのものを得ようとするか、ということが重要なのである。

歴史上の思想家たちが自由と民主を語ることに何の意味があるのか。もちろん、彼らは体制を変えた革命家ではない。知識人は常に無力な市民であり、銃も剣ももっていない。しかし、ペンを剣にするのである。自由とは、教室やセミナーで議論するものではなく、実践するものである。スピノザとボンヘッファーは、現実には迫害されながらも自分の信念を貫いていた。彼らは歴史上の無数の知識人と同様に、真理を肯定し、理性を強調し、責任を取ることを厭わず、不正に立ち向かったため、権力に屈することはなかった。

彼らの本を読むことで、私たちは独りではなく、時代を超えて自由と民主を愛してきた思想家たちとつながっていることがわかる。

＊＊＊

二〇二一年三月四日

注

1 『神学・政治論（下）』（スピノザ著、吉田量彦訳／光文社古典新訳文庫、二〇二〇年）、二九九－三二一頁を部分的に引用する。

2 『Prisoner for God: Letters and Papers from Prison』（抄）の訳者による邦訳である。

2　モンテスキュー『法の精神』を読む

モンテスキューは「法の保護のもと、正義の名のもとに行われる暴行ほど大きなものはない」と書いた。

私は法律を勉強しているわけでもなければ、政治哲学を専門として研究しているわけでもない。しかし、私たちが直面している問題は、法律と政治の問題である。「真実」は自分たちの手の中にあり、すべての法律や判断は「法」に従って管理されていると権力者が主張していることを、私たちはどうやって知ることができるのか。法治のために信じてきた伝統や価値観が目の前で徐々に失われていく中で、かつての信念の意味をどうやって再構築していくのか。

一六三三年、ガリレオはコペルニクスの地動説を信じていたためにローマ教皇庁の裁判にかけられた。異端者として強く非難され、最終的には破門されて終身追放されてしまった。もちろん、彼の著作の発行は禁止されていた。判決を知った彼が、「私の本を燃やしてもいい。私の声を黙らせてもいい。私が誰かと話すのを止めてもいい。でも私が空を見るのは止められない！なぜなら、空は動いているからだ」と述べたという伝説がある。三五〇年後、教皇ヨハネ・パウロ二世は、教皇庁がまちがっていて、ガリレオが正しかったことをついに認めた。宇宙は宗教的権威によって固定化されることはないし、全体主義的な独裁者は真実を消滅することはできない。

スピノザと同様に、モンテスキューの『法の精神』（一七四八年）も発行禁止とされ、匿名で出版せざるを得なかった。しかし、彼の著作の影響は広範囲に及んだ。アメリカ独立宣言の理論である三権分立・立憲制度・民主自由などは、すべて彼の思想に由来している。

一七世紀は、科学革命と政治思想が西欧を変革し、人類共通の運命を歩んだ重要な時代である。ニュートン、ロック、デカルト、ホッブズ、スピノザ、ライプニッツ……。この時代を代表する思想家たちがいた。科学的真理・人権・平等・自由・民主・法治・憲法・三権分立も、すべてこの時代に始まった。モンテスキューは、前世紀の知的系統を受け継ぎ、一八世紀の啓蒙主義を開始し、一七七六年のアメリカ独立、一七八九年のフランス革命に直接影響を与えた。

『法の精神』は全三一篇の厚い本であり、ここでは第一一篇と第一二篇を取り上げている。この抜粋だけでモンテスキューの思想の全貌を示すことはむずかしいが、その印象を伝えることはできると思う（政治哲学の研究者にとっては、モンテスキューの思想は常識であろうが）。

＊＊＊

モンテスキュー『法の精神』[1]

第一一篇　国家構造との関係において政治的自由を構成する法について

自由という言葉ほど、さまざまな意味を持ち、人間の心にさまざまな印象を与えてきた言葉はないだろう。ある人は自由を専制的な権威を与えた人物を退けるための手段だと考え、ある人は従わなければならない上司を選ぶための権利だと考え、ある人は武器によって暴力を行使することができる権利だと考え、さらには、自分の国の出身者または自分の法律によって統治される権利だと考えていた。ある国民は長い間、自由とは長い髭を生やす特権だと考えていた。共和制を好む者は共和制に、君主制を好む者は君主制に、自由という名称をつけたのである。このように、彼らは皆、自分たちの習慣や傾向に最も適合した政府に自由という名称を適用してきた。共和国においては、人民は自分たちの不幸の原因をそれほど継続的かつ明確に把握しておらず、統治者は法律に沿ってのみ行動しているように見えるため、一般に自由は共和国に起因し、君主制には否定されているのである。また、民主制においては、人々がほとんど好き勝手に行動しているように見えるため、自由はこの種の政府の中に位置づけられ、国民の権力と自由が混同されてきたのである。

確かに民主制においては、国民は好き勝手に行動できるように見える。しかし、政治的自由は無制限の自由ではない。国家において、つまり法律によって治められる社会においては、自由とは、私たちが望むべきことを行い、望むべきでないことを行うよう束縛されないという力においてのみ成り立ちうるのである。

私たちは、独立と自由の違いを常に心に留めておかなければならない。自由とは、法律が許すことなら何でもできる権利であり、もし法律が禁止していることをすることができたら、その国民はもはや自由を持っていないことになる。なぜならば、彼らの仲間のすべてが同じ力を持つことになるからである。

〔中略〕

立法権が行政権に、自分の善行を保証できる対象者を投獄する権利を委ねた場合、自由は存在しない。しかし、国家に対する秘密の陰謀や、外国の敵との通信によって、立法権が自らを危険にさらすと考えた場合、立法権は行政権に、短期間かつ限定的に、市民を容疑者として逮捕する権限を与えることができる。逮捕された市民は、一時的に自由を失うが、永久に自由を維持するためである。

〔中略〕

もし君主がおらず、立法機関から選ばれた一定の人数に行政権が委ねられた場合、二つの権力が統合されてしまうため、自由が存在しない。もし立法機関がかなりの期間会議を開かないままであるならば、もはや自由が存在しない。それは、立法権の決議がなくなって国家が無政府状態に陥るか、あるいは、これらの決議が行政権に引き継がれて行政権が絶対的なものになるか、ということである。

〔中略〕

もし行政権が立法機関の侵犯を抑制する権利を持たないとすれば、立法機関は専制的になる。しかし一方で、立法機関が行政権を阻止する権利を持つのは適切ではない。なぜならば、執行には限界があり、それを制限することは無意味だからである。また、執行権は常に一時的に行使されるからである。それゆえ、ローマの護民官の権限は、立法だけでなく、政府の執行部分も停止させたという点で欠陥があり、多くの弊害が伴っていた。

しかし、自由な国家においては、立法権が執行権を停止させる権利を持たないのであれば、立法権には法律がどのように執行されたかを調査する権利があり、またその手段を持つべきである。この点において、自由な国家は、コスモスやエフォロスが施政について説明をしなかったクレタやスパルタの政体よりもまさっている。

ところが、その検査の結果がどのようなものであっても、立法機関は、行政権を委ねられている者の個人や、もちろんその行為を非難する権限を持ってはならない。なぜなら、立法機関が専制的な行動を取らないようにすることは、国家の利益のために必要であり、告発されたり、裁判にかけられたりした時点で、自由が存在しなくなるからである。

この場合において、国家はもはや君主制ではなく、一種の共和制となる。しかし、執行権を委ねられた人物は、悪い助言者がいなければ行政権を濫用することはできないし、法律を嫌う者が大臣になったとしても、法律が彼らを保護してくれるのであれば、臣民としてこれらの者を調べ、罰することができる。この点で、この政府はクニドスの政体よりもすぐれている。クニドスでは、法律によって、アムネモネスが統治した後でも、その責任を問うことができず、そのため、人民は不正について釈明させることができなかったのである。

［中略］

国家は二つの異なる方法で変化することができる。それは、憲法の改正によるものと、憲法の腐敗によるものである。国家がその原則を維持していて、憲法が変更された場合、それは憲法のおかげである。憲法を改正した結果、その原則が失われた場合、それは憲法が腐敗したためである。

第一二篇　市民との関係において政治的自由を形成する法について

政治的自由を憲法との関係で扱っただけでは不十分であり、同様に憲法との関係でも検討しなければならない。前者の場合は、それは三権分立から由来することを確認したが、後者の場合は、別の観点から考えなければならない。それは、安全あるいは人々が自分の安全について抱く意見から由来するものである。国家構造は自由でありながら市民は自由ではない場合もあれば、市民は自由でありながら国家構造は自由ではない場合もある。このような場合、国家構造は、権利上は自由であるが事実上は自由ではなく、市民は、事実上は自由であるが、権利上は自由ではない。国家構造との関係で自由を構成するのは、法律の、それも基本法の処分だけである。しかし、対象に関しては、我々がこれから観察するように、風俗、習慣、または慣習的な例がそれを生じさせ、特定の法がそれを奨励することがある。

［中略］

哲学的自由とは、意志の自由な行使であり、少なくとも、すべての体系に合致するように言わなければならないとすれば、意志の自由な行使をしているという意見である。政治的自由は、安全あるいは少なくとも、我々が安全を享受しているという意見からなる。公私にわたる告発以上に、安全を脅かすものはない。したがって、市民の自由は主として刑法のよさに依存する。

刑法が罪の固有の性質から刑罰をひきだす時点においては、自由の勝利である。このように、恣意的な判断は存在せず、刑罰は立法者の気まぐれからではなく、事物の性質からもたらされるものであり、人間は人間に暴力を振るうことはない。

〔中略〕

＊　＊　＊

前掲のスピノザの記事では、私たちにほかに何ができるかと書いた。

「潜竜《せんりょう》、用うる勿《なか》れ」[2]

無駄な犠牲を出さないこと。共犯にはならないこと。今こそ「内なる力」を鍛えることが重要だ。もっと本を読み、もっと考え、独立した思考を身につけ、盲目的に従うのではなく、真のニュースと偽のニュースを見分け、自由が訪れる日を待とう。ガリレオが言ったように、空が開かれており、学問の宇宙が開かれている。「違法」とされたことをおこなうことができず、自分の考えや感情を率直に表現したりすることができなくなった。だが、心の中の自由を消すことは誰にもできないし、時代を超えて東西の賢人たちの世界に入ることを禁止することもできない。彼らの文章は私たちに開かれており、私たちが入ることを待っている。そうすることで、自分で考えて、やるべきことを自信を持ってやることができるはずだ。

これらの偉大な思想家のテキストを、文化と歴史の文脈の中で真剣に研究することで、私たちは楽観的になることができる。なぜなら、人間は進歩的だからだ。これらの重要な普遍的価値は、権力者によって抑制されることはない。なぜなら、これらはすでに私たちの思想と生命の一部だからだ。

二〇二一年三月六日

注

1 訳者による邦訳。

2 『易経』による。

3 サルトル「沈黙の共和国」を読む

香港の自由と民主の理想主義者である私たちは、一九八〇年代から自由の夢を追い求め、四〇年以上も民主主義のために闘ってきたが、ようやく目が覚めた。儚《はかな》い夢だった。小説の予言は、歴史の事実よりも意味がある。なぜなら、アリストテレスが言ったように、詩は歴史よりも哲学的だからだ。前者は将来起こりうる出来事であり、後者は単なる過去に起きた事実である。

オーウェルの『一九八四年』の最後の段落は、私たちの現在を反映しているのではないだろうか。

彼（ウィンストン）は巨大な顔をじっと見上げた。その黒い口髭の下にどのような微笑が隠されているのかを知るのに、四十年という年月がかかった。ああ、なんと悲惨で、不必要な誤解をしていたことか！　ああ、頑固な身勝手さのせいで、あの情愛あふれる胸からなんと遠くはなれてしまっていたことか！　ジンの香りのする涙が二粒、彼の鼻の両脇を伝って流れ落ちた。でももう大丈夫だ。万事これでいいのだ。闘いは終わった。彼は自分に対して勝利を収めたのだ。彼は今、〈ビッグ・ブラザー〉を愛していた。[1]

そう、香港にも「真理省」が設立されたのだ。真理・論理・善悪・美醜・善悪など、これまで信じてきたものをすべて見直さなければならない。あらかじめ決められたものでない限り、「2＋2＝4」が「2＋2＝5」になっても、それを確かめる方法はない。「愛情省」も設立されたが、愛は偉大なる概念であり、愛する方法についての教育が必要だ。愛とは何かを知らなければ、人や社会に貢献することはできない。

しかし、私たちはやはり消えてしまうのか。片手で天を覆うことができるのか。市民的・政治的な自由は力で押さえ付けられ、異論や反対意見は全面的に抑圧され、民主主義者はみな「法に則って」投獄されることになった。人間の主体の自由は本当に廃止されたのか。繰り返すが、ガリレオによれば、今でも空が開かれていて、自由に考えることができるはずだ。専制と権力の下での自由の意味をどう理解するかは、私たちが考えなければならない喫緊の課題である。

一九三九年九月一日に、ドイツがポーランドに侵攻した。その二日後、イギリスとフランスがドイツに宣戦布告し、第二次世界大戦が始まった。翌年、パリがナチスによって占領されたとき、フランスの哲学者・劇作家・小説家であるサルトルは、『The Atlantic』誌の一九四四年一二月号に、占領に抵抗した英雄たちと降伏を望まなかった一般の人々への賛辞として、「沈黙の共和国」という記事を書いた。

平和な時代の私たちは、自由に話したり書いたりすることができた。しかし、ナチスの占領下では、フランス人、とりわけ作家や芸術家については協力するか抵抗するかの二つの選択肢しかなかったとサルトルは主張した。当然、彼は後者を選んだ。「私たちの仕事は、すべてのフランス人に対して、ドイツ人に支配されることはないと伝えることである」と彼は言った。

サルトルは、オーウェルよりも少し楽観的だったかもしれない。なぜなら、全体主義的な支配の下でも、人々は尊厳を持って生きることができ、本来的実存を選ぶことができると信じていたからだ。全体主義的な抑圧に直面しているからこそ、私たちは自分たちの実存的危機をよりリアルに理解することができるのだ。

原作は「Paris Alive – The Republic of Silence」（『The Atlantic Monthly』一九四四年一二月号）という英語の記事である。

＊＊＊

沈黙の共和国[2]

ドイツの占領下ほど、自由だったことはない。私たちは、すべての権利を失ってしまった。まず、ものを言う権利を失った。私たちは毎日、真っ向から侮辱され、しかも口をつぐまなければならなかった。労働者として、ユダヤ人として、政治犯として、私たちの多くは国外に追放された。壁の上、新聞、スクリーンなど、いたるところで、抑圧者が私たちに見せたがっていた自分たちの不潔で無意味なイメージを目にした。そして、このすべてのおかげで、私たちは自由になった。

ナチスの毒が私たちの思考に入り込めば入り込むほど、正確な思考が征服されていく。全能の警察が我々の沈黙を強制しようとすればするほど、我々の言葉の一つ一つが貴重な主義主張の宣言となった。私たちが追われれば追われるほど、私たちのジェスチャーの一つ一つが婚約の性質を帯びてきた。私たちの闘争の度重なる残酷な状況は、同時に私たちを、人間の条件と呼ばれるこの引き裂かれた、どうしようもない状況の中で、何の偽りもなく、赤裸々に生きさせた。亡命、監禁、そして何よりも、幸せな時には簡単に避けることができる死が、当時の私たちの永遠の悩みであった。私たちは、それらが避けられる事件ではなく、恒常的または客観的な脅威でもなく、それらの中に私たちの使命、運命、私たちの存在のもっとも深い源を見出さなければならないことを学ぶことになった。

一瞬一瞬、私たちは「人間は死すべき存在である」という陳腐な言葉の意味を最大限に理解して生きていた。そして、一人ひとりが自分の人生と自分自身について行った選択は本物であった。私はここで、真の抵抗者であるエリートのことを言っているのではなく、四年間、昼夜を問わず、いつでも「ノー」と言ったすべてのフランス人のことを言っているのである。

実際、敵の残酷さは、私たちをこの状態の極限にまで追い込み、平時には顧みられない疑問を私たちに投げかけさせた。レジスタンスにとって重要なことを知りながら、苦悩のうちに「もし拷問されたら、私は耐えられるだろうか」と自問したことのある私たちは(一度や二度、このような立場に立たなかったフランス人がいるだろうか)皆そうである。このようにして、自由の問題は、人間が自分自身についてもっとも深く理解することができるギリギリのところまで持ってこられたのである。

人間の秘密は、エディプス・コンプレックスや劣等感にあるのではなく、死に至るまでの苦しみに耐える力にあるのだ。秘密の人生を送っていた人々にとって、その戦いの状況は新しい経験をもたらした。兵士のように昼間に戦うのではなく、どんな状況でも一人であり、孤独の中で追われ、逮捕されたのである。そして、その孤独の中で、完全な裸の状態で、拷問に抵抗したのである。彼らの哀れな肉体をあざ笑い、満足した良心と信じられないほどの社会的権力によって、自分たちが正しいことをあらゆる証拠で示す、身なりや食事の整った死刑執行人の前で、彼らは一人で裸になった。

独りで、親切な手の助けもなく、何の励ましもない。しかし、この孤独の底には、彼らが守っている他の人々、すべてのレジスタンスの同志たちがいた。一言でも言えば、十人、百人という新たな逮捕者が出る。この完全な孤独の中での完全な責任、これこそが我々の自由の最終的な開示ではないだろうか。

この身を投げすてること、この孤独さ、この巨大なリスクは、すべての人に共通していた。指揮官も兵士たちも、内容を知らないメッセージを運ぶ者も、レジスタンス運動全体の独自の方針を決める者も同じだった。投獄され、強制送還され、死んでいく。世界の軍隊の中で、兵士と指揮官の危険度が同等であると考えられる軍隊はない。だからこそ、レジスタンスは真の民主主義だった。兵士にとっても、その上司にとっても、同じ危険、同じ孤独、同じ責任、そして規律の中での同じ絶対的な自由があるのである。

こうして、血と影の中で、最強の共和国が誕生した。国民の一人一人は、自分が他の人々に対して何を負っているのか、そして一人一人がそれだけを頼りにしていることを知っていた。一人一人が、完全な孤独の中で、自分の歴史的な役割と責任を理解していた。彼らの一人一人が、自由に、不本意ながらも、抑圧者に対抗した。そして、自分を選択する自由の中で、すべての人の自由を選択した。

制度も軍隊も警察もない共和国は、すべてのフランス人に、ナチズムとはまた別の意味で、あらゆる瞬間にそれを肯定し、維持させた。ここでは誰もそれに失敗しなかったし、現在、我々はもう一つの共和国を目前にしている。しかし、今まさに訪れようとしている明るい日の新しい共和国が、その日光の中で、沈黙と夜の共和国の厳格な美徳を維持することを期待することはできないだろうか。

＊＊＊

この記事が書かれたのは一九四四年一二月。第二次世界大戦が終わる半年前のことである。パリの人々は四年以上も暴力的に弾圧されていた。数え切れないほどの人々が迫害され、市民の自由は完全に制限されていたが、まさにそのために無数の人々が立ち上がり、さまざまな方法で戦ったのである。彼らは奴隷にも共犯者にもなりたくなかった。人間は自由になると、栄光が見えてくる。

オーウェルの『一九八四年』の予言や分析が現実味を帯びているが、それでも希望の光を残している。彼は自分の自由を用いて、権力の意味を考えさせるこの重要な物語を書いた。この小説が極めて悲観的な判断を語っているが、僥倖を望む心理で対抗してはいけないと教えてくれた。

民主・自由・法治を信じて予備選に立候補した四七人の友人たち。そして公的に、あるいはそうではない仕方で彼らの考えを支持する無数の市民たち。彼らのことをよく見れば、このサルトルの文書の意義がわかるだろう。

二〇二一年三月一四日

注

1　『一九八四年』、四六三頁。

2　英語の記事から訳者による邦訳。

〈附録〉低俗の共和国

大埔山人

サルトルの沈黙の共和国——この沸騰する沈黙の共和国を紹介した張燦輝先生は、私たちに希望を与えてくれる。学生として、反対意見を述べることを許していただきたい。私が見えたのは、もう一つの沈黙の共和国である――これは騒がしい共和国であり、偽物の共和国でもある。

なぜ低俗の本質について考えなければならないのか。低俗こそが偽物の「沈黙の共和国」の礎であり、原動力だからだ。人は死を恐れない。なぜなら、人生の意味は死によって明らかになるからだ。人は恐怖を恐れない。なぜなら、最大の恐怖は死だからだ。人は弱さを恐れない。なぜなら、弱さを知ることで恐怖を克服することができるからだ。低俗、死、弱さ。この三つを恐れないことで、真の沈黙の共和国が実現するだろう。

低俗な人は、この三つの恐れないことの意味を無に帰してしまうだろう。理由や過程に関係なく、臆病さは生存するためのものだ。単なる生存は物理的にしか属していないし、人間もまた物理的にのみ存在する。物理的な需要には応えなければならない。とはいえ、そうすることによって恐怖心を克服することはできない。恐怖心は、自分の欲求が満たされなくなる可能性から生じる。欲求が満たされない機会が多ければ多いほど、恐怖も大きくなる。究極の恐怖は死である。長いあいだ低俗さにさらされてきた人は、祝福すればするほど生きることにこだわる。そして生きれば生きるほど、死への恐怖はどんどん大きくなり、最終的には乗り越えられないくらいその恐怖は大きくなる。まるで死が高速道路から転落し、やがて消えていくように。

死そのものが真の沈黙につながるわけではない。むしろ沈黙の音のようなものだ。しかし、理由のない不慮の死は裸の死であり、絶対的な沈黙である。それは、雲が雨を降らせ、あるいは夜空から流星が落ちるように、理由のないことだからだ。低俗な生活は、一本筋の通った物理的な発展に過ぎない。死は、この発展を完全かつ永遠に破壊する唯一のものである。もし死の基準についてコントロールすることを推理できるならば、人間をコントロールすることもできよう。しかし、いわゆる推理は無意味である。低俗の生活を求め、生きている人間は、自分の頭の中で死をコントロールすることに無関心なのだから。突然の死、あるいは不慮の死からの恐怖でさえ無関心である。

低俗な生活を求めて生きている人間は恐ろしい。なぜなら、彼らは絶対的に孤立者でありながら、独りであることを受け入れることができず、すべての欲望を絶対的に自分に向けて求め、満たすためだけに存在しているからだ。しかし、物理的な欲望を乗り越えることで、万物と水平方向の共鳴をし、過去と未来の感覚が生まれ、人間の共同体は発展し、満足することができる。現在と未来の仲間とのコミュニケーションをとりながら、自分の同質性と相対的な独自性を発見し、孤独と平和に暮らすことができるのだ。

しかし、物理的なものに止《とど》まると、孤独が唯一の感情となり、人と人との絆は、強迫観念的な欲望の中で知らず知らずのうちに壊れ、一つの砂の粒となってしまう。共同体への欲求は、低俗なプロパガンダの中の力やシステムによって満たされることになってしまう。これは、すべての粒が同じであることに基づいて作動する虚構の共同体意識である。たとえば「グルメ集団」のように、意味もなく、意図もなく、自分たちの存在感を示すために音を立て、同じ存在感で、同じ叫び声を出す。声を出していても、出していないのと同様であり、その孤独が他者に理解されることも認められることもない。夢中になってやっていたサッカーゲームが終わると、とたんに独りへと戻ってしまう。物理的な欲求に依存しない共同体意識を構築することができないから、悪循環となり、声なき「グルメ集団」に合流する。また、個人的な欲望と同時に共同体意識を延長させるために、この目的を満足させる機会に頼る。

「グルメ集団」のほかに「喧嘩集団」もある。前者は断片的で、後者は永続的である。コミュニティ意識が生まれ、活動に積極的に参加することができ、低俗の人生観を丸ごと変えなくても孤立から脱出することが可能である。恐怖や死を徹底的に消すために、仕事以外の時間は物理的な欲望に溺れることになる。「グルメ集団」と「喧嘩集団」のリーダーは誰でもいい。リーダー自身の気持ちを集団が反映するかもしれないが、偽物の沈黙の共和国の成立とは関係がない。世界はよくなっても悪くなっても、偽物の沈黙の共和国の市民は、彼らの時間と空間の中で自分たちの存在を永続させ続けている。

なぜこんなことになってしまったのか。私たちも参与したはずだ。大げさに言えば、低俗なテレビドラマを容認することは、低俗の人間が育つ環境を作ることに等しい。低俗の木は一〇日間ほどで、低俗の人間は一〇年ほどで、低俗な共和国は五〇年ほどで作ってしまうのではないか。

私は、それを防ぐ方法や未来への希望を提案することはできない。楽観的な結論を出すことは、無責任につながる。あとはバッハのオラトリオを聴いてもらうしかない。聴いた後、一瞬の明晰さに恵まれれば、合理的な思考よりもはるかに効果的な悟りの領域に入ることができよう。そして、曲が終わるとその残響が必ず聴こえる。

二〇二一年三月一五日〜一六日

4　アーレント「自由とは何か」を読む

ルソーの『社会契約論』の冒頭に、「人間は自由なものとして生まれたのに、いたるところで鎖につながれている」[1]と書かれている。

個人の自由と政治的自由の関係は、常に人類の大きな問題であった。ガリレオは確かに、内面的に自由に空を見て、自律的な理性で宇宙全体を考えることができた。人類の文化史上、有名無名を問わず、数多くの哲学者や思想家が自由な発想を持っていた。とはいえ、思想の自由それ自体は、けっして問題ではない。それらの発想が提起された当時は、思想の自由が問題になることはなかったのだから。

重要なのは、それらが出版されて世界と共有されることである。そこから生まれる言論の自由が問題になるのである。コペルニクスは、生前に太陽中心説を完成させていたが、あえて発表しなかった。それは、キリスト教の権威に異議を唱えることになり、また自分の説が確実に異端視されることを知っていたからである。太陽中心説は科学の精神から生まれたものだが、聖書の権威を疑うことはできなかった。『天球の回転について』が出版されたのは彼の死後であるが、「回転《レボリューション》」が「革命《レボリューション》」となったことにより、その文化的影響は明らかである。

ジョルダーノ・ブルーノは、コペルニクスの地動説を公然と賞賛し、肯定することで権力者たちを怒らせた。彼の「異端」は、権力者たちには受け入れられなかった。その後、ガリレオはコペルニクスの地動説の正しさを確認したが、教皇庁から異端者として断罪され、著書は焼却され、生涯投獄されたのである。

コペルニクス、ブルーノ、ガリレオといった自由な発想の科学者たちは、自分の理論に真実があると確信していた。にもかかわらず、なぜ権力者によって弾圧され、悲惨な結末を迎えたのか。簡単に言えば、全体主義の下では、真実は権力者によって決定されるからだ。そこには普遍的な価値や真実はなく、定められた真実だけがある。言論の自由や学問の自由がないのは、思想の自由から派生する言論を守るための市民的・政治的自由がないからだ。

思想の統一や価値観の指定、権力者に奉仕すべき教育があり、ジャーナリズムがあり、法律がある。しかし、それらによって人類の文明が発展したとは思えない。一二一五年の「マグナ・カルタ（大憲章）」から、アメリカ革命、フランス革命、第二次世界大戦後の国連の人権宣言に至るまで、それらのすべてが人類の文明の進歩の証しだといえる。独裁者の覇権は、歴史の遺物であるべきだと思う。残念ながら、そういった考えは事実ではないことを香港が証明した。私たちは独裁者の時代に戻ってしまった。

全体主義の下で、ほかに何ができるのか。謙虚な個人は、人生の悲しさや不安定さにどのようにして抵抗できるのだろうか。

荘子やストア派は、個人の世界、主体の自由、自由な生活に戻ることを提案したのではないか。この世で苦しみは避けられない。力には抗えない。だから運命を受け入れろ！　自分の内なる自由を楽しむことができれば、それで十分ではないか。一方、各個人は公の世界の法律を「守り」、先人が記した本に沿って行動すれば、確かに自分の生き方を選択することができる。自分だけの空間で「自由」に生きることができる。

イギリスの大憲章や市民的・政治的権利に関する規約は、天から降ってきたものではなく、真の個人の自由には市民的自由が必要であることを示している。これらは多くの哲学者や賢人たちの努力の結果であり、彼らの大多数は権力も銃も剣も持っていない。ペンを剣に見立てて、自分の考えを言葉に変えて、権力者の暴虐に対抗してきたのだ。

ナチスの迫害を逃れてアメリカに亡命したアーレントは、象牙の塔で教える哲学教授ではなかった。前世紀のもっとも重要な政治理論家であり、公共知識人の一人であった。本章では何度もガリレオの「空」に言及してきたが、それは無限の宇宙を意味するだけのものではない。重要なのは、過去の哲学者や賢者たちの思想の世界であり、私たちが今、真剣に勉強しているものである。

＊　＊　＊

以下は、アーレントの論文「自由とは何か」の第一章のうち、主観的自由と政治的自由を扱った部分を抜粋したものである。もちろん、この数千字がアーレントの考えを代表しているわけではない。彼女の考えを深く知るには、彼女の本を真剣に読まなければならない。

なお、この論文は一九九三年に『過去と未来の間』に掲載されたものである。

自由とは何か 2

政治をめぐる問いにとって自由の問題は決定的であり、いかなる政治理論も、この問題が「哲学が迷い込んだ森」に誘い込まれてしまったという事実に無関心ではいられない。この暗がりの理由を明らかにするのが以下の考察の内容となる。哲学がこの暗がりに迷い込んだ理由は次の点、つまり、自由の現象は思考の領域にはまったく現われず、哲学や形而上学の大問題をもたらした私と私自身との間の対話のうちでは、自由もそれに対立するものも経験されないということ、そして、哲学の伝統――この点に関わる起源については後に考察する――が、自由の観念を本来の領域すなわち政治や人間の事柄一般の領域から、内的領域つまり――そこでは自由は自己検閲にさらされるだろう――へと移し換えることにより、人間の経験に与えられる自由の観念そのものを、明確にするどころかかえって歪めてきたということにある。哲学の伝統の起源については後に触れるが、こうしたアプローチがとりあえず正当であると思う。自由の問題は、歴史的に見れば、存在、無、霊魂、自然、時間、永遠などの形而上学の古来の大問題のうちで、最後に哲学の探求のテーマとなったということが指摘されよう。ソクラテス以前の哲学者から古代最後の哲学者であるプロティノスにいたる偉大な哲学の歴史全体において、自由が哲学者の心を占めたことはなかった。それればかりか、自由をわれわれの哲学の伝統に最初に登場させたのは、まずはパウロの、次いでアウグスティヌスの宗教的回心の経験にほかならなかった。

たしかに、われわれが自由を一つの問題としてではなく、日常生活の事実としてつねに受けとめてきたのは政治の領域である。しかも今日でさえ、自覚していると否とにかかわらず、政治の問題、したがって人間は行為という資質を与えられた存在者であるという事実は、自由の問題を口にするときにはつねにわれわれの心に留められていなければならない。というのも、行為と政治は人間の生がもつすべての能力と潜在的可能性のうちで、少なくとも自由が現に存在すると仮定せずには考えることさえできない唯一のものだからである。われわれは、暗黙のうちにも明示的にも、人間の自由という論点に触れることなしには、どのような政治の論点にも触れることはできない。そればかりか自由は、正義、権力、平等といった、いわゆる政治の領域の数多くの問題や現象の一つにすぎないものではない。自由は、危機や革命の時期以外に政治的行為の直接の目標となることはまずないが、実際には、人びとが政治組織のうちでともに生きる理由である。自由なしには、政治的生活そのものが無意味であろう。政治の存在理由《レゾン・デートル》は自由であり、自由が経験される場は行為にほかならない。

すべての政治理論は自由を自明のものと見なし、暴政を讃える者でさえ考慮に入れざるをえなかったが、そうした自由は、「内的自由」つまり人びとが外的強制から逃れ、自由だと感じる内面空間とは正反対のものである。こうした内的感情は、外に姿を現わすことなしにも存在するものであり、政治的に見れば明らかに取るに足らない。内的自由の正当な起源がいかなるものであれ、そしてそれが古代後期にいかに雄弁に描き出されたとしても、内的自由は歴史的に見て比較的後の現象であって、もとはといえば、人びとが世界から疎遠になった――世界性の経験が自己の内部の経験へと転換された——結果生じたものである。内的自由の経験は派生的なものである。というのも、それは、自由が否定されている世界から他者が近づくことのできない内面性への退却をつねに前提とするからである。自己が世界に対して保護されている内面空間は、世界との相互関係においてのみ存在し機能する心や精神と取り違えられてはならない。古代後期に発見されたのは、心でも精神でもなく、自らの自己のうちにある絶対的自由の場としての内面性であった。それを発見したのは、世界のうちに自ら自身の場をもたず、したがって世界性の条件、古代初期からほぼ一九世紀の半ばにいたるまで、誰もが自由の前提条件であると見なしてきた条件を欠いていた人びとであった。

そうした自由が派生的であること、いいかえれば、「人間の自由に固有の領域」は「意識という内面の領域」であるとする理論が派生的であることは、われわれが内的自由の起源をたずねるならば、いっそう鮮明になるように思える。内的自由の代表例は、近代的個人、つまり社会によって自分の個性が打ち負かされるのを正当にも恐れ、「天才」や独創性の「意義」を強固に主張しながら、自らを展開、発展させ、拡張しようとする個人ではなく、古代後期の世俗的な、あるいは世俗化しつつあった宗徒たちである。かれらは哲学とはおよそ無縁であった。たとえば、内的自由の絶対的優位に対するもっとも説得力ある論拠が見出せるのは、いまなおエピクテトスの随想においてであるが、かれはそこで、自らの望むままに生きる者こそ自由であると説き起こしている。この定義は、奇妙にも、「自由は好むところを為すことを意味する」というアリストテレスの『政治学』の一節と似通っている。ただ、アリストテレスの場合には、この言葉は自由の何たるかをわきまえていない人びとの口から語り出されている。エピクテトスは続けて、自ら自身をその力の及ぶ範囲内に限定し、妨げられる恐れのある領域にまで手を出さないならば人間は自由であることを示そうとしている。かれによれば、「生の知恵」は、自らが何の力ももたない疎遠な世界と意のままに振舞うことのできる自己とを区別するすべを知る点にある。

アウグスティヌスの哲学に自由の問題が登場するに先立って、自由の観念を政治から切り離し、人が世界のなかで奴隷でありながらなおも自由でありうるような定式化を得ようとする意識的な試みがあったことは、歴史的に見て興味深い。しかし概念的に見ると、自分自身の欲望から自由であることを本質とするエピクテトスの自由は、当時一般的であった古代の政治の観念を転倒したものにすぎない。現在受け容れられている哲学の骨格が定式化された政治的背景、要するにローマ帝国後期における自由のあからさまな凋落は、権力、支配、所有といった概念が当時果たしていた役割によっていっそう明らかになる。古代の理解に従えば、人は、他者に対する権力によってのみ自らを生の必要から解放しうるのであり、世界のなかに自らの場所つまり家を所有する場合にのみ自由であることができる。エピクテトスは、この世界性をもつ関係を人間の自己内の関係に置き換え、自分自身を支配する権力ほど絶対的なものはないこと、したがって、人が自分自身と闘いそれを屈伏させる内面空間は自分自身よりも完全であり、世界にあるどのような住み拠にもまして外部からの干渉に対して確実に保護されていることを発見した。

内的自由、非政治的自由の概念は、たしかに思想の伝統に大きな影響を及ぼした。にもかかわらず、内的自由は、もし人が、自由であることの条件を、感覚によってとらえうる世界性をもつリアリティとしてまずもって経験していなかったとすれば、何ら知られることはなかったであろう、と述べたほうがまちがいないように思われる。われわれが自由やそれに対立するものを自覚するようになったのは、まず他者との交わりにおいてであって、自ら自身との交わりにおいてではなかった。自由は、思考の属性や意志の属性となる前に、自由人の状態《ステイタス》、つまり、人びとに移動を可能にさせ、家を後にして世界のなかに入り、行ないや言葉において他者と出会うのを可能にさせる状態として理解された。この自由には明らかに解放《リベレイション》が先立っていた。自由であるためには、人は、生命の必要から自ら自身を解放していなければならない。しかし、自由であるという状態は解放の作用から自動的に帰結するものではない。自由は、たんなる解放に加えて、同じ状態にいる他者と共にあることを必要とし、さらに、他者と出会うための共通の公的空間、いいかえれば、自由人誰もが言葉と行ないによって立ち現われうる政治的に組織された世界を必要とした。

いうまでもなく、あらゆる形式の人間の交わり、あらゆる種類の共同体が自由によって特徴づけられるわけではない。人びとが共に生きながらも政治体を形成しないところ、たとえば氏族社会や家政の私的生活では、人びとの行為や振舞いを規制する要因は、自由ではなく、生命の必要や生命を維持するための配慮である。のみならず、世界が人間が作る世界になりながらもなお行為や言論の舞台とはなっていない場合——たとえば家の狭い枠へと臣民を追放し、そうすることによって公的領域の台頭を阻止している専制的支配の共同体——にも、自由は世界性をもつリアリティとはならない。政治的に保証された公的領域なしには、自由はそれが現われるための世界性をもつ空間を欠く。たしかにそれでもなお、自由は人びとの心のなかに欲望、意志、希望、渇望として住まうこともありえよう。しかし、周知のように人間の心は非常に暗い場所であり、その暗がりのなかに去来するものを確証可能な事実とは呼びえない。人びとが具体的に確かめうる事実としての自由は政治と表裏一体であり、互いに一致し関連し合っている。

だが、現在の政治的経験に照らすとき、まさにそうした政治と自由の一致は当然とは見なしえない。生活の全領域は政治の要求に服さなければならないとの主張を掲げ、そして市民的権利、とりわけ私的生活のすべての権利や政治からの自由への権利を一貫して否認する全体主義の台頭は、政治と自由の一致ばかりでなく、政治と自由の両立可能性そのものに疑問を抱かせている。われわれは政治が終わるところに自由は始まると信じるようになっている。なぜなら、いわゆる政治的な考慮が他のすべてを圧倒したときに自由が消滅したのをすでに見てしまったからである。「政治をより少なく自由をより多く」という自由主義の信条は結局のところ正しかったのではあるまいか。政治的なものが占める空間が小さくなればなるほど、自由に残される領域は大きくなるというのは真実ではあるまいか。実際、いかなる共同体においても、自由の大きさは、明らかに非政治的な活動、つまり自由な経済活動、教育や宗教や文化的・知的活動の自由にそれが許容する範囲によって正しく測られるのではなかろうか。程度の差こそあれ誰もが信じているように、政治からの可能な自由を保証するがゆえに、そのかぎりでのみ、政治は自由と両立しうるという考えは真実ではあるまいか。

政治的自由《リバティ》を政治からの潜在的な自由であるとする定義は、たんに最近の経験に照らして強く押し出されているわけではない。それは、政治理論の歴史においても大きな役割を果たしてきた。こうした考えは、政治的自由をもっぱら安全と同一のものと見なした、一七、一八世紀の政治思想家に由来するものである。そこでは、政治の最高目的すなわち「統治の目的」は安全の保障であり、その際安全とは自由を可能にするものであり、「自由《フリーダム》」という言葉は政治的領域の外部に生じる活動の真髄を指していた。政治の本質についてホッブズやスピノザと意見を異にするだけでなく、かれらよりはるかにすぐれた意見をもっていたあのモンテスキューですら、しばしば自由を安全と等置した。一九世紀、二〇世紀の政治学や社会科学の台頭は、自由と政治の不和をさらに拡大した。というのは、統治――近代初頭以来、政治的なものの領域はそれに尽きるとされてきた――は、いまや、自由というよりは生命過程、つまり社会や個人の利害の後見人と見なされるようになったからである。依然として安全が決定的基準であるにしても、それはもはや、ホッブズ（かれの場合、あらゆる自由《リバティ》の条件は恐怖からの自由である）のいう「暴力による死」に対する個人の安全ではなく、社会全体の生命過程を妨げなく展開させるための安全であった。社会の生命過程は、自由と結びつくのではなく、それ自身の内在的な必然性に従う。この生命過程を自由と呼びうるとしても、それは、自由に流れる川といった表現の意味でしかない。この場合には、自由は政治の非政治的目的ですらなく一つの限界現象にすぎない。すなわち自由は、生命そのものやその直接的な利害・必要が危険にさらされないように、統治が踏み超えてはならない境界をたんに画するものになっているのである。

　われわれは自由を擁護するために政治に不信を抱かざるをえない固有の理由をもっている。だがそれ以上に、近代全体が自由と政治を分離させたのである。ここで、さらに過去に遡って旧い記憶や伝統を引き合いに出してみてもよい。たしかに前近代の世俗的な自由の概念は、臣民の自由を統治への直接的な参与から分離することを強く主張した。チャールズ一世が断頭台上の演説のなかで要約したように、人民の「自由は、かれらの生命と財産を最大限かれら自身のものにする法に基づく統治を得ることにある。それは統治に与ることではない。統治に与るのは人民にふさわしくはない。」結局人民が統治に与ること、あるいは政治の領域に加わることを要求するようになったのも、自由への欲望からではなかった。それは、自らの生命と財産に対して権力を保持する者への不信に発したものであった。さらに遡れば、キリスト教徒の政治的自由の概念も、公的領域そのものに対する初期キリスト教徒の疑念と敵意から生まれた。かれらは、自由であるために、公的領域の関心事から免れることを要求したのである。さらに、こうした救済のためのキリスト教徒の自由に先立って、すでに述べたように、哲学者が政治を差し控えていた事実がある。そうすることがかれらにとっては、もっとも崇高でもっとも自由な生の様式、すなわち観照の生《ウイタ・コンテンプラティーウア》の前提条件であった。

　こうした伝統の圧倒的な重み、また今世紀の経験からしておそらくさらにいっそう切実な要求——いずれも自由を政治から分離しようとする方向に傾斜している——にもかかわらず、私が政治の存在理由《レゾン・デートル》は自由であり、自由は何よりも行為のうちで経験されると述べたとき、読者は、古来の自明の理を聞かされたにすぎないと感じたのではないかと思う。私が行なおうとするのは、この古来の自明の理に省察を加えることにすぎない。

＊＊＊

「沈黙の共和国」の中で、サルトルは自由の価値は直面する危機から逃げることではなく、行動に移すことであると断言した。権力の下では黙っているように見えても、一人ひとりの自由と良心が、現在の悲惨な状況をより深く考え、一人ひとりが自分にしかできないことをしなければならない。

学術的な思想の世界を通じて、自分の信念を支える糧を手に入れることができると思う。この記事はアーレントに関する最初の記事で、次回は彼女の「独裁体制のもとでの個人の責任」を扱う予定である。

二〇二一年三月一七日

注

1 『社会契約論〈ジュネーブ草稿〉』（ルソー著、中山元訳／光文社古典新訳文庫、二〇〇八年)、一八頁。

2 『過去と未来の間』(アーレント著、引田隆也・齋藤純一訳/みすず書房、一九九四年)、一九六-二〇三頁。

5 アーレント「独裁体制のもとでの個人の責任」を読む

イギリスの一九世紀の小説家、ジョージ・エリオットは、長編小説『ミドルマーチ』(一八七一年)の最後に次のような文章を書いている。

……この世界の善が増大するのは、一部は歴史に記録をとどめない行為によるからである。そして世の中が、お互いにとって、思ったほど悪くないのは、その半ばは、人目につかないところで誠実な一生を送り、死後は訪れる人もない墓に眠る人が少なくないからである。[1]

この言葉は、アメリカのテレンス・マリック監督による二〇一九年公開の映画『名もなき生涯』のラストシーンで再現されている。ハイデガーの思想を学んだ哲学科の教授であるマリックは、脚本家・監督に転身し、受賞作を数多く手がけてきた。彼はハリウッドスタイルのエンターテインメント映画を作るのではなく、理念・思想・芸術的精神・人文的精神を映画で表現している。ここでは、映画について評論するのではなく、この映画の主人公に何が起こったのかということをきっかけにして、アーレントの著作に入りたいと思う。

実在の歴史をベースにした本作のストーリーは、じつはとてもシンプルだ。一九三八年にドイツ軍はオーストリアを併合した。主人公のフランツ・イェーガーシュテッターは、オーストリア・アルプスという場所で、妻と娘と一緒に質素で幸せな生活を送る農夫であった。彼が徴兵されたとき、すべての兵士はナチスとヒトラーに忠誠を誓うことを求められたが、フランツは良心の呵責から宣誓を拒否した。庄屋や弁護士の友人たちは、「忠誠とは手を挙げて言葉を唱えるだけのことだから、自分や家族に恥をかかせる必要はない」と諭してくれた。しかし、フランツは頑として譲らず、投獄され、虐待を受け、最後には反逆罪で有罪判決を受け、一九四三年に死刑で亡くなったのである。

フランツの死は無駄なのではないか。誰もが権力の下で従順になり、独裁者が忠誠の誓いを要求した。そんなとき、普通の無学な農民は、その巨大な圧力に抵抗するために何ができるだろうか。彼の信念はただ一つ。つまり正義と誠実さがもっとも重要であり、自分が納得できないこと、信じられないことには誓うことができないということだった。これは、人間の主観的な自由意志が自分の本質的な価値を決定し、専制や権力によって抑圧されることがないようにするための振る舞いである。孟子の言う「生を捨てて義を取る」は、まさにこのことである。

フランツのケースは、一〇〇件に一件の割合でしかない。多くの人は運命を受け入れ、権力と妥協する。一九三三年にヒトラーが登場したとき、大多数のドイツ人は忠誠を誓ったし、無数のエリート知識人も偉大な指導者に従った。そして、人類史上もっとも悲劇的で残酷な戦争に参加し、専制政治の最悪の犯罪に直接的・間接的に参加した。

終戦後、独裁政権下で命令された悪行を実行した者の責任を裁くことが重大な問題となった。アーレントは『エルサレムのアイヒマン』で「凡庸な悪」という考え方を提唱し、上官の命令に従った犯罪は、個人の免罪符や罪の赦しの根拠にはならないと主張している（第3章7を参照）。

アーレントのこの論文は、ユダヤ人社会や知識人からの全面的な攻撃を引き起こした。そして、自身の立場をさらに詳しく説明するため、「独裁体制のもとでの個人の責任」を書いた。このテキストによって、フランツの抵抗の意味と、数え切れないほどの人々が妥協した現実、つまり独裁下での各個人の責任の問題をよく理解できると思う。

このテキストは『責任と判断』に収録されているが、文章量が多いため、三分の一程度を抜粋した。

＊＊＊

独裁体制のもとでの個人の責任 2

私たちはソクラテスと同じように、自分悪をなすよりも、悪をなされるほうがましであると考えていますし、それはごく自明だと考えていました。しかしそれは自明などではないことが明らかになったのです。いまでは多くの人々が、どんな種類の誘惑にも抵抗できないし、結局のところ人間は誰も信頼できず、信頼に値しないものであり、誘惑されることと強制されることはほとんど同じことだと考えるようになっているのです。

この考え方のまちがいを最初に指摘したメアリー・マッカーシーの言葉をご紹介しましょう。「誰かがあなたに銃を向けて、〈お前の友人を殺せ、さもなくばお前を殺すぞ〉と言ったとすると、その人はあなたを誘っているのです。それだけです」。もしも自分の命が危うくなっていたとすると、法的にはこの誘惑は犯罪を犯したことの言い訳にはなりますが、道徳的に正当化する理由にはなりません。そしてきわめて驚くべきことですが、アイヒマン裁判は最後にかならず判決が下される裁判であったのに、判決を下すことそのものがまちがいだと主張されたのです。その論拠は、その場にいなかった者には判決を下すことはできないからだというのです。

ちなみにアイヒマンがイエルサレム裁判の判決に異議を申し立てる際に利用したのは、この論拠でした。ほかにもやり方があったはずだし、殺人を犯す義務から逃れることもできたはずだと指摘されると、アイヒマンはそれは戦後になって考えだした〈後智恵〉にすぎず、実際に起きたことを忘れたか、知らない人々だけが信じているのだと主張したのです。

このように一見したところでは、これらはどれも手の込んだナンセンスのようにみえますが、多くの人々が他人に操られずにナンセンスを語り始めるときには、そして知的な人々までもがナンセンスを語り始めるときには、そこにはたんなるナンセンスとして片づけられないものが潜んでいるのです。私たちの社会には、裁くことに対する恐れが広まっています。これは聖書にある「裁くなかれ、裁かれぬように」という戒めとはまったく別の問題です。こうした恐れから「罪のない者がまず石を投げよ」という表現を使うとしたら、それはこの一言をまちがって使っているのです。というのも、裁きたくないという意志の背後には、誰も自由に行動する者はいないのではないかという疑念が潜んでいるのですし、どんな人もみずからの行為についてて責任がないのではないか、自分の行為を説明することはできないのではないかという疑いが控えているのです。

ごく簡単なものでも、道徳的な問題が提起された瞬間から、その問題を提起した人物は、この恐るべき自信の欠如に、誇りの欠如に、そして「裁く私とは誰なのか」と語るまがいものの謙虚さに直面することになるのです。この謙虚そうにみえる姿勢は、じつは〈われわれは誰も似たもの同士であり、誰もが悪者なのだ。どっちつかずの上品さを保とうとする人は、あるいはそのふりをする人は、聖人か偽善者なのだ。どうかわれわれを放っておいてくれ〉と主張するものなのです。

こうして、歴史的な傾向と弁証法的な運動に基づいて、すなわち人間の背後で作動していて、人間の行為にある種の深い意味を与える神秘的な必然性に基づいて、すべての行為や出来事を非難しているうちはまだましなのですが、もしも誰かが特定の事柄について、特定の人物を非難した瞬間から、激しい抗議が起こるのです。ですからヒトラーの行ったことの根源を探りながら、プラトンやフィオーレのヨアキムやヘーゲルやニーチェにさかのぼっているあいだは、あるいは現代の科学技術、ニヒリズム、フランス革命にその原因をみいだしているかぎりは、まったく無難なのです。

ベルリン・ユダヤ博物館

しかしヒトラーが大量殺人を実行した殺人者であったと指摘すると、急に問題になります。たとえこの殺人者が政治的にはきわめて豊かな才能に恵まれていること、そしてヒトラーが誰であったか、そしてヒトラーが人々にどのような影響を及ぼしたかという理由だけでは、第三帝国のすべての現象を説明できないことを認めたとしても、このように一人の個人を裁くのは俗っぽいことであり、精密さに欠けることであり、歴史の解釈に干渉する赦しがたいことだと、多くの人が感じてしまうのです。

［中略］

さらに全体主義の支配は、政治的な領域だけでなく、人々の生活のすべての領域を対象とするものでした。全体主義的な政府と区別される全体主義的な社会は、一枚岩のようなものです。すべての公的な行事、文化的、芸術的、学問的な公的な行事、あらゆる組織、福祉サービスと社会サービス、さらにはスポーツや娯楽にいたるまで、「強制的同一化」させられました。広告会社から司法にいたるまで、演劇からスポーツ、ジャーナリズムにいたるまで、小・中学校から大学、そして学会にいたるまで、あらゆる役人と公的に重要な職務にある人々は、体制の支配原則を明確な形で、うけいれることを要求されたのです。体制のエリート組織に参加しているかどうかにかかわりなく、そもそも公的な地位に就いている人なら誰でも、全体としての体制の行為に、なんらかの形で関与することを強いられていたのです。戦後の戦争犯罪裁判で法廷が要求したのは、政府が合法的なものとして認めた犯罪に、被告は手を染めるべきではなかったということです。そして有罪と無罪を決めるために、このような不参加が基準とされたために、まさに責任という問題について大きな問題がひき起こされました。政府の犯罪に手を染めずにいられた人、法的な責任と道徳的な責任を問われずにいられた人は、公的な生活から完全に身をひいた人々、いかなる種類の政治的な責任も拒んだ人々だけでした。これはごく自明な事実だったのです。

［中略］

ここで、体制に心からしたがった人々には、法的な説明責任とは異なる意味での個人的な問題や道徳的な問題は、ほとんど生じないことを思いだしていただきたいのです。こうした体制派の人々にとっては、改心して後悔しないかぎり、罪を感じることはありません。たんに敗れたにすぎないのであり、これは自明のことなのです。しかしこのごく単純な事実にさえ、混乱が生じたのでした。裁きの日がついに訪れると、体制に心からしたがった人は誰もいないとか、少なくも裁かれる犯罪計画に心からしたがった人は誰もいないと主張されるようになったからです。これは嘘でしたが、困ったことに、単純な嘘でもなかったし、まったくの嘘というわけでもなかったのです。

ナチス党員ではなく、ナチスに協力しただけの政治的に中立の人々が早い時期に主張していたことを、後の段階ではナチス党員や、親衛隊のエリート隊員までも主張するようになったのでした。第三帝国においてすら、体制の後期になって犯された犯罪に心から納得していた人はごく少数でした。それでも多数の人々が、いわば喜んで罪を犯したのです。そしてこうした人々はみな、どんな立場にあり、どんなことを実行したとしても、なんらかの口実をみつけて私生活に身をひいた人々を非難する道をみつけたのです。そして公的な生活から身をひいた人は、安易で無責任な形で逃げだしたのだと主張したのです。もちろん、私生活に身をひいたのは、積極的な抵抗活動をするための見せかけだった人は別です。聖人や英雄になるのは誰にでもできることではないのですから、そんな人はいなかったと考えることができるでしょう。それでも個人の責任や道徳的な責任は、誰もが負うべき事柄であり、そこでどんな状況であろうと、どんな帰結をもたらそうと、仕事をつづけるほうが「責任をひきうけている」と主張されたわけです。

この「より小さな悪」という論拠は、道徳的な正当化をめざす試みとして重要な役割をはたしました。この論拠によると、二つの悪に直面している場合には、より小さな悪を選択する義務があり、どちらも選択しないというのは無責任だということになります。この論拠が道徳的には誤謬であると反論すると、〈きれい好きの道徳論〉だと非難されます。政治的な状況とは無縁であろうとする人、手を汚したくない人だと指摘されるのです。

この〈より小さな悪〉という議論に伴うすべての妥協を疑問の余地なく否定してきたのは、政治哲学でも道徳哲学でもなく、宗教的な思想だというのはたしかです（ただしカントだけは例外です。このためにカントの哲学は道徳的な厳格主義という非難をあびることが多かったのです）。たとえばタルムードでは、人々が共同体の安全のために一人の人を犠牲にすることを求めても、その者を差しだしてはならないと教えます。一人の女性の身を汚せば、ほかのすべての女性の純潔を守ることができたとしても、その一人の女性に身を汚させてはならないと教えます（これは、この問題についての最近の論争で聞いたことです）。そしてローマ教皇ヨハネス二三世が、「慎重さの必要な行為」について、教皇と司教の政治的な行動について、「いかなる形でも誰かの役に立つという期待から、悪と共謀しないように……配慮せよ」と語ったのも、この観点からです。

［中略］

同じような意味で、「上官の命令」の論拠も、または上官が命令したという事実は、犯罪を犯したことの言い訳にはならないという判事側の反対の論拠も、不適切なものです。こうした論拠では、命令はふつうは犯罪的なものではないこと、そのため命令された者は、下された命令が犯罪という性格をそなえていることを認識できると想定されているのです。たとえば上官が狂気に冒されて、他の士官を射殺するように命じた場合や、戦時中に囚人の虐待や殺害が命じられた場合などです。法的には、服従してはならない命令は「明らかに非合法なもの」でなければなりません。命令の非合法さが「これにしたがうことが〈禁じられている〉ことは、禁止を示す黒旗のように明確なものでなければならない」のです。ということは、服従するかどうかを決めなければならない人にとっては、服従しない命令には、例外的な命令という明確な刻印が押されている必要があるということです。しかし問題なのは、全体主義体制、とくにヒトラー体制の最後の数年間には、この犯罪的でない命令にこそ、非合法という明確な刻印が押されていたということです。このため、第三帝国の法律を守る国民であろうとし、そうした国民でありつづけたアイヒマンにとっては、ユダヤ人の国外追放を中止し、死の強制収容所施設を解体することを命じた一九四四年秋のヒムラーの命令にこそ、明確な非合法性の刻印が押されていたのです。

私が引用した「黒旗」についての文章は、イスラエル軍事法廷の判決文からとったものです。ドイツのヒトラー体制が合法的でありながら、しかも犯罪的な性格のものであるのは顕著なことだったために、イスラエル軍事法廷は世界のどの法廷よりも、この「合法性」という語に含まれる固有の難問を認識していました。そのためこの判決文では通例の表現を超えて、「合法性の感情は……すべての人間の意識の深いところに根ざすものであり、法律書に詳しくない人々も感じるものである」と述べています。そして「人間の目が盲目ではなく、人間の心が腐って石のように堅くなっていないかぎり、非合法的なものは人間の目にあざやかに認識され、人間の心の反発を生むものである」というのです。うまい表現ではありますが、結局のところは何かが欠如しているのではないかと思わざるをえないのです。

というのも、こうした事例では、悪を行った人々は、自分の国の法律の精神と文面を熟知していたからです。のちに彼らが責任を問われるようになった時点で私たちが求めているのは、こうした人々の心の奥深くにある「合法性の感覚」が、自国の法律と法律に対する知識に逆らうことだったのです。このような状況では、こうした人々が命令の「非合法」を確認するためには、たんなる「盲目でない目」と「腐って堅くなっていない心」だけでは足りないということになります。これらの人々は、すべての道徳的な行動が非合法であり、すべての合法的な行為が犯罪であるような状況で行動することを迫られていたからです。

ですから、アイヒマン裁判の判事の判決文だけでなく、戦争犯罪を裁く戦後のすべての法廷の判決文には、人間性についてかなり楽観的な見解があらわに示されていることになります。こうした見解では、行動の必要性が生じるたびに、すべての行為とその意図を完全に自発的に判断するような独立した人間の能力が存在していて、これは法律や世論の裏づけなしでも機能するものだということが暗黙のうちに想定されているのです。もしかしたら私たちにはそのような能力がそなわっているのかもしれないし、行動するときには私たちの誰もが立法者であるのかもしれない。しかし判事たちはこのようなことを信じていたわけではありません。どのような修辞にもかかわらず、判事たちが主張していたのは、こうした事柄に対する感情が長年の間、私たちのうちで育っていて、それを急に失うことはできないはずだということにすぎなかったのです。

しかし私たちの目の前にある証拠から判断するかぎり、これはきわめて疑問です。ナチスのドイツでは毎年のように、次々と「非合法な」命令がだされました。こうした命令はどれも、すべての犯罪がたがいに関連のないものであることを偶然のように求めるのではなく、すべてが完全な一貫性のもとに構築され、いわゆる〈新しい秩序〉を求めるものだったのです。この「新しい秩序」とは、その意味するとおりのことです。ぞっとするほどに新奇であるだけではなく、何よりも秩序（オーダー）であり、命令（オーダー）だったのです。

この裁判で裁かれたのは、共謀してどんな犯罪でも犯す用意のあった犯罪者集団にすぎないという考えが広まっていますが、これは悲しいほどの誤解です。たしかにナチス運動のエリート層には、犯罪者がいましたし（その数はつねに変動していました）、さらに多数の人々が野蛮な行為を犯しています。しかしこうした野蛮な行為が政治的に明確な目的をそなえていたのは、体制の初期の時代と、ナチスの突撃隊の監督下にあった強制収容所においてだけでした。組織された野党を標的にして、恐怖を広げ、言葉にすることのできないテロルの波で覆いつくすことが試みられたのです。

しかしこうした野変な行為は典型的なものではなく、さらに重要なことは、こうした行為を許容する姿勢がみられたとしても、実際に許可された行為ではなかったことです。盗みは許されず、賄賂をうけとることも許されていませんでした。逆に、アイヒマンが繰り返し強調するように、「不必要な虐待は避けること」が命じられていました。そして警察の取り調べの際には、確実に待ち構えている死へと送り込まれる人々に対処するには、こうした命令の表現がいくらか皮肉に聞こえたことを、アイヒマンは回想しています。アイヒマンの良心は、殺人には平気だったのですが、残虐な行為には反発したのでした。

また、こうした行為は近代的なニヒリズムの突発であるという考えも広まっていますが、一九世紀のニヒリズムのモットー「すべては許される」という意味では、これも誤解です。人々の良心がすぐに鈍くなってしまったのは、ある程度までは、すべてのことが許されているわけではないという事実の直接の帰結なのです。

〔中略〕

どんな組織も上官に対する服従を求めるのであり、自国の法律に対する服従を求めるのだというものです。服従は政治的には重要な徳であり、服従なしにはどんな統治体も存続できないというわけです。良心に無制限の自由を認めると、組織的な共同体は滅亡してしまうしかないのであり、このような自由が認められる場所はないというのです。

たしかにこの論拠はもっともらしく聞こえるので、その誤謬を確認するにはある程度の努力が必要です。この論拠がもっともらしいのは、マディソンの表現では「すべての政用は」、もっとも独我的な政府でも、専制政治でも、「合意の上になりたつ」という真理に依拠しているからです。これが誤謬であるのは、合意を服従と同じものと考えているところにあります。合意するのは成人であり、服従するのは子どもです。成人が服従する場合には、実際には組織や権成や法律を支持しているにすぎず、それを「服従」と呼んでいるのです。これは非常に長い伝統をもつ悪質な誤謬なのです。厳密に政治的な状況に「服従」という語を使うのは、政治科学のきわめて古い観念にさかのぼるのであり、プラトンとアリストテレス以来、すべての統治体は支配する者と支配される者で構成され、支配する者が命令を下し、支配される者は命令に服従するとされたことによるのです。

もちろん本日は、こうした古い概念が西洋の政治思想の伝統にはいりこんできた理由を立ち入って説明する余裕はありません。ただここではこうした観念は、協調のとれた行動の圏域における人間関係というもっと正確な観念をうけついだものであることを指摘しておきたいと思います。ごく初期の概念では、複数の人間が実行するすべての行動は、二つの段階に分割できるとされていました。「指導者」が始める端緒の段階と、多くの人々が参加する実現の段階であり、多数者が参加することで、この行為は共通の営みとなるのです。

私たちの検討している問題の枠組みでは、どれほど強い人でも、他者の支援なしには、善きことも悪しきことも何も実行することはできないという洞察が重要になります。ここにあるのは平等性という観念であり、それが「指導者」という観念、指導者とは平等な者のうちの第一人者にすぎないという観念です。指導者に服従しているようにみえる人々も、実際には指導者とその営みを支援しているのです。こうした「服従」なしでは、指導者も無援なのです。このような成人の営みとは対照的に、育児と隷属の条件のもとでは、子どもや奴隷は「協力」することを拒むと無援になるのです。服従という観念が意味をもってくるのはこの育児と隷属という二つの圏域であり、そこから服従という観念が政治的な問題に転用されたのです。固定された階層秩序をもつ明確に官僚制的な組織でも、「歯車」や車輪が共通の営みに対する全体的な支援という視点から、どのように機能しているかを調べるほうが、上官への服従という通常の視点から考察するよりも有益なのです。私が自国の法律に服従するとしたら、それは実際にこの法律を支持していることを意味します。このことは、革命と叛乱の際には、人々はこの暗黙的な同意を撤回するために、服従しなくなることを考えてみると、はっきりします。この意味では、独裁体制のもとで公共生活に参加しなかった人々は、服従という名のもとにこうした支援が求められる「責任」のある場に登場しないことで、その独裁体制を支持することを拒んだのです。十分な数の人々が「無責任に」行動して、支持を拒んだならと一瞬でも想像してみれば、この〈武器〉がどれほど効果的であるか、お分かりいただけるはずです。二〇世紀に発見されたのは、こうした非暴力行動と抵抗のさまざまな形式の一つなのです(たとえば市民的な不服従のもつ力をお考えください)。

それでも私たちがこうした新しい種類の戦争犯罪人、すなわち自発的にはいかなる犯罪にも手を染めなかった人々にも、やはりみずから行ったことにたいして責任を問うことができるのは、政治的な問題と道徳的な問題に関しては、服従などというものは存在しないからです。奴隷でない成人において、服従という概念が適用できる唯一の圏域は、宗教的な圏域であり、宗教の場では人々は神の言葉と命令に服従すると語ります。というのは、神と人間の関係は、大人と子どもの関係で考えるのがもっとも正しいからです。

ですから、公的な生活に参加し、命令に服従した人々に提起すべき問いは、「なぜ服従したのか」ではなく、「なぜ支持したのか」という問いです。たんなる「言葉」が、ロゴスをもつ動物である人間の心にどれほど強く、奇妙な影響を与えるかをご存じであれば、服従から支持へと言葉を変えることは、意味論的に無意味ではありません。この「服従」という悪質な言葉を私たちの道徳的および政治的な思想の語彙からとりのぞいてしまえば、どれほど事態がすっきりとすることでしょう。この問題を考え抜いてみれば、私たちはふたたびある種の自信と、ときには誇りをもてるようになるでしょう。かつては、人間の尊厳と名誉と呼ばれていたものをです――おそらく人類の尊厳と名誉ではなく、人間であるという地位に固有の尊厳と名誉を。

＊＊＊

アーレントの文章は、今日直面している実存的危機に向き合うことを私たちに求める。独裁国家の下でどうやって生きていくのか。フランツは村長に次のように言われた。「自分のことを知り、相手の気持ちを知る。忠誠とは手を挙げるだけで、自分や家族を困らせるな」。私たちはこの村長に従うのか。それとも、なぜ「従う」のか、また良心に基づいて自らの決定を「支えた」かについて自分の信念を貫いて考えるのか。

アーレントによれば、「凡庸な悪」とは人々が考えることを拒み、盲目的に大衆の道に従うことである。従うべき「法」があるから、自分のすることが何の「悪」にもならないということである。ならば、すべての全体主義的な支配がいつか歴史になるとき、この「独裁の下」でのすべての人の責任という問題に、私たちはどのように対応すればよいのか。はっきりとした答えはない。アーレントの文章を引用することは、反省を求め、思考の自由を使い、「凡庸さ」を拒絶することを意味する。

二〇二一年三月二〇日

注

1 『ジョージ・エリオット著作集』第5巻、文泉堂出版、一九九四年、四四六頁。

2 『責任と判断』(アーレント著、ジェローム・コーン編、中山元訳／ちくま学芸文庫、二〇一六年)、三一－七八頁を部分的に引用する。

〈附録〉泰誓　上

大埔山人

アーレントは、私たちが枯れ草の上を歩かされてきたことを見ている。泥沼にはまってしまった私たちは、偶然に隣を通りかかった孔子を見てみることにしよう。

孔子一行は蒲《ほ》に閉じ込められ、蒲人《ほひと》と激しく衝突した。[1] 休戦中に、蒲人は城門の近くで孔子に次のことを提案した。孔子がこの門から蒲を出てもいい。ただし、蒲を出たあと、衛《えい》に行かないことを誓わなければならない。孔子は考えるあいだに、蒲人は剣を研ぎ続けていた。

孔子には三つの選択肢があった。断ること、誓ってから約束を破ること、そして誓って約束を守ること、である。最初の選択肢は、断るか断らないかということであり、残りの二つの選択肢は、何らかのかたちで蒲人に妥協することである。当時の状況から見れば、蒲の提案は非合理的で、不義である。大勢で悪をまき散らし、力で相手を困らせる。ならば、勇気をもって提案を拒むことが唯一の選択肢であろう。当たり前のことであり、考える余地もない。だが、孔子はあえて考えていた。断れば、自分がすぐに殺されるだろう。孔子は死を恐れず、義のために生を捨てることも恐れなかった。しかし、もし死んでしまえば、義のために自分が何もできなくなる、と孔子は考えていたのだ。

実際、孔子一行が全員殺されたとしても、記録には数十人の失踪者がいたとしか残らなかったかもしれない。蒲で何が起こったのかが誰にもわからない。蒲人は、孔子らが強盗犯だったと記録したかもしれない。ここで問題となるのは、断ること自体に意味があるのか、断ることでその意味が明らかにあらわれるのか、断らないことでその意味が隠されるのか、である。

ここでは、三つの選択肢を考えよう。第一は、「義不帝秦」[2]のように、断ること自体に当然意味がある、と考える。第二は、もし殺されたら、秦が拡張し続けていたに違いないので、意味あると言えない。第三に、博浪沙《はくろうさ》で始皇帝を暗殺することができるから、意味があると言える。このうち、第二と第三は一緒に考える必要がある。博浪沙で暗殺できないならば、少なくとも自分の思想を何らかのかたちで後世に残さなければならない。両方ともできなかったら、殺されてもいいだろう。しかし、第一もできなかったら、もっとも凡庸な沈黙の共犯者になってしまう。

さて、本題に戻るが、孔子は次のことを考えた。つまり、蒲人は不義であり、蒲を出て蒲の暴行を止めることができるならば、逃げる方法を探っただろう。しかし、蒲を出ても蒲の暴行を止めることができないならば、逃げても無駄であり、ここで決死の戦いをし、ここで死んだだろう。いずれにしても、誓ったことをなかったことにすることができない。蒲を出ることには、一生をかけて負わなければならない責任が伴う。その責任を負うことができない場合は、義を取って蒲を去らないだろう。もし蒲を去る場合は、常にその責任を負い、誓いを守らなければならない。これが義と不義との違いだ。責任が消えてしまえば、蒲を去ることは妥協ではなく降伏になる。妥協にはツケがあり、ツケは責任であり、ツケがないことは降伏だ。妥協か降伏かは、外見上の区別がつかない。しかし、内面については人によるだろう。もし人が心を失ってしまえば、金儲け主義者の仲間と一緒に遠く去っていくだろう。自分を知るのは自分自身だけである。責任から逃れる誘惑は強い。蒲を去ることは極めて孤独で危険な道である。

ところが、孔子は蒲を去る決意をした。衛に行って、蒲人の暴行を通告するためだった。誓うことは必要になるが、どのように誓うかが鍵となる。本来、蒲人への誓いの方法とは、手を首の前に置くという身振りで誓うことだが、孔子はこれに従ったのか。その二五〇〇年後、チェ・ゲバラに追随したある人が同じような状況に置かれた。そのとき、誓うことも拒否することもせず、宣誓文の本来の句読点とは異なる方法で読むことで、内容を一言も変えず、まったく違う誓いを立てた。

内容を変えずに意味を変えた宣誓文を読むことによって、孔子は蒲人に誓うことができたが、自分の意志に反することはなかった。これはじつにいい方法だ。しかし、内容が違うことに蒲人が気づく場合も考えられる。気づいたとすれば、そもそも宣誓を拒否するのと同じことなのではないか。自分の頭の中で読むならば、最初から書かれているとおりに宣誓したほうがいいのではないか。

結局、孔子は蒲人の提案どおり誓った。そのあとの展開は周知のとおりだが、問われるのは、宣誓文の意味ではなく、誓いそのものの意味である。

二〇二一年三月二二日〜二四日

〈附録〉泰誓　下

大埔山人

衛に行かないと誓って城門を出る孔子は、やはり衛に行った。子貢《しこう》の「誓いを破っていいのか」という問いに対する孔子の答えは名言となった。「要《しい》られし盟なり。神聴さず[3]」。神が存在するかしないかは関係ない。重要なのは、強いられた誓いだから誓いそのものが無効となり、宣誓文もまた無効となる、ということである。

しかし、これは悲しいことだ。一般的に、誓いをよく考慮し、義だと認め、履行可能だとわかった上で、誓いを立てる。誓いを破ることは、神にはその不義が届かないかもしれないが、自分は耐えることはできないだろう。何回も誓いを破ることは屈辱であり、長く自分を責めた末に、統合失調症になるか宣誓文というものに無感覚になってしまう。他人の言葉にも無感覚となり、絆がなくなり、何も残らなくなる。

孔子は、あれは一回限りの誓いだから、自分の信念を揺るがすことなく、誓いの基礎だけを無効化することができると考えた。しかし、ほかの人は別の方法で対処しなければならない。

ユダヤ人オルガン奏者のベルリンスキー（ドイツ出身、ナチスによるドイツ支配後にアメリカに亡命）は、四〇年前、ワシントン・ポスト紙にインタビューされたとき、「すべての誓い」というユダヤ教の重要な祈りについて語っていた。

私たちは、すべての誓い、誓約、献身、承諾、責任、罰則、誓文を守る。
私たちは、前の贖罪日からこの贖罪日まで、すべて有効期間内の誓いを懺悔する。
それらは廃止され、存在しなくなる。
それらの拘束力も有効性もなくなる。
私たちの誓いは、誓いでなくなる。
私たちの誓約は、誓約でなくなる。
そして、私たちの誓文は誓文でなくなる。

理解しがたいものではあるが、これは一般論ではない。カトリックやイスラムの社会で改宗を余儀なくされ、繰り返し迫害を受けたユダヤ人は、生きると同時に神と向き合わなければならない。身心の矛盾に対処する方法を模索しなければならないのだ。だからこそ、この祈りが存在し、重要視されていた。歴史的・文化的な理由を述べたあと、ベルリンスキーは専門の角度からこう分析した。状況が許さないから、祈りの中身は加害者については触れていない。祈りのリズムは言葉にできないものの、無限の悲しみを語っている。歴史の中の悲しみを忘却することはユダヤ人にはできない。

インタビューの最後に、ベルリンスキーは子どもの頃、母親になぜこのような祈りを唱えるのかと尋ねた。すると母親は「泣くために唱えるのよ」と答えた。
まさしく、このリズムは涙を誘うものであり、泣かせるものである。かつてショスタコーヴィチがナチスのソ連侵攻後に家族に語った言葉を思い出してほしい。「我々はついに恐れずに尊厳を持って泣くことができるのだ」。強いられる誓いの場合、神が聞くかどうかは関係ない。自分の気持ちを保つため、そして人間としての尊厳を守るためにその誓いはある。

二〇二一年三月二四日〜二五日

注

1 『史記』〈孔子世家―蒲邑敢闘〉による。
2 力に届しないことの比喩である。
3 『史記』〈孔子世家―蒲邑敢闘〉による。

6 サイード「故郷喪失についての省察」を読む

1

子曰く、「道行われず、桴に乗りて海に浮ばん」[1]

恩師の労思光は、台湾を離れる前と香港に来たばかりの頃の心境について、ある友人に宛てて「六年心倦み島雲低し」と題した手紙を書いた。ここでは一部引用しておこう。

＊＊＊

私は香港にずっと住むことはありません。やはり植民地なので、いつまでもここに住んで、ある日事故とかで死んでしまい、「華人の男性が……」という新聞記事に載せられるのを待つことができません。私は異邦人です、という「立場表明」をしたほうがいいでしょう。

「登楼賦」[2]の一行を思いだしました。

「信に美しと雖も吾が土に非ず、曾ち何ぞ以て少留するに足らん」

確かに「東洋の真珠」[3]は「美しい」けれど、「吾が土」ではありません。「何ぞ以て少留する」とも思いますが、「留めざるを得ない」のです。

何回か散歩したとき、あるいは座っていたとき、ふと空を見上げました。心はけっして軽快にならず、低い雲のようなものでした。そして、数カ月前のある日の午後、二行の詩を詠みました。

万里　夢を迴り　江草　白し
六年　心倦み　島雲　低し

一行目は祖国への郷愁を、二行目はただのつまらなくて重い気持ちを表したものです。この六年間の私の生活は、「つまらない」「重い」という言葉で表現しました。ご存知のとおり、私は活発な人間ではありませんが、「つまらない」というのは趣味を持たないからではありません。むしろ、時代に活力がないからです。また、「重さ」というのは個人的な困難さでは説明できないものがあります。確かにさまざまな個人的な問題がありましたが、あなたにはわかるはずです。

何回か会って、長い話もしましたが、この別れの手紙を書くのも、言いたいことがまだたくさんあるからです。これが「別れの意」と言うべきでしょう。台湾[4]に六年間滞在しましたが、当初から好きになれませんでした。気候が嫌いですし、人々の言葉が理解できません。特に多くの場所で見られる「東洋的匂い」[5]には慣れませんでした。

しかし、島を遠く離れる際、いつもの通りを歩き出せば、急に懐かしい気持ちになりました。なぜかと言えば、ここは祖国[6]の最後の土だからです。いずれにしても、もっとも好んでいないこの小さな島にしか、中国人が書いた憲法に基づく政府が存在しません。ここを去れば、異国の支配下に置かれることになります。この懐かしさは、けっして偶発的なものではありません。

自責の念に駆られて、私には驕矜《きょうきょう》の意はありません。しかし、自分がやったことに客観的な意味を持つことも確かです。この一〇〇年の中国には、自分で考えることができる人がわずかしかいませんでした。

人生や歴史に関心がなく、食べたり飲んだり、遊んだりふざけたりして生きている人々について、当然ながら語る必要はありません。ですが、生命や歴史の深みを探ろうとする人々でも、現実の世界が見えないさまざまな網から飛び出すことができず、権威者の仕掛けた罠にかかって思考停止したでしょう。罠にかからなかったとしても、一歩ずつ後退してしまえば意気消沈してしまい、重要な問題には無関心になるでしょう。前に進むことができず、罠にかかり、そこから突破することがなかなかできません。

突破するために必要なのは、独立精神あるいは狂者の精神の気持ちです。しかし、これらは現代においてもっとも不足しています。私には特に長所はありませんが、独立精神は持っています。世間の習慣や風俗を知らないわけではありませんが、資格を崇拝しないことを自覚しています。群衆と同調し、権威に追従しません。その原因は、少年時代の精神にあると思われます。

もちろん、もし少年時代に方向性が決まっており、軌道が確立されていれば、話は違ってくるでしょう。しかし、少年時代には客観的に確かなものができているわけでもなければ、正しい軌道もできていません。それらは、みんなで作っていかなければなりません。そして、作られる精神は、狂者的・独立的な精神でなければなりません。

権威を持つ者が道を確立できていなければ、彼らに服従しながら自分自身を制限してしまいます。かろうじて一つの勢力を作り出せるかもしれません。しかし、創造性は不十分でしょう。今日、権威や地位を持っている人々が大体六〇代の先輩です。彼らの功績を否定するわけではありませんが、彼らが正しい軌道と方向性を確立できなかったことも否定できません。

現代の問題を解決しようとするならば、彼らに従ってはいけません。人に従わないためには、自立する勇気を持ち、多くの世俗的なものを捨てなければなりません。そうすれば真実に向き合うことができるし、現状を突破することができるのです。

狂者の精神は必ずしも正しいものではなく、誤っていることもある。それは当然です。この誤りは、時には深刻な問題を引き起こします。とはいえ、今日の中国の文化や思想の衰退、そして創造の必要性を考慮すると、まずこの独立した精神、狂者の精神を育てることが大切だと感じています。欠点はあっても、この精神は中国文化を蘇らせる薬となるでしょう。

この基本的な考え方を理解できれば、私の姿勢を理解することはむずかしくありません。私が傲慢な性格を持つことは否定しません。また、時にはいばってしまうこともあります。ですが、それでも世間一般の基準を捨てることを提唱しているのは、意識的なものであり、客観的な理由があるからです。

　そう考えると、ここ数年で書いた著作は、たとえ自分が完全に満足していなくても、それなりの意義があると思います。これらは、私の独立した探究精神を示すものであり、ちょっとした狂者の精神を示すものでもあります。沈みゆく海に浮かぶ星の光のようなものであり、私にもそれしかできませんでした。

　若者たちには独立精神を促進したい。そして、人には常に自発自立を望んでいます。私と接している人々が自立性を置き去りにして、独立精神なくして内なる力ばかりを語るのを聞いて、その病の深刻さに気づきました。本来、これは例外的なことであるとはいえ、自分を偽るようなことはしたくもありません。

　最近、書くことが本当に嫌になってきましたが、とにかく書くしかありません。これは人生の大きな苦しみの一つでしょう。ほとんどの人が私の苦しみを理解できません。そのことが、苦しみそのものよりも悲しいことです。

　島（台湾）に来て六年目の今日、私は何も達成できていませんし、複雑な心境です。この別れの手紙には、重くてつまらない気持ちしかありません。言いたいことがたくさんあるのにうまく言えない。この手紙はとても虚しいものになってしまいました。しかし、虚しさは現代の病でもあり、隠す必要はありません。言いたいことは山ほどありますが、今は言えることが少なすぎると感じます。

　数年前、台湾に来た私たち。その後、あなたは去っていったのですが、少し前に戻ってきましたね。今度、私は離れてしまいます。長く一緒にいられなかったことが、少し悔やまれます。しかし、後悔の気持ちがあるからこそ、ものの価値がわかるかもしれません。

私はかつて故郷以外の場所に二年間住んでいますが、あの小さな町には最初に来たときから、何とも言えない退屈さを感じていました。また、離れたあとにも、退屈さに対する評価は変わりません。離れる前のある日、小さな町で散策しようとしましたが、雑用が多くてかなにいませんでした。そのことが残念で仕方ありません。しかし残念だからこそ、あの小さな町にも美しさがあるとわかりました。

あの整備されていない公園。馬車が走らない通り。よく昼食をとった小さな市場。月明かりの下で帰り道に何度も歩いた路地。それらを思い浮かべました。

公園はあれているし、通りは狭いし、市場が無秩序で、路地は汚かったです。にもかかわらず、離れてから想起すれば、若干懐かしい気持ちになりました。そして、私たちの出会いもそうであるはずです。少しの遺憾があるからこそ、そのほかの不快さも可愛くなるのではないでしょうか。

手紙を書き始めて一段落したところで、また疲れを感じました。この疲れは、最近、私が不安に思っているところです。なぜ私はすぐに疲れてしまうのでしょうか。ここ数日、頭を酷使しているわけでもなく、睡眠不足も補っているのに、それでもすぐに疲れてしまう。「六年心倦み島雲低し」ということなので、台湾を離れれば、島の雲も私の疲れも消えてくれることを願っています。

台湾では、あまりにもつまらなく重い生活を送ってきました。だから、このつまらなさと重さを捨てるために、私はここを離れなければなりません——たとえここが祖国の最後の土地だとしても。

＊＊＊

以上の手紙は、労思光『書簡と雑記——思光少作集（七）』（台北：時報出版社、一九八七年、二七三−二八二頁）に収録されたものである。

労思光先生の原籍は湖南省長沙で、西安で生まれ、北平で育ち、一九四九年に父親と一緒に大陸から台湾に移住した。自由人文主義者としての労先生は、共産党や国民党を厳しく批判し、大陸の共産党も台湾の国民党も彼を受け入れなかった。台湾の白い恐怖の下で、一九五五年、二八歳のときに香港に亡命した。彼の言葉を借りれば、香港は「私の土地ではない」から、長く滞在するつもりはなかった。

一九八九年に香港中文大学を退職し、清華大学の客員教授として台湾に戻るまでのあいだ、彼はこの植民地で教育と執筆、結婚と家庭を築き、人生の中でもっとも大切な時間を過ごした。共産党が政権から脱却するまで大陸には戻らず、厳戒令が解除されなければ台湾にも戻らないと言った。一九八七年に蒋経国《しょうけいこく》による台湾での厳戒令の解除から二年後、やっと台湾に戻った。

長沙、西安、北平、台北、香港。人生の大半を放浪の旅に費やした労思光先生だが、どれも自分の本当の故郷ではない。彼が香港に残った理由はただ一つ。それは「自由」だ！　思想の自由、言論の自由、恐怖からの自由なのだった！

一方、香港には、共産党を避けて南方へ亡命した知識人が多くいた。錢穆、唐君毅、張丕介など、新亞書院の創設者たちは共産党にも国民党にも追放され、自由のために香港にやってきた。彼らのほとんどは、香港は家ではなく一時的な居住地であるべきであり、香港にいる自分は異邦人だと認識していた。しかし、彼らは一生祖国に帰ることができず、この植民地で亡くなった。

流亡、追放、そして移民は、それぞれ異なる概念である。何らかの理由で、自由に選択して祖国から別の場所に住むことを選んだ人は、移民である。何らかの理由で、あるいは罪を犯し、政府からその国を追い出された人は、追放者である。そして、政府の信念と対立し、自分の考えや言葉が権力者にとって脅威となり、自分は反体制派であり、権力者が自身を容認できないことを知っているために、自発的に母国の世界を離れる人は、亡命者である。故郷があるのに帰ることができない……。これが亡命の苦しみだ。

香港に生まれた私たちは、一九八九年六月四日以降に大陸を離れた多くの亡命者や共産党を避けた教師、民主活動家を知った。彼らのことを思うと悲しくなる。私がドイツに留学していた頃、国民党を脱退してドイツに渡った台湾人留学生をたくさん知った。彼らの多くは、卒業しても帰る家がなかった。だから卒業を望まず、長い留学生活を送っていた。当時の私は、香港に帰る家があったので、とても幸運だった。

しかし、二〇一九年の反送中運動から今日に至るまで、私たちの家（=香港）が専制的政権によって破壊されたことに気づいた。「一国二制度、高度な自治、民主的な普通選挙」はすべて嘘であった。法治が公権力による反対者への弾圧の武器になり、香港の経済自由度指数がトップからボトムになり、香港の大学の学術自由度指数がアフリカ諸国と同じレベルになってしまったとき、私たちがかつて故郷と呼んだ香港は死んだのだ。

香港《HongKong》は死に、今は香港《Xiang gong》となった。政治的迫害により、移民や亡命の波が押し寄せている。香港が故郷ではなくなったのは事実である。強大で権威的な政権の独裁を受け入れられなかった香港人にとって、亡命こそが私たちの実存的状況なのだ。

六〇年以上前に恩師が感じていたことを、今だからこそ私たちは追体験できるのだ。

2

亡命（エグザイル）は人類の歴史上、よくある現象である。古代ローマのキケロからルネッサンス期のダンテに至るまで、多くの思想家、作家、哲学者が、自分の国では生きていけないという理由で、祖国を離れ、亡命を余儀なくされた。二〇世紀には、全体主義や共産主義により、ドイツのナチスによる圧政やソ連の共産主義の独裁から逃れるために、多くの知識人が母国から脱出した。

亡命した知識人が多いにもかかわらず、「亡命」の意味についての考察は少ない。エドワード・W・サイードはパレスチナ出身で、後に米国に亡命した大学教授であり、公的知識人である。主著『オリエンタリズム』（一九七八）で文化批評界の重鎮としての地位を確立した。

彼は海外に亡命したパレスチナ人の現象や問題点を考察し、重要なエッセイ「故郷喪失についての省察」を執筆した。亡命に関する文学作品は数多くあるが、亡命に特化したエッセイはあまりない。だからこそ、サイードの以下のエッセイは、私たちの実存的状況を考える上で重要な参考資料となる。

原著は『Reflections on Exile: And other Literary and Cultural Essays』（二〇〇二年）に収録されている。文章はかなり長いので、抜粋した。

＊＊＊

故国喪失についての省察[7]

故国喪失《エグザイル》は、それについて考えると奇妙な魅力にとらわれるが、経験するとなると最悪である。人間とその人間が生まれ育った場所とのあいだに、自己とその真の故郷とのあいだに、むりやり設けられた癒しがたい亀裂。その克服されることのない根源的な悲しみ。なるほど文学や歴史には、英雄的でロマンチックで栄光に満ち、勝ち誇ってさえいる故国喪失生活《エグザイル》の逸話が数多くふくまれるが、それら逸話たちは、気の滅入る別離の悲しみを克服せんとする苦闘そのものに他ならない。故国喪失生活《エグザイル》のなかでは、いかなることを達成しようとも、それは絶えず相殺される——永遠にあとに残してきたものに対する喪失感によって。

だが、真にエグザイルになることは救いがたい喪失へといたる条件にすぎないのに、なぜそれは、現代文化において、活力にあふれ豊饒ですらあるモチーフへと、いとも容易に転換されたのだろうか。現代という時代そのものを、精神的な孤児状態もしくは疎外状態を特徴とする不安と別離の時代と考えるのに、私たちは慣れてしまった。ニーチェは、私たちに、伝統との違和感を教えてくれた。家庭における親密感が、父親殺しと近親相姦の狂乱を糊塗する人あたりの良い外見にすぎないことを教えてくれたのはフロイトだった。現代の西洋文化を支える作品は、大半が、故国喪失者《エグザイル》、移住者《エミグレ》、避難民《レフュジー》による作品である。合衆国において、アカデミックな思想や知的・芸術的思想は、ファシズムや共産主義からの避難民によって、また、反対者と見ると抑圧し追放しにかかる政治体制からの避難民によって、今日ある姿に形成されてきた。批評家のジョージ・スタイナーは、次のようなうがった命題を提案さえしている。二〇世紀の西洋文学の全ジャンルは「脱領域的《エクストラテレストリアル》」であり、故国喪失者《エグザイル》によって、故国喪失について書かれた文学となり、まさに難民の時代を象徴している、と。ここでスタイナーは示唆する。

野変なるものになかば蹂躙され、数多くのホームレスたちを生み出した文明において、芸術を創造する者たちが、家なき詩人であり、言語の横断的放浪者であるのは、当然だと思われる。彼らは奇矯で、尊大で、ノスタルジーにひたり、意図的に時機をわきまえない……。

べつの時代でも、故国喪失者たちは、同じように文化横断的な脱国籍的なヴィジョンをいだき、同じような欲求不満や悲惨に苦しみ、同じような解釈と批評の責務を全うしてきた――このことは、一九世紀ロシアで、ゲルツインのまわりに集《つど》った知識人たちに関する、E・H・カーの古典的研究『浪漫的亡命者たち』において、みごとに実証されている。しかし初期の故国喪失者《エグザイル》たちと、私たちの時代の故国喪失者《エグザイル》たちとのあいだには、これは強調しておかねばならないが、スケールにおいて違いがある。私たちの時代――近代戦、帝国主義、そして全体主義的支配者たちのなかば神学的な野望からなる時代――は、まさに難民の時代、居場所を追われた民《たみ》の大移住時代なのである。

こうした大掛かりで非個人的な時代を背景とすると、故国喪失《エグザイル》は、人間主義＝人文主義《ヒューマニズム》の諸概念にかないそうにない。二十世紀的規模における故国喪失《エグザイル》状態は、芸術的にも人文主義的にも把握できるものではない。せいぜいエグザイルに関する文学が、苦悩や窮状、それもほとんどの人たちが直接経験することのない苦悩や窮状を、客観的に描くのが関の山か。ただそれにしても、こうした文学を生み出したエグザイル状態を有益で人間的なものと考えてしまうのは、断絶感なり喪失感――エグザイル状態が、その体験者たちにもたらすもの――を、また沈黙の不同意――エグザイル状態を「私たちにとって良いもの」と理解する試みに向けられる――の深刻さを、陳腐なものにしかねない。文学におけるエグザイル観、またさらに宗教におけるエグザイル観が、真に恐ろしいことをぼかしてしまうとは言えないか。エグザイルとは、取り返しのつかないほど世俗的で、耐えがたいほど歴史的な事件であり、特定の人間が、べつの人間たちに対して生み出したものであり、死のごとく、だが死にともなう最終的な安堵のないまま、何百万という人々を、伝統と家族と地理からなる温もりから引き離してきたのである。

［中略］

威厳《ディグニティ》を否認すべく——とはつまり人々に帰属意識《アイデンティティ》を拒むべく——定められた状況に対し、こうした者たち、ならびにその他多くのエグザイル詩人や作家たちは、威厳《ディグニティ》を付与するのだ。ここから、次のことがあきらかになる。もし現代の政治的懲罰としてのエグザイルだけに思考を集中しようとするなら、エグザイル文学そのものによって立ち上げられた経験領域だけにとどまっていてはいけないのだ。まずジョイスやナボコフを脇において、そのかわり、国連諸機関による救済の対象となった無数の難民のことを考えねばならない。帰国の見込みはなく、配給カードと割り当て番号だけを身につけた難民農民のことを考えねばならない。パリはコスモポリタン的エグザイルたちで名高い都市かもしれないが、そこはまた、無名の男女——ヴェトナム人、アルジェリア人、カンボジア人、レバノン人、セネガル人、ペルー人——が悲惨な孤独の歳月を過ごす都市でもある。カイロやベイルートやマダガスカルやバンコクやメキシコ・シティーについても思いを馳せるべきだ。大西洋圏を離れれば離れるほど広がりを増す、望みなく寂れはてた荒涼の光景。語るべき歴史ももたないまま、突如として歴史から消滅した「記録されざる」人々の、唖然とするほどの数の多さ、そして絡まりあう悲惨。インドから逃れてきたムスリムたち。アメリカにおけるハイチ人。オセアニアにおけるビキニ島人。アラブ世界全体に広がるパレスチナ人。彼らのことを考察すれば、エグザイル文学で主観的にもたらされた慎ましい亡命生活に別れを告げ、大きな政治世界の産物に赴かざるをえなくなる。交渉と民族解放戦争。故郷から追い立て駆り出され、バスで、もしくは徒歩で、他国の飛び領土的民族居住区へと移動する人々。こうした経験は、いったい何をもたらすのか？ こうした経験は、あきらかに、またほぼ意図的に、そうした状態から回復不可能なように仕組まれてはいまいか？

私たちはナショナリズムに、またナショナリズムとエグザイルとの本質的つながりに辿りつく。ナショナリズムとは、特定の場所や民族や遺産に所属するという主張である。それは、言語や文化や習慣を共にする共同体によって創造された故国《ホーム》を肯定する。またそうすることで、それは他国からの流民《エグザイル》を排除する。エグザイルがもたらす損壊を防ごうと戦う。まさしく、ナショナリズムとエグザイルとの相互関係は、ヘーゲルの主人と奴隷の弁証法に似ている。対立するふたつのものが、たがいに相手を支え構築する関係。あらゆるナショナリズムは、その初期段階において、疎外状況から発達する。アメリカの独立戦争、ドイツやイタリアの統一運動、アルジェリアの解放などは、どれも、本来の生活様式とみなされたものから引き離された――追放された――民族集団のなせるわざである。勝利したナショナリズム、目的を達成したナショナリズムは、次に、物語の形式にひとつにまとめられ、偏向した歴史を正当化する。未来はおろか過去までも、都合のいいように正当化する。すべてのナショナリズムは、建国の父をもち、擬似宗教的な基本文献をもち、所属を訴えるレトリックをもち、歴史的・地理的な指標をもち、そして公的に認可された敵と英雄をもつ。この集団的エートスは、フランスの社会学者ピエール・ブルデューの言う〈ハビトゥス〉を、すなわち習慣《ハビット》と居住《インハビタンス》とを合体させる習慣実践のシステムを形成する。やがて成功したナショナリズムは、真実を、もっぱら自分たちだけのためにのけておき、虚偽とか劣等性をアウトサイダーに押し付ける(ちょうど資本主義対共産主義、あるいはヨーロッパ人対アジア人を比較するレトリックにおいて、そうであるように)。

「私たち」と「アウトサイダー」との境界をまさに越えたところに、所属せぬ者たちの危険な領域が広がっている。原始の時代に、多くの民が追放されたのがこの領域に他ならず、現代においても、まさにこの領域に、膨大な数の集団が、難民として、強制移住させられた民として追いやられる。

ナショナリズムは集団に関係する。しかしエグザイルは、そのきわめて痛ましい意味において、集団の外における孤独の経験である。それは、仲間たちと共同体を形成して居住することができないときに覚える喪失感である。では、エグザイルは孤独をいかにして乗り越えるのか、それも、民族の誇りや集合的信念や集団的情念を説く、まさに籠絡的で大仰な言語の罠に陥ることなく、いかに乗り越えるのか。かたやエグザイルの極限状況、かたやナショナリズムの頑迷な肯定、この両者のあいだに、救うべきもの、固執すべきものがあるのか。ナショナリズムとエグザイルには、それぞれ内的本質が存在するのか。それとも両者は、パラノイアのたがいに争うふたつの変異体にすぎないのか。

こうした問いに満足のゆく答えを出すことはできない。それぞれの問いが、エグザイルとナショナリズムを、たがいに参照することなく別個に論じうるものと想定しているからだ。満足のゆく答えなどあるはずがない。どちらの側も、集団的《コレクティヴ》信念のなかでもきわめて集団的性格の強いものから、私的《プライヴェート》情緒のなかでもきわめて私的性格の強いものすべてを包含している以上、両者を過不足なく語る言語は存在しない。しかし、たとえそうであっても、ナショナリズムの公的で全体包含的な野望には、エグザイルの窮状の核心に触れる繊細さはどこにも存在しない。

なぜならエグザイルは、ナショナリズムと異なり、その本源において、非連続的な存在状態なのだから。故国喪失者《エグザイル》は、彼らのルーツから、彼らの土地から、彼らの過去から、切り離されている。故国喪失者《エグザイル》は軍隊や国家をもたない。たとえ、しばしば、それらを求めることはあっても。それゆえ故国喪失者《エグザイル》は、みずからの破壊された生を立てなおすという緊急の必要性を感ずるあまり、往々にして、みずからを、勝利を約束されたイデオロギーの一部、あるいは復権を果たした民の一部であると考えることを選ぶ。留意すべきは、この勝利を約束されたイデオロギー――故国喪失者《エグザイル》たちの引き裂かれた歴史を新たな統合へと再結集させるべく意図されたイデオロギーの夢からさめた故国喪失《エグザイル》状態は、今日の世界では、実質的に耐え難く、実質的にありえないということだ。ユダヤ人の、パレスチナ人の、アルメニア人の運命を見るとよい。

［中略］

なぜなら、何事も安全ではないからだ。エグザイルは疑心暗鬼の存在状態である。自分が達成することを、他の誰かと分かちあおうとは思わない。自分や仲間の周囲に境界線をめぐらせることで、エグザイル状態であることの、およそぞっとしない様相が現れる。集団の連帯を誇大視する傾向。アウトサイダー、それも実際には同じ窮状にあるアウトサイダーにも向けられる激しい敵意。シオニストのユダヤ人とアラブ系パレスチナ人との暗闘ほど、妥協と無縁なものが他にあるだろうか。パレスチナ人は、自分たちが、伝説的な故国喪失《エグザイル》の民すなわちユダヤ人によって故国喪失者《エグザイル》にさせられたと感じている。しかしパレスチナ人はまた、自分たち自身の民族アイデンティティ感覚は故国喪失者《エグザイル》の風土で育まれたことを知っている。故国喪失者の風土、そこでは、血を分けた兄弟姉妹以外のすべての者が敵であり、支援者の誰もが敵対的な勢力の手先であり、認可された集団規範から少しでもずれることは、おぞましい裏切り行為であり不忠義行為となるのだけれども。

故国喪失者《エグザイル》の運命のなかで、もっとも異常なのは、おそらく次のことにつきるだろう。すなわち故国喪失《エグザイル》の民によって、故国喪失《エグザイル》状態に追いやられること。故国喪失《エグザイル》の民の手によって、ルーツから引き離されるという実際のプロセスを再体験すること。一九八二年の夏、パレスチナ人たちは全員が自問していたはずだ。イスラエルを突き動かし、一九四八年にパレスチナ人を追放し、さらにはレバノンで、パレスチナ人を難民ホームから難民キャンプへと追い立てたのは、いかなる名状しがたい力だったのか、と。あたかも、再構築されたユダヤ人の集団経験とそれを代弁するイスラエルと現代のシオニズムは、ユダヤ人苦難の物語とならんで、いまひとつの権利剝奪と喪失の物語が肩を並べて存在するのに耐えられないとでも言わんばかりだ——パレスチナ人のナショナリズムに対するイスラエル当局の憎悪によって絶えず煽られてきた不寛容がこれであり、パレスチナ人たちは過去四六年にわたって、故国喪失《エグザイル》状態のなかで、みずからの民族アイデンティティを痛ましい思いで再構築してきた。

［中略］

エグザイルたちは、エグザイルでない者たちを憤りの眼差しで見つめる。彼らは、彼らの環境にどっぷりつかっているとエグザイルたちは感じてしまう。一方エグザイルたちは、つねに場違いなのだ。どんな気持ちだろう、ある場所に生まれ、そこにとどまり、そこに暮らし、ほぼ永久に、その場の一部と化すことは。

故郷に帰ることを拒まれている誰もがエグザイルであることは確かなのだが、エグザイル（exile）と、難民（refugee）と、故国放棄者（expatriate）と、移民（émigré）とのあいだに区分をもうけることもできる。エグザイルの起源にあるのは、追放という古くからある慣習である。ひとたび追放されると、エグザイルは、アウトサイダーという刻印とともに、変則的な惨めな生活を余儀なくされる。これに対し難民は、二〇世紀固有の産物である。「難民」という語は、政治的な意味を帯び、国際社会による緊急の支援を必要とするような無辜《むこ》の民《たみ》、それも窮状にある多くの民を含意するのに対し、「エグザイル」という語が携えるのは、孤独と孤高の精神である。

故国放棄者というのは、通常個人的あるいは社会的理由から、みずからすすんで故国を捨て異国の地に暮らす者を言う。ヘミングウェイやフィッツジェラルドは、フランスに住むのを余儀なくされたわけではない。故国放棄者は、エグザイルと同様の孤独感と疎外感を共有しているかもしれないが、厳しい追放令のもとで苦しんでいるわけではない。移民は両義的な存在である。専門的に言うと、移民は、新しい国に移住する人間すべてを指す。移住先にどの国を選ぶかが、確かに運命の別れ道になる。植民地の官僚なり伝道師なり専門技術者なり傭兵なり出向中の軍事顧問は、ある意味、エグザイル状態で暮らしているのだが、彼らは追放され、その生活を余儀なくされたわけではない。アフリカ、アジアの一部、そしてオーストラリアにおける白人入植民はかってはエグザイルだったかもしれないが、彼らは開拓者や建国者となることで、「エグザイル」というレッテルを消した。

〔中略〕

エグザイルはどれほど羽振りがよく見えようとも、つねに、みずからの差異を（差異を自分から利用しているときですら）、ある種の孤児状態として感ずる変人なのである。真に故郷を喪失した者なら誰もが、現代的な事象のなかに疎外性を見出す習慣を、気取りあるいは流行の姿勢の誇示と見ている。差異を、強固な意志によって使いこなされる武器のごとくにぎりしめ、エグザイルは、所属を拒む権利にあくまでも固執する。

〔中略〕

エグザイルに対する近年の関心の多くは、非エグザイルの人間でも、救済的モチーフとしてのエグザイルのもたらす恩恵にあずかることができるという、どこか人畜無害的考え方にその起源を求めることができる。こうした考え方は、確かに一理あり正しいのだろう。中世の時代の旅する学者たちや、ローマ帝国内を放浪した学識あるギリシャ人奴隷のように、エグザイルたち――それも例外的な者たち――は、周囲の人々に影響をおよぼしている。そして「わたしたち」は、自分たちと交わっている「彼ら」の存在のもつ啓蒙的な側面には自然と目がゆくけれども、彼らの悲惨さや彼らの要求には目をそらしてしまう。けれども現代における大量移住に関する暗澹たる政治的未来像から見れば、個々のエグザイルたちがこの冷酷化する世界で抱える故国喪失の悲劇的運命から、目をそらしてばかりではいられないのだ。

一世代前、シモーヌ・ヴェイユはエグザイルのディレンマを、これまでになく簡潔に提起していた。「定住することは」、彼女はこう続けた――「おそらく人間の魂にとって、もっとも重要なことであり、またその必要性がもっとも認識されていないことである」と。けれどもヴェイユは、また、世界大戦と強制移送と大量虐殺というこの時代において、強制退去に対する救済策のほとんどは、それが意図的に改善しようとしているものと同じくらい危険であることを見抜いていた。そうした救済策のなかでも、国家――正確に言えば、国家主義――は、もっとも陰険なものであった。なぜなら国家崇拝は、他のあらゆる人間関係を乗っ取る傾向にあるからだ。

ヴェイユが私たちにさらけ出すのは、エグザイルの窮状の中心に位置する、さまざまな圧力や拘束の複雑な絡まり合いであり、これは、すでに示唆したように、現代の時代において悲劇と言えるものに、もっとも近い。孤立とか追放といった赤裸々な事実がまず存在する。それは、改善とか文化統合とかコミュニケーションの努力をすべて拒むナルシスティックな自虐趣味を生む。こうした極端な状態のなかで、エグザイルは、エグザイルそのものをフェティシュ化するが、これはエグザイルが人間関係や社会参加から距離を置こうとする実践なのである。自分の周囲のすべてのものが、一時的なもので、おそらく取るに足らないものであるかのように生きるとは、喧嘩腰の無愛想な姿勢や気難しい冷笑的姿勢に陥ってしまうことだ。またもっとありふれたこととして、エグザイルに求められる謂の要請——すなわち党派や国民運動や国家への参加の要請がある。エグザイルは、新しい連携関係の集合を提示され、そこから新たな忠誠関係が生ずる。しかしそのかわり喪失も生ずる——批評的展望、知的蓄積、道徳的勇気の喪失が。

また、確認せねばならないのは、エグザイル特有の防衛的ナショナリズムが、およそ魅力にとぼしい自己主張形式を育む一方で自己覚醒も育むことだ。エグザイル状態を脱却して、一民族として結集するという再構築プロジェクト（これは二十世紀におけるユダヤ人やパレスチナ人にあてはまるのだが）には、民族史の構築、古代言語の復興、文書資料館や大学といった民族機関の設立などがふくまれる。しかもここから、ときには声高の自民族中心主義が奨励される一方で、自己探求のいとなみも生まれ、それは「エスニシティ」といった単純かつ明確な事実を必然的に超えてゆくものとなる。たとえばパレスチナ人やユダヤ人の歴史には、なぜある種のパタンがあるのか、抑圧や絶滅の脅しにもかかわらず、特定の民族的エートスがなぜエグザイル状態においても生き続けているのか、こうしたことを考えようとする個人の意識が生まれる。

したがって当然のことだが、私はエグザイルを特権としてではなく、べつの選択肢として、つまり現代生活を支配する大衆諸制度に対抗する選択肢として語っている。結局、エグザイルは選択の問題ではない。それに生まれついてしまったか、それがふりかかってきたのだから。

しかし、エグザイルが自分の傷をなめているだけの傍観者にとどまるのを拒むなら、学ぶべきことはたくさんある。彼もしくは彼女は、真摯な主体のありよう（決断を拒むのではなく、また不機嫌でもない）を育まねばならない。

* * *

サイードの亡命についての考察は、私たちにとってどのような意味を持つのだろうか。彼は、私たち自身の亡命という実存的危機を香港から現代の世界の文化的・歴史的な文脈におき、亡命が無数の民族の悲劇であることを知らせた。もちろん、彼は私たちの状況を理解しているわけではない。パレスチナ人の亡命者、帰る家のない無国籍の亡命者、そして難民のことを心配していた。しかし、すべての亡命者に共通している状況がある。それは故郷喪失（homelessness）というものだ。

「四海すべてを家となし」や「心安き所吾が家なり」などの美談で、自分やほかの亡命者を慰めることはできるかもしれない。だが、悲しみを隠すことはできない。故郷喪失とは、祖国に帰れないだけでなく、専制的な政権によって家が破壊され、もはや家ではない場所で毎日を過ごさざるをえないことである。

私の友人が数年前に日本の福島へ行った[8]ときの感想を引用しよう。「人々がここで生きていくためには、自分を欺瞞し、起こっていることをすべて否定するしかない。大丈夫だとか何も起きていないなどと、自分を騙さなければならない。それができなければ、ここにはいられない」、と。
私たちは、この二年ほどのあいだに起こった悲劇を否定することもできなければ、自分自身を騙すこともできない。前にも述べたが、香港を離れるか残るかに関係なく、私たちはすでに亡命者だ。海外亡命者は、確かに「家なし」という自由を享受しているが、帰る家がないという悲しみやむなしさを補うことはできない。香港に残る人は、「家あり」の存在だ。「家」はあるが――壊された家である。毎日が自分の良心への挑戦であり、光が戻ってくることを願うばかりである。「家なし」の自由と、「家あり」の悲しみ。これが今現在の亡命者たちの実存的状況である。

エピローグ

数十年前、中学時代に屈原の『哀郢《あいえい》』[9]を読んだとき、亡命の意味はまったく理解できなかった。今となってやっとその意味がわかった。

皇天の命を純にせざる
何ぞ百姓《ひゃくせい》の震愆《しんけん》する
民離散して相い失い
仲春に方《あた》りて東遷す
故郷を去りて遠きに就き
江夏に遵《そ》いて以って流亡す

国門を出《い》でて懐《おも》いを軫《いた》め
甲《こう》の鼂《あした》吾以って行く
郢都《えいと》を発して閭《りょ》を去り
怊《ちょう》荒忽《こうこつ》として其れ焉《いず》くにか極まらん
楫《かじひと》斉しく揚がりて以って容与し
君に見《まみ》ゆることの再び得ざるを哀しむ
長《ちょう》楸《しゅう》を望みて太息《たいそく》し
涕《なみだ》淫淫《いんいん》として其れ霰《せん》の若《も》し
夏首《かしゅ》を過ぎて西より浮かび
龍門を顧みる見えず
心嬋媛《せんえん》として懐《おも》いを傷《いた》ましめ……

二〇二一年三月二七日

注

1 『論語』公冶長第五。

2 王粲の漢詩である。

3　香港を指す。
4　台湾語を指す。
5　日本的なものを指す。
6　中華民国を指す。
7　『故国喪失についての省察1』（サイード著、大橋洋一他訳／みすず書房、二〇〇六年）、一七四－一九三頁を部分的に引用。
8　福島原発事故を指す。
9　『楚辞』岩波文庫、二〇二一年、二七九－二八〇頁。

〈附録〉在宅亡命

大埔山人

在宅亡命は逆説的な状況である。出家は亡命のもっとも明白な定義であり、家を出るという出来事の中で亡命の意味が明らかになり、絡み合っているからである。しかし、在宅亡命は、実際にはもっとも一般的なかたちである。世界のほとんどの人々は生活している。甲申政変のあと、どれほどの降参者がいただろうか。

全員が権力者に対して降伏するかもしれない。一方、他人の心を見ることはできないが、人間の本能から推測すると、全員降参は不可能である。確率論でいうところの正規分布に適合しないからだ。たとえば、出家亡命が五パーセント、能動的降伏が五パーセントだとすれば、残りの九〇パーセントは何か。それはおそらく受動的降参か、在宅亡命か、であろう。

なぜ、この二つの矛盾した言葉を取り上げるのか。身と心は矛盾し、現在と未来は矛盾するなど、ほとんどの人は矛盾している。受動的降伏は能動的降伏の意味もあれば、在宅亡命は亡命したくないという意味もある。違いはどこにあるか。外見ではわからない。もし、誰もが髪をそり落とせば、身も心も関与していることがわかる。よって、その決断において自分の存在の継続が決定要因となることがわかろう。なぜなら、人の意志決定には、精神のニーズよりも物理的なニーズのほうが多いからだ。一方、出家亡命は精神が主導するものなので、少人数にならざるをえない。

これらの本当の違いは、自分の生活や状況をどのように見ているかにある。受動的に降伏する人は、自分の生活や状況の中で生きている。心は降伏したくないが、自分が存在を続けるために体は降伏しなければならない。生活と状況を切り離すことができず、知らず知らずのうちに降伏してしまう。

在宅亡命をしている人であっても降伏するだろう。彼らもまた、存在し続けなければならないからだ。しかし、彼らは自分の生活や環境から切り離されており、彼らの心は自分の体の降伏を観察し、その観察の中で自分のいる生活や環境を疎外する。このようにして、彼らの心は降伏を拒絶する。この矛盾により、彼らは、流れに身を任せる受動的降伏という条件反射ではなく、自分の人生や環境を警戒して分析し、この疎外感から亡命の意味が生まれるのだ。

出家亡命は、もともと家にいたとしても、今は異邦人であっても、亡命者の生活や環境を疎外することで自動的に起こる。彼らの道徳的・精神的な強さは、彼らの犠牲の上に成り立つだけでない。不可避で非常に苦痛を伴う疎外の下で、すべての生活や環境、さらには人間の存在を深く理解し、認識することから生まれる。

亡命者の生活や環境を疎外することは、心が肉体を超えられないときに、普通の人ができる最善の方法である。疎外の中で、自分の状況から説明できない空虚さと暗さの瞬間を見ることになる。そうして亡命者の精神を知覚し、自分の心が一瞬だけ超越され、人生の沈黙と暗さとそのすべての屈辱が意味のあるものになる。

これは亡命の道である。話を聞かない人や考える勇気のない人の受動的降伏ではない。この道の魅力は、人生の屈辱に目覚め、人生の屈辱に身を委ねる必要がないことである。なぜなら、人は苦しみの人生に溺れれば、苦しみの中に意味を見出すことはできない。意味がなければ、状況に身を委ねることしかできない。だから、出家亡命者は自分の人生を見つめ直すことを余儀なくされる。家で疎外を実践している亡命者も、出家亡命者に劣らず勇敢である。

在宅亡命者の勇気はどこから来たのか。それは、現在と未来の矛盾に向き合う必要性を自覚している部分からである。彼らは、現在と未来のあいだの矛盾に気づいている。これを内部抵抗と捉える人もいるかもしれない。だが、そのように理解する必要はない。というのも、疎外感そのものが抵抗のためではなく、人間の尊厳と委ねられた心身を守るためのものだからだ。

もっとも極端な例は、「すべての誓い」というユダヤ人の祈りである。自分と自分の人生を絶対的に疎外し、自分の体と心を絶対的に明け渡すことである。体の絶対的な降伏と心の絶対的な不降伏は、庖丁で体を切るよりも、痛いほど切り離されている。ユダヤ人はこの祈りをシナゴーグの集会でしか唱えず、コミュニティでは絶対唱えない。出家亡命の音楽家たちは作曲するのに強靭な精神力が必要だ。しかし、一般人はユダヤ人のように一緒に祈り、その後は在宅亡命をし続ければいいのだ。

二〇二一年三月三一日～四月二日夜半

第5章　補足記事

劉　況

＊本章は、劉況氏（筆名）が「星期日明報」に寄稿した記事で構成されている。（編集部）

1　レノン・ウォールの世界

この二週間、香港ではレノン・ウォールがあちこちで見られた。私は、ジョン・レノンとオノ・ヨーコが歌った「シスターズ・オー・シスターズ」という古い歌を思い出した。すべてを失って、「And we live in despair」という歌詞が、香港人の「反送中」の心境を語っている。

パブリック・スペースとしてのレノン・ウォール

六月に反修例運動が始まって以来、レノン・ウォールは街の風景となった。レノン・ウォールは「主張する」だけの場所ではなく、一般市民が自発的に作り上げたパブリック・スペースでもある。

二〇一四年にアドミラルティにある香港政府総部[1]で登場したレノン・ウォールは、今では階級を超えたコラボレーションとなりつつある。参加者は高学歴や知識を必要とせず、特定の地位にいる必要はない。自分でスローガンをデザインしたり、写真を貼ったり、あるいはテレグラムやインターネットからダウンロードするだけで、顔を出さずに、したがって報復の恐れもなく参加することができる。オンライン・フォーラムと類似することがあり、つまり人々が自発的に組織したコミュニケーションをとるための空間であるという点にある。

しかし、オンライン・フォーラムとは異なり、レノン・ウォールには守る人がいなければならない。ボランティアが交代制で守り、破壊された場合は現地の人を集めて再建し、衝突現場や警察による暴力などの情報を随時更新して、オンラインの情報をあまり読まない人々にもアクセスできるようにしなければならない。

レノン・ウォールは、連登[2]のように集会やデモを誘発させることはしない。レノン・ウォールそのものだけでコミュニティの政治化となり、政治は緊迫した衝突だけでなく、こころの給油所でもあることを、毎日の通勤・通学を急ぐ人々に思い出させている。

言論の解放

政治的な論争が起こる前の、日常生活においてレノン・ウォールの創造性や行動力はどこにあるのだろうか。それは、人生の重荷によって抑圧されているのだろうか。

レノン・ウォールによって開放された、かつてないパブリック・スペースは、フランス語では libération de la parole[3] と呼ぶことができよう。人々の言論が解放され、普段言わないことを言わなければならず、言わずにはいられないのである。レノン・ウォールに書かれたコメントを見ると、このような言論は、デモ隊に同調して政府を貶めるだけの非常に単調なものだと思われるかもしれない。だが、近年の香港社会の発展という文脈で考えると、民主化のために戦う香港人の声は、何度も残酷に抑制されてきたことがわかる。

二〇一四年の「八・三一決議」は、香港人による二〇一七年の行政長官選挙を却下し、「雨傘運動」が政府を屈服させることができなかった。二〇一六年、政府は「本土派」候補者の立候補を理不尽に禁止し、当選した「自決派」の議員の事務所を取り消し、「本土派」と雨傘運動の主な発起人を起訴し始めた。今回の一連の出来事は、中央政府が香港の問題に継続的に干渉していることを反映したものであり、若者たちに将来に民主的な政治に望みを持つなと言っているに等しい。このような恣意的で理不尽な統治の下で、民主化を求める声が政府によって完全に排除されている香港の人々の怒りは、理解しがたいことではない。

「調和」、「協議」、「漸進的進歩」といった政府の建前を受け入れられない人が増えている一方で、実際には中央政府が香港に干渉することを許している。一見、レノン・ウォールの「一方的」な発言は、事実上耐えられない吶喊《とっかん》のようなものであった。香港人はもはや論争や衝突を避けようとはせず、「体制派」[4]の偽善的で気取った主張も受け入れず、一気にあらゆる方法で忖度《そんたく》と沈黙を破ったのである。

革命の自由

レノン・ウォールには、自由を求める人々の開放的な表現が反映されている。

アーレントは、一九六七年に発表したエッセイ「自由であるための自由」の中で、自由とは法制度によって保証された権利ではなく、むしろそのために闘う行為そのものであると主張した。革命は古い制度を打破し、新しい制度を創造する。また、自由な行動と言論のための空間を創造し、もっとも真正で過激なかたちで自由を体現することを目指す。

アーレントは、革命はしばしば社会のさまざまな団体のあいだの権力闘争と関連しているという。そして、革命の根本的な原因は、政府が自分たちの自由を裏切ったところにあり、その結果、言論・集会・結社・信仰の自由などの市民権利が危険にさらされたことだと主張している。革命家が社会秩序を乱したことを非難するのは、革命がそれまでの体制を破壊したと考えているからであることが少なくない。逆にアーレントは、それまでの制度が人々を信頼できなかったのは、革命の結果ではなく、革命の原因であると指摘する。

抑圧に耐えるのではなく、自分の意思を自由に表現したい。その自由への欲求は、一部の人を支配者にして他の人を支配するためではなく、すべての人が真に自由で尊厳のある存在になるための自由な政治体制を確立するためのものであった。つまり、自由は憲法や政府によって保証されているのではなく、一人ひとりが協力して行動することで得られるものなのである。自由のための行動がなければ、人は自由人ではない。

革命について、アーレントはさらにこう指摘している。「革命が、自由のための公共空間の構築という成功に終わっても、危険を冒し、自分の意図や期待に反して革命に参加した人々にとっての災害に終わっても、革命の意味は、人間の最大かつもっとも初歩的な可能性の一つを実現することであり、自由になって新たな出発をするという比類のない経験であり、そこから世界を世界の新秩序に開いたという誇りが生まれる」[5]。

芸術の空間

社会が大きな問題に直面すると、写真・絵画・音楽・二次創作など、多くの作品が飛び出す。レノン・ウォールは、芸術と政治が融合したパブリック・スペースであり、経済的活動以外の活動を抱える街の風景だ。レノン・ウォールを破壊し、それを設置した人たちを攻撃する人たちは、政府の側に立ち、民主を求める声を暴力的に抑制している。それだけでなく、公共空間を純粋に都市の経済や交通に奉仕する空間に戻すように、実際にパブリック・スペースを破壊し、コミュニティに普段から潜在している声を封じ込めているのである。まるで排水管のように、歩道橋の両側・トンネルの壁・バス停フェンスにあるレノン・ウォールを見るために止まったり、議論したりすることが許されない。

レノン・ウォールに貼られている作品はほとんどが匿名で、中には大量に複製されているものもあるから、その芸術的価値が批判されることもある。確かに、レノン・ウォールは美術館でよく見かける、作者の背景や説明が書かれた作品に比べると、個性的ではないかもしれない。しかし、芸術作品の展示は、必ずしもアーティストのアイデンティティを強調し、そのユニークなスタイルを表現する必要があるのだろうか。

感性的なものの再定義

フランスの哲学者、ジャック・ランシエールの現代美術に対する考え方は、レノン・ウォールに対する別の視点を提供している。現代美術は、一般的に二〇世紀の創作物を指すと考えられている。だが、ランシエールは、現代美術の「現代」とは、単なる時代ではなく、建築・彫刻・絵画・音楽などさまざまな芸術が上位と下位に区別され、洗練された嗜好と大衆の粗野な嗜好が当たり前ではなくなり、芸術生産に対する人々の認識の変化から生じるものであると主張している。

このように、戦後の現代美術やポストモダンの流れは、それ以前の芸術哲学にまで遡ることができる。ランシエールは、現代アートの背後には自由と平等の思潮があり、芸術作品はアーティスト個人よりも社会を反映していると見なされるようになったと主張する。また、芸術は自由な共同体の生き方をあらわしており、「自由で自律的な共同体は、その生き生きとした経験がもはや別々の領域に分割せず、日常生活・芸術・政治・宗教を別々の経験としない」[6]と主張する。

このように、芸術作品は画廊の所有物ではなくなり、さまざまな形態の芸術作品が、洗練された趣味や下品な趣味にかかわらず、新しいライフスタイルや社会的側面を提示し、それぞれが感性的なものを再定義する。見えないものを見えるようにし、見えないものを別の方法で再現する。一七八九年のフランス大革命の前夜には、すでに政治風刺画が市場で販売されており、革命が勃発すると、革命派と反革命派がそれぞれ民衆の心をつかむために風刺画を印刷し、この型破りな芸術作品が一般大衆の政治言語となった。[7] この状況は、レノン・ウォールと同様に、日常生活の言葉を使って政治を語り、政治を日常生活の一部にすることで、中流階級も草の根もレノン・

ウォールの設置によって排除されたと感じないのである。

解放への欲望

ランシエールの考えによれば、レノン・ウォールが「偉大な」芸術作品を生み出したかどうかは問題ではない。壁に貼られた作品が、あたかも日本のアニメのポートレート・デモ隊の写真・手描き・コンピューターでプリントされたポスター、さらにはあらゆる種類の手作りの製品のように、芸術と非芸術の境界線がはっきりしない、新しい感性的なものを提示していることが重要なのだ。これらの作品には、デモや集会への参加を呼びかけるなど、政治的なメッセージが込められていることはまちがいない。そして、都市空間を新たな意味で満たし、その内容は人々によって常に更新されている。

レノン・ウォールの可能性は、常に豊かであるということだけではない。社会に存在する対立を浮き彫りにし、異論を唱える空間である。ゆえに、企業に同調せず、企業に管理されたり、商品化されたりすることを拒否し、その解放力を構成していく。ランシエールによれば、「解放の約束は、あらゆる形の和解を拒絶し、作品における論争形式と日常生活の経験とのあいだの分裂を維持する、という代償を払ってのみ得られる」[8]。レノン・ウォールの撤去は、解放の願望を放棄し、議論も対立もないというように政府への批判の声を封じ込める。純粋に経済的な目的のために作られた都市空間に戻ってしまうのである。

一年以上経っても、反修例運動はまだ完全には成功しておらず、レノン・ウォールさえもついに消えてしまった。人の心を解放したいという気持ちが消えてしまったのだろうか。ジョン・レノンの歌はこのように続く。

Let's give up no more
It's never too late
To build a new world

初出：二〇一九年八月四日『星期日明報』、二〇二〇年一一月加筆

注

1 雨傘運動の占拠現場であった。
2 香港の掲示板型ソーシャルニュースサイトである（lihkg.com）。
3 言論の解放を意味する。
4 香港では親中派・親政府派の政党や組織を指す。
5 Hanndh Arendt『The Freedom to Be Free』（未邦訳、二〇一八年）による。なお、世界の新秩序は、アメリカ合衆国の国璽に書かれているラテン語 Novus ordo seclorum による。

6　Jacques Ranciére『Malaise dans l'esthétique』（未邦訳、二〇〇四年）による。

7　Daumier ―― Rapide histoire de la caricature
http://expositions.bnf.fr/daumier/pedago/02_1.htm を参照されたい。

8　Jacques Ranciére『Malaise dans l'esthétique』による。

2　どうやって大学を潰すか

二〇一九年一一月に香港理工大学で学者たちが逮捕されたことは、何年も前にチェコでフランスの哲学者ジャック・デリダが逮捕された事件を思い出させた。

デリダは一九八二年にチェコを訪れ、反体制派の哲学者ラディスラフ・ヘイダネクが開催したシンポジウムに参加した。チェコ共産党政府に弾圧された学者たちと連帯して、カフカの文学研究に取り組んだ。デリダは帰国の際にプラハ空港で、麻薬所持の疑いでチェコ警察に逮捕され、三日間投獄された。しかし、フランスのミッテラン大統領がチェコに圧力をかけたことで釈放された。

デリダは、けっして象牙の塔の学者ではなかった。一九八三年に国際哲学コレージュ[1]を設立し、哲学を象牙の塔から公共の場へと導き、地域社会が大学以外で哲学や厳格な哲学教育を受けられるようにすることを目的としている。デリダの言う、大学の使命とは何か。二〇〇一年に出版された『条件なき大学』では、現代の大学は学問の自由の原則を堅持し、無条件に質問や表現の自由を行使し、学問的な研究や知識は公の場での言論の権利を前提とするべきだと主張した。一言で言えば、無条件の自由、真理の無条件の擁護、政府や社会からのあらゆる圧力に対する行動、そして大学に制約を課すあらゆる政治的・経済的条件への抵抗というのが、大学の使命である。

大学の国際的評価が破壊された

二〇一九年一一月の二週間、警察が学長や学生の調停を受け入れず、キャンパス内の学生に発砲し、デモに参加したすべての学生やデモ隊をもっとも重い罪で逮捕・起訴したのを、私たちは香港で目の当たりにした。キャンパスを包囲し、学生に催涙弾やゴム弾を発射した警察が、学生に重傷者が出たり、大学の建物や設備に被害が出たりしたことを知らなかったはずがない。

香港中文大学の衝突現場では、「二号橋」[2]から数十メートルのところに大学院生の宿舎があり、隣接する体育館の芝生に催涙ガスが入り、空気中や土中に化学物質が残っていた。理工大学では、キャンパス内の誰もがアクセスできるプラットフォームに銃弾が落ち、あちこちで火災が発生していた。

莫大な税金を投入して建設された同大学の施設は、今後しばらくは授業が再開されないことが懸念されている。あらゆる分野の専門家の育成に重大な支障をきたし、同大学の国際的な研究プロジェクトの多くも停止している。もちろん、デモ隊の存在は大学の破壊に関与したのは事実である。それでも、警察が武力行使によってデモ隊を退散させる必要はなかった。デモ隊は長期にわたる占拠を主張したわけでもなく、大学関係者と学生に危害を加える意図で人質を取ったわけでもなかった。

もし、警察が自制して暴力的な対立を避けていたら、紛争は起こらず、キャンパスの被害も大きくならなかっただろう。QS世界大学ランキングによると、理工大学はホテル・エンターテインメント・マネジメント部門で世界第五位、土木・構造工学部門で世界第一五位にランクされている。警察による大学の包囲は、コミュニティが長年かけて築き上げてきた貴重な資産を破壊し、国際的な学術コミュニティにおいて香港の評判を落とすことになった。

社会も責任転嫁できない

公的財産である大学を守らなかったのは、警察だけではなく、社会にも責任があった。これまでの証拠によると、紛争がもっとも激化した日曜日の夜、理工大学の学長は紛争を収束させるための積極的な役割を果たさなかった。警察に自制を求めたり、現場のデモ隊と話し合ったりすることもなく、デモ隊を非難する声明を発表して解散を求めただけであった。もし理工大学の管理職が大学を守るためのイニシアチブを取らないのであれば、ほかの誰がその重要な役割を果たすことができるのだろうか。

いつ流血に至ってもおかしくない深刻な紛争を前にして、普段は反暴力を強調している親体制派の立法評議員たちは、状況を調整するためにまったく介入しなかった。政府全体も警察が大学の公有財産を破壊するのを止めるために代表者を派遣しなかった。もし、日曜日の夜に警察が理工大学に強制的に侵入し、抗議者全員を逮捕したとしたら、民の怒りは収まっただろうか。

一九六八年五月、フランスの学生がパリの中心部にあるパリ大学を占拠し、象徴的なソルボンヌ大学の建物が横断幕で覆われ、警察が現場を片付け、何百人もの人々が負傷した。これがきっかけとなって、東京大学の安田講堂事件で、大学は学者が運営するものであり、警察が介入するべきではないという日本の伝統的な考え方が変わった。

その後、日本の保守政権は学生運動を抑制するために「大学の運営に関する臨時措置法」を成立させた。その結果、左翼的な学生運動はエスカレートし続け、一九七〇年には全国の一六二の大学がデモ隊に占拠され、大学は休講に追い込まれた。後に過激派が爆弾を使って攻撃を仕掛けるなど、秩序を維持するという政府の当初の目的はすぐには達成されなかった。この歴史は、暴力的な抑圧が若者を納得させないことを示している。政府が厳しく取り締まると、社会的中道派は対立を緩和する役割を完全に放棄する。社会改革に取り組む大学生を警察が「暴徒」や「バカ学生」と糾弾するのを許し、社会全体が合理的な対話を軽視する文化の代償を被ることになった。

二〇二〇年一一月の中文大学衝突一周年には、一部の卒業生が昨年の衝突を記念し、台湾へ亡命する際、中国側に拘束された一二人の香港人への関心を示すために、キャンパスで集会を開いたが、大学側が警察に通告した。この事件は、香港の大学が言論の自由を完全に失っていることを示している。大学の管理職はキャンパスの自治を政府に譲ってしまった。それでも国際社会は、香港に学問の自由があると信じているのだろうか。

文明の価値観の崩壊

ワシントン・ポスト紙は香港警察とデモ隊の激しい対立を「崩壊の瀬戸際」と評した。政府が警察による香港支配を容認し、人々を勝手に止めて調査し、十分な証拠もなしに大量に逮捕・起訴すると、文明社会で重視されるあらゆる価値観が崩壊する。合理性と自由の砦である大学は、戦争の火種に点火する最前線に過ぎない。警察は、何としても大学を破壊させ、大学の学生や職員を全員鎮圧し、社会全体が警察の命令に従わせようとした。人々に対する警察の行動は、戦争における軍隊の敵に対する行動に似ており、文明社会が一瞬にして死に直面する戦場になってしまった。

一九一四年、協議に違反したドイツ軍はベルギーに侵攻し、ルーヴェンを血祭りに上げ、二〇〇人以上を殺害した。八月二五日には、ヨーロッパでもっとも豊富な蔵書を誇るルーヴェン大学の図書館で数十万冊の本を燃やし、人類の知の砦を破壊したことは、ルーヴェンの住民なら誰でも知っていた。しかし、軍事的な侵略よりももっと醜いのは、侵略を合理化した仕方であった。

哲学者のヴィルヘルム・ヴィンデルバンド、心理学者のヴィルヘルム・ヴント、哲学者でノーベル文学賞を受賞したルドルフ・クリストフ・ユーケンなど、ドイツ語圏の知識人・芸術家・建築家などが「九三人のマニフェスト」を発表し、ドイツの侵攻をルーヴェンのモニュメントの「保存」として美化しながら、敗戦と引き換えに芸術を守ることはできないと主張した。この言い訳は、社会が長年かけて築き上げてきた大学とその文化を破壊した。これは、デモ隊を潰すために大学を破壊した香港の論理と似ている。

二〇一九年の事件から一年が経過したが、警察や政府の誰もが大学を破壊したことに対する責任を取っていない。ある学者がテレビ番組で警察による大学侵攻を論じた際にも、親政府派は「警察を憎んでいる」と酷評し、大学側にその学者の解雇を求める世論の圧力を作り出した。専制的な政府が知識を軽視し、合理性を蔑ろにしていることは明らかであり、合理的な思考や手続き上の正義は無意味なものとなっている。

このような高圧的な雰囲気の中で、知識人は死の危険を避けるために沈黙するか、あるいは忠誠心を示すために専制政治を擁護するか、と二者択一を迫られた。

軍事独裁体制へ

暴力を非難するのは簡単だ。暴力がすべての人にとって、よいものではないことは、ほとんどの人が同意するだろう。しかし、「暴力を止め、混乱を制する」というプロパガンダの元、警察による支配を認め、公共交通機関を停止させ、香港人の生活を通勤と帰宅だけにし、すべての商業・娯楽・文化・芸術・教育の活動を不要だと政府は判断した。

そうした政府の暴力は非常に細いかたちで、私たちの普通の生活に浸透した。政治的要求を表明する人々の集まりにつながる可能性のある活動は危険だと見なされ、政府はそれを止める「権利」があるとされた。一般の人々がお互いに「安全」を歓迎するということは、どのような場所も危険であることを意味する。

警察による暴力は休日に道路・ショッピングモール・学校などで発生する可能性がある。歴史を振り返ると、軍隊や警察を使って住民を抑圧し続けることの意味は、単に社会や経済の安定のためではなく、軍事独裁体制を規範として確立するためである。

タイの人々は、一九七三年の短期間の民主の勝利をけっして忘れはしない。だが、一九七六年には民主の敗北と独裁政権の復活があった。一九七三年より、憲法改正・民主的な選挙・米軍の撤退・より公平な経済分配を求めた左翼学生を中心とした大規模な民主化運動が始まり、最終的には独裁者タノム・キティカホーンを政権から追放することができた。これは民主の勝利だったといえよう。一九七六年に、タノムがタイに帰国すると、大規模な抗議活動がおこなわれ、バンコクのタマサート大学が占拠された。

これを機に右翼政府は反撃に転じ、一〇月六日の早朝に数千人の兵隊・武装部隊・暴徒を送り込んで大学を包囲し、手榴弾やライフルなどの凶器を使ってキャンパスを荒らし、抗議者を殴り、性的暴行を加えた。結局、四六人が死亡し、多くの人が負傷し、三〇〇〇人以上が逮捕されたこの虐殺事件は、血の水曜日事件と呼ばれている。[3]

右翼の残虐さは、タイの民主化プロセスに大きな傷をつけた。その後、タイ政府は逮捕された多くの学生を恩赦し、社会不安を鎮めようとした。他方で、デモ隊を凶悪犯だと主張した。左翼的な学生たちは森の奥まで逃げ、自分のコミュニティを作った。タイは、一九八八年に完全に民主化されるまでの一二年間、軍事独裁体制に戻ってしまった。

二〇一九年の反修例運動以降、暴力的だという理由で集会の申請を警察が却下することが増えている。却下されなかった集会（たとえば二〇一九年一二月二二日のエディンバラ広場集会）であっても、警察が群衆の中に突入して逮捕することもあった。このような集会の自由を無視した行為は、人々が集会に参加しないように脅し、警察が地域の生活を完全にコントロールしているという考えに慣れさせることを目的としている。

警察と政府が政治に代わる

独裁者であるタイ軍事政権は、ただちに不服従な市民を弾圧し、左翼勢力はこうして大打撃を受けた。その代償は極めて大きかった。タイの著名な歴史家であるトンチャイ・ウィニッチャクンは、一九七六年の大虐殺はタイの左翼と右翼の社会が過激化した結果であると主張している。誰も責任を取っていない大虐殺は、その後の二〇年間、社会的なタブーとなり、タイ人は長いあいだ、大虐殺のトラウマを受け入れたり語ったりすることができなかった。

タイの社会は、一九七三年から七六年にかけての民主化のための左翼の闘争の成果と遺産を把握することができなかった。つまり、暴力的な抑圧は、改革を志す若者の生存を妨げただけでなく、民主化に必要な合理的な議論や、さまざまな立場の人々がさまざまなルートを探るための公共空間を社会から奪ってきた。

香港でも、もし政府が警察の独裁を許し続ければ、多元的で開かれた社会から警察国家へと急速に後退していくであろう。フランスの政治学者であるベルナール・ラミゼは「警察国家」を、警察権力が拡大し、ほかの権力からの牽制が効かなくなり、政府の行政上の指示を覆し、司法制度の制裁を受けず、社会全体が従わざるをえない状態と定義している。[4] 反修例運動以降、警察は政府の牽制を受けず、暴力をおこなった警察官は法の制裁を受けていない。下級警察官の組合長は、「七・二一」事件での警察の不適切な対応を指摘した張建宗政務官を「厳しく非難」した。これは、香港が警察国家になっていることが、紛れもない事実であることを示している。

おそらく政府の立場からすると、大学が破壊されても、追加資金を投入すればすぐに復旧できるということかもしれない。しかし、大学が安全上の理由で授業を停止し続けると、教師や学生は通常のルートで学ぶことができなくなる。また、大きな社会的論争を合理的に探求する学術的・文化的活動を大学が組織することができなくなり、社会全体が貴重な反省の場を失うことにもなる。長い目で見れば、真実を守るという精神を大学が失ってしまう。

すべての公共空間を「法の執行」の場と見なし、法律を恐怖政治の道具と見なす警察の独裁体制では、もはや一般市民の移動の自由は守られない。デリダが言うように、条件なき大学というものは存在せず、大学は常に権力者の弾圧や経済活動の必要性など、さまざまな条件にさらされている。大学を守るためには、どうすればよいのか。銃弾を肉で止めるだけでなく、真剣に真実を語ることを主張し、大学を反体制の場として再構築し、社会の問題点を察知し、暗い未来を警告する必要がある。

デリダはこう言っている。「こうした条件なき大学など、事実上、実在しません。私たちはこのことはよくわかっています。しかし、条件なき大学は、原則的には、また、宣言された自らの使命に合致し、公言された自らの本質にしたがうならば、教条的で不正なあらゆる我有化の権力に対する批判的抵抗——そして、批判以上の抵抗——のための究極的な場であり続けなければならないでしょう」[5]

初出：『星期日明報』二〇二〇年一一月二四日付、二〇二〇年一一月に加筆

注

1　『哲学への権利』（西山雄一著／勁草書房、二〇一一年）を参照。

2　デモ隊はこの橋から物を投げ、下の高速道路の流れを止めようとしたが、警察と激しく衝突した。

3　トンチャイ・ウィニッチャクン『Moments of Silence: The Unforgetting of the October 6, 1976, Massacre in Bangkok』を参照（未邦訳）。

4　ベルナルド・ラミゼ著「警察国家の兆候」
https://blogs.mediapart.fr/blamizet/blog/010819/les-signes-d-un-etat-policier を参照。

5　『条件なき大学』（デリダ著、西山雄一訳／月曜社、二〇〇八年）、一一二頁。

3　不服従の権利と倫理

二〇一九年六月九日のデモから始まり、「七・二一」、「八・三一」を経ての反修例運動から一年経った今でも、数え切れないほどの記念行事がおこなわれている。もし将来、今年を経験していない人たちから、なぜこれほど多くの人が自分の運命を受け入れず、政府が強行採決しようとしている逃亡犯引渡条例改正案に反対したのかと聞かれたら、私たちはどう答えるだろうか。

一つの答えは、当然ながら、過去に遡って香港人が政府の行政に非常に不満を持っており、司法制度が完全に侵食されることを心配していることを指摘することである。しかし、不満を表明することが街頭での抗議行動を意味するわけではない。二〇一四年の「雨傘運動」後の低迷期に、なぜ多くの香港人が逮捕のリスクを冒してまで街頭に立ったのだろうか。この不従順の精神とは何を意味するのだろうか。

不服従は思慮深さから

フランス哲学者のフレデリック・グロが二〇一七年に出版した『不服従—倫理的抵抗のすすめ』[1]は、法律や政府への不服従の倫理的経験を分析する政治の倫理学を提案している。グロによれば、不服従とは非合理的で、長いあいだ我慢してきたすべてを恣意的に覆すことではない。人々が前向きに考え、これまで考えずに受け入れてきたことや、以前は法律に従っていたことに気づき、それゆえに押し付けられたものに従うことを拒否しようと決心することである。

人は不服従の経験の中で、慣習や社会的規範に頼らずに自分の考えや行動を決めることができることに気付き、自分をユニークな人間にすることができることを心から実感することができる。アメリカの左翼史家の代表格であるハワード・ジンは次のように書いている。「市民的不服従は問題ではない。（中略）私たちの問題は、世界中の人々が貧困、飢餓、無知、戦争、残虐な行為に直面しても、あまりにも従順であることだ」。多くの人は、不服従が混沌や無秩序、さらには暴力につながると考えがちだ。だが、従順もまた恐ろしい結果をもたらすことや、従順が権力者の危険性に対する盲目や無関心につながることを理解していない。

強制収容所から生還したイタリア人作家プリーモ・レーヴィはこう述べている。「怪物は存在するが、数が少なすぎて本当の危険ではない。もっとも危険なモンスターは、議論せずに信じて従うことができる普通の人、公務員や実務家だ」。

グロは、不服従は単なる政治的表現行為ではなく、特定の倫理的経験に裏打ちされたものであり、民主主義社会における基本的権利であると主張している。

「市民的不服従」から「市民的反抗」へ

不服従というと、二〇一四年の「雨傘運動」の際にも流行った「市民的不服従」という概念を連想する人が少なくない。一般的に市民的不服従とは、「法律に違反し、法律や政府の政策の変更につながる、公然かつ非暴力の真剣な政治的行動」を指している。

英米の研究では、市民的不服従の理論は、通常、正義に近い社会、すなわち法の支配と基本的な民主的制度を備えた社会に適用されると想定されている。しかし、公正に近い法制度の実現や民主的な選挙がおこなわれていない社会の場合、市民的不服従の概念は、権威主義や全体主義の社会における不服従の経験を示すことや、抗議者の闘争の経験を描くものだといえるだろうか。

二〇一九年の反修例運動では、多くのデモ隊が覆面をして非公然の手段で公共交通機関や社会生活を妨害した。政府が支援する店舗や公共施設を破壊してまで、抑圧された声を表現し、社会の機能を妨害し、政府や国民に警察の暴力や政府の横暴を直視させようとした。これらの抵抗行為が、今でも市民的不服従と言えるかどうかは疑問である。

キャンディス・デルマスなどの学者は、そうではないと主張する。政府が不当な行為を続け、人々の平等な権利を奪ったら、武力的抗争も道徳的だというのだ[2]。つまり、法制度が人々の平等な権利を合理的に守ることができない状況では、破壊的な抵抗は非難されるべきではないということである。

市民的不服従を道徳的に正当化する研究とは異なり、グロは不服従の経験の意味をより深く追求すべきだと主張している。抵抗の経験は、それが社会的に正当なものであろうとなかろうと、同じ性質を持っている。そして、不服従の行為によってのみ、抗議者は自分が真に表現されたと感じ、より広いコミュニティとつながったと感じる。グロは、強引な抵抗を正当化する、あるいは正当化しない普遍的な原則を提案しているのではない。非暴力の抵抗も強引な抵抗も、純粋に個人的で合理的な反省や選択ではなく、他者に対する責任のある行為であると考えている。デモ参加者が市民としての責任を負い、社会から押し付けられた規範に抵抗する。そのことをグロは、市民的異議と名付けている。

このように、市民的反体制とは、身分証明書によって社会の中で得られる地位ではなく、法を守る「善良な市民」であることでもなく、何事にも政府に従う「愛国的な」従順な人であることでもない。思慮深い反体制と政治への継続的な問いかけこそが、真の市民であるといえる。

全体主義の下での市民の抵抗

グロの「市民的異議」という概念は、じつはフランスの政治学者ジャック・セメランの「市民的抵抗」がベースになっている。[3] セメランは、ナチスがドイツを支配していた時代に、人々はさまざまな方法で平和的に抵抗し、非協力的な戦術を用いて命を守りながら、権力者への反対や異論を表明していたと主張している。

たとえば、フランスのヴィシー政権下では、フランス人が「政権との友好」「法律を守るだけでなく、支配欲をできるだけ満たさないこと」を呼びかけるビラを配っていた。デンマークがドイツの属国になったとき、デンマーク人は「ドイツ人のためにその場しのぎで働き、ドイツ人のためにゆっくりと働き、ドイツ人に役立つすべての器具を破壊し、ドイツへのすべての交通を遅らせ、ドイツの新聞や映画をすべてボイコットし、ドイツの店には行かないように」と呼びかけるビラを撒いた。

当時、公然と反抗することは生命や身体への危険を伴うため、市民的不服従は芝居のようなものであった。表向きは最低限の服従を維持しつつ、実際には常に不服従を示すことで、民衆が服従しすぎて、権力者による統治がうまくいきすぎることを防いでいた。市民的抵抗とは異なり、市民的不服従とは完全に妥協せず、偽善的なショーをすることでもあり、最小限の服従よりも深い倫理的意義があるとグロは以下のように主張する。

最小限の服従とは、自分には「ノー」と言い、他人には「イエス」と言うことだ。対照的に、反体制派は、他人に「イエス」と言う方法を持たず、むしろ他人に従うことがもはや不可能であることを認識する。自分と社会規範とのあいだの違いを気にせずに、自分が従ってきたものを断ち切らなければならない。

「反対派の人々は、知らないふりや見ないふりをして黙っているわけではない」とグロは指摘する。不服従は、受け入れられないものに立ち向かう必要性であり、見て見ぬふりをするのをやめる必要性であり、認識するのが困難な価値観とともに生きていることに気づく必要性を反映している。したがって、市民の反抗は、人間の心の耐えがたい重さを反映しており、「人間として、価値観、要求、緊張感を持つ人間として、主体の痕跡を刻む」という。

言いかえれば、反体制派の人々が街頭に出たのは、心の中に大きな動揺があったからであり、それは逃亡犯引渡条例改正案に対する政府の対応に納得がいかないからだ。政府による犯罪人引き渡し法の取り扱い、警察の暴力、若者の悲しみ、あるいは特定の政府関係者の発言などに不満を持っているだけの場合もある。しかし、彼らは「正義のために法を破る」という法的概念を必ずしも明確には知らない。彼らは、もっとも「適切な」、あるいは「効果的な」抵抗のかたちが何であるかを知らない。

グロが反体制派の内なる緊張感を強調するのは、傍観している人たちは合理的で客観的に見えるかもしれないが、じつはそうではないという事実を強調するためである。合理的で客観的な傍観者は、「もう受け入れられないから、すぐに抵抗しなければならない」という経験を実感できないだろう。

市民的異議に対する無限責任感

市民的不服従の理論によれば、自分たちの動機の正当性と権力者の不正を強調するために、デモ参加者は起訴されても刑事責任を負うことも厭わないという。

二〇一九年の反修例運動では、デモ参加者が警察から逃げたり、逮捕を避けようとしたりして、無責任だと批判されることが多かった。しかし、反体制派が逮捕を避ける傾向にあるのは、運や個人的な楽しみを求めているからではない。もし最後まで自分の個人的な利益のためだけに行動していたならば、彼らは戦わなかっただろう。グロの視点では、デモ参加者が自分の行動の利益を自分で確認するだけでなく、闘争を維持すること、ほかの人がより安全に撤退できるようにすること、さらにはほかの人の苦しみとそれに対して何もできない自分に対しても、深い責任感を感じていることが重要なのである。これをグロは「無限責任感」と名付けている。

この責任感には四つの側面がある。第一に、反体制派は自分の行動に責任を持つこと。違法な行為に従わず、自分が犯した過ちなどに責任を持つこと、ともいえる。

第二に、反体制派は、自分の行動がもたらす不確実で危険な結果を受け入れ、その予測できない結果に何らかの意味を持たせることを厭わないこと。エピクテトゥスの言葉を引用しよう。「私に突然降りかかった不幸に対して準備ができていない人は、そう言うだろう。そして賢明な人は、私はここで準備ができている、私に何が起こっても対処できるように自分を適切にしなければならない」。一九八九年の変革前の東欧の反体制派は、いつでも逮捕・起訴されることを覚悟していた。このように、東欧に留まって不公平な裁判を受けるよりは、一生逃亡者のままでいることを反体制派の人々は選んだのである。つまり、警察から逃げることは違法だが、それは警察の不法な暴力や不当な裁判を避けるためだ。

第三に、反体制派は無限の責任を背負っている。今回の香港での社会運動では、この無限の責任をもっともよく発揮したのは、おそらく勇武派の人々であろう。彼らは、デモ行進のルートを計画し、警察に逮捕されそうになったデモ参加者を守るために検問所を動かし、デモ行進の時間を延長し、デモのエリアを拡大し、デモ行進後に参加者をいち早く避難させるように誘導し、さらには逮捕されそうになった「手足」[4]を「救出」した。「平和派と勇武派を分けず」という言葉には、異なる政治的路線の連帯感が反映されているだけでなく、グロが書いているように「他人の弱さや貧しさを前にして責任を感じる」という深い倫理的な経験も含まれている。個人の特権的な立場は、ほかの人への無限の責任を開くのである。

第四に、反体制派は世界に対して責任を感じている。社会的不正義は、権力者と民衆の従順さによって永続する社会システムによって引き起こされる。反体制派に原因があるわけではないが、抵抗しなければ加担したことになる。よって、不正義を変える責任を負い、社会がより公正になる方法を想像し、さらには世界の他の地域の反体制派を支援しなければならない。この点についてグロは、「知識人であること、芸術家であること、作家であること、そしてもっと基本的なこととして、人間としての仕事や天職に真剣に取り組むということは、自分自身を捧げること、さらには闘ったり、身を挺したりすることを意味する。ニュートラルもまた、受動的な加担と同じように、選択肢の一つだ」と主張している。

政治的行動の倫理的経験

グロは、政治的行動は単に自分の政治的立場の表明ではなく、また個人的な道徳的反省に基づくものでもなく、自分の倫理的経験を超えて、他者への社会的不公正に対する責任感と結びついていると主張している。「和理非派」と「勇武派」は行動の方向性が違うとはいえ、どちらも不服従を裏付ける強い責任感を持っている。

かつてフョードル・ドストエフスキーは、この責任感は個人を超えたものとした。彼はこう書いている。「私たちは皆、誰よりも先に、すべてに責任を持っており、私は誰よりも大きな責任を持っている」。勇武派は暴力を振るう傾向があると批判する人もいるかもしれないが、彼らの強引な行動と責任感の関係を分析していないことが多い。公共施設の破壊を暴力的と言わないわけにはいかないが、このような暴力は、政府がデモの権利や表現の自由を制限していることへの不満の表れでもある。社会における権利や自由の喪失の代償は、すべての人にとっての損失であり、社会の経済的利益や中核的価値の破壊は、社会全体で向き合うに値する。勇武派の「暴行」をひたすら責めても政府の野蛮を隠蔽することができない。グロの理論は、闘争を支持する人だけに適用されるのではなく、批判する人も社会的不正義の責任を取るために自分が何をしたかを反省する成功がある。政府とのコミュニケーションを提唱する人は、専制政治の下でコミュニケーションが失敗したかどうかを振り返るべきだ。頑なに平和的な表現を主張する人たちは、反対者の声が暴力性を帯びていない場合、「過剰な従順さ」が社会的不公正を曖昧にし、永続させるという事実を無視している。合理的なコミュニケーションを重視するあまり、従わないことを選択した人の本性を抑え、「過剰な従順さ」を助長し、かえって順応性や思考停止を助長していないだろうか。

初出：二〇二〇年八月三一日『星期日明報』、二〇二〇年一一月加筆

注

1　原題『Désobeir』（未邦訳）。
2　Candice Delmas『A Duty to Resist: When Disobedience Should Be Uncivil』（未邦訳）を参照。

3　Jacques Sémelin『Sans armes face à Hitler: La résistance civile en Europe (1939–1943)』（未邦訳）を参照。

4　デモ隊の仲間を指す。

4　全体主義と責任

中国共産党中央委員会党校の元教授である蔡霞は、習近平国家主席が歴史を逆行させたことから、二〇一八年には主席の再選制限を廃止する憲法改正に反対し、二〇一九年には米国に移住したのだという。さらに、二〇二〇年になって「香港国家安全法」の制定に反対の立場をとったのは、中国の政権が権威主義から全体主義に後退し、最新のデジタル技術を駆使してあらゆる面から国民を監視していると考えているからだと批判した。

現在の中国の全体主義と過去のそれとの違いはどこにあるのか。二〇世紀に全体主義を論じたハンナ・アーレントの理論から、私たちは何を学ぶべきなのか。

全体主義の復活

アーレントの代表作である『全体主義の起源』は、一九三三年から一九四五年のナチス・ドイツと一九二二年から一九五三年のスターリン率いるソビエト政権をモデルにして、全体主義について言及している。この二つの歴史的な全体主義体制はすでに滅びたが、それらの全体主義的な統治方法には、ほかの体制が学ぶべきことがあるとアーレントは考えている。

彼女はこう書く。「今日の世界では全体主義的傾向は単に全体主義統治下の国だけではなくいたるところに見出されるが、それと同様に、全体的支配のこの中心の制度は、われわれに知られているすべての全体主義体制の倒壊の後にも充分生き残るかもしれない」[1]。では、全体主義的な解決策とは何か。これは、より深い分析に値する問題である。ここでは以下の三点を指摘しておこう。

全体主義はモノフォニック

まず、全体主義が権威主義と異なるのは、後者がまだ「限られた多元主義」を許容しているのに対し、全体主義はあらゆる面で「限られた多元主義」を統制し、抑圧しようとする点である[2]。権威主義的な体制であっても、一部の反対派が政治に参加することや、メディアの自由、市民社会の自由な発展は認められる。

二〇一九年には、反修例運動のデモ隊の大量逮捕により、香港は警察国家と化した。二〇二〇年には、国家安全法により市民社会を全面的に統制。新たに登場した野党指導者の候補者を失脚させた。選挙を延期し、立法会の現職議員を失脚させた。国際キャンペーンに参加した若者が逮捕され、デモ隊に資金を提供したラジオ局が起訴された。さらに、デモ参加者のために資金調達をしたラジオ番組の司会者を起訴したり、勇気を持って政府を批判した教師に対する体制派陣営の苦情を「フォロー」したりして市民社会を脅した。そして、すべての野党を排除することを視野に入れている。

最近になって政府は、次世代の思考をコントロールし、教師を「政治的に中立」にして、あえて公の場で政府を批判しないようにするために、高等学校の教養科目に愛国教育の要素を盛り込む改訂を積極的におこなっている。政府は、あらゆる面で国民をコントロールし、あらゆる反対勢力を可能な限り排除し、複数の声を持つ市民社会を一枚岩に変えようと、ますます努力している。つまり、香港は全体主義に近づいている。

イデオロギー独裁

第二に、アーレントは、歴史上の全体主義は単に国家ではなく、イデオロギーを達成するための運動であると主張している。通常の国家であれば、国家が円滑に機能するように法律や制度を整備する。あるいは、限定的な選挙をおこなうことで国民の支持を得て、安定した状態を維持するなど、安定性を考慮する。

しかし、全体主義の目的は安定性ではない。イデオロギーを維持し、その政策を特定のイデオロギーの実施と見なすことが目的である。ナチス・ドイツの思想は、国家は優れた人種（ヘレンラッセ）によって支配されるべきだというものであった。スカンジナビア人やアーリア人は優れた人種であり支配すべきであり、スラブ人、アフリカ人、ユダヤ人は劣った人種であり支配されるべきであるとしていた。

ヒトラーは陰謀論を広めた。偽造された「シオン長老の議定書」を使って、ユダヤ人がヨーロッパの体制を崩して世界を支配しようとしているという考えを広めたのだ。人種差別や絶滅が合理化され、対外的な攻撃は国家の生存戦略として必要なものとされた。ソ連のイデオロギーは、社会主義を徐々に実現するために共産党が政権をとり、社会主義を推進するためのすべての政策が正当化されるというものだった。スターリンは一九二六年に、共産党はプロレタリアートの独裁を行使すること、つまり国全体を統治することを宣言した。ボリシェヴィキ党は、労働者議会の自治を主張していたのだが、結局、共産党による人民の支配に変わったのである。スターリンは党内の反体制派を粛清し、社会からプロレタリアートの敵を排除し、全国に労働者収容所を設置した。[3]

ナチス・ドイツとソビエト連邦のイデオロギーは異なるが、特定の人間を常に国家の敵と定義し、排除するという統治形態は似ているとアーレントは指摘する。全体主義という運動は、公式のイデオロギーを実現するために、常に国家に新しい法律を作らせるものであった。経験的に矛盾していても、公式のイデオロギーが真実であることはまちがいない。だが、問題はそれがまだ完全に実現されていないことであって、まちがっていることではない。

このように、イデオロギーは権力者とその支持者を世界の経験から完全に隔離してしまった。

今日の中国における盲目的な愛国心とナショナリズムは、国民に愛国心を公然と表明することを要求する。批判者を国家の「敵」と見なし、中国が何世紀にもわたって屈辱を受けてきた原因を西欧だと見なす。西欧は、国際社会における中国の台頭を常に妨げ、中国の内政に干渉することを意図した。そのために中国は、内政と外交のすべてを合理化し、客観的な政策研究を拒否し、国際社会の反応を無視していることから、全体主義に近づきつつあると言える。全体主義的なイデオロギーは、どんどん実体験に近づいていると言えるだろう。

一日中監視することの恐ろしさ

第三に、全体主義は恐怖による支配である。今日、中国の社会的信用システムは、最新のテクノロジーを用いて、国家安全保障の名の下に国民の心と行動をコントロールしている。前世紀半ば、すでに完全な監視がどのように支配されているかを、アーレントは目の当たりにしていた。

警察はこの巨大な国の一人一人の住民について秘密調査書類を持っている。この書類には何よりも、たまたま知り合ったという間柄から真の友人関係を経て家族関係にいたるまで、人間と人間のあいだに存在するありとあらゆる関係が綿密に記入されている。そのような関係を確認するだけのために、被告たちは——彼らの〈犯罪〉は逮捕以前にすでに〈客観的〉に証明されているのであるが、根掘り葉掘り訊問されるのだ。[4]

人民の「敵」を全体主義的に囚人に変えるには、三つのステップがある。まず、恣意的に逮捕され、誰にも居場所を知らない謎の勾留をされ、司法の場を奪われる。第二に、加害者と被害者の両方になることで、すべての人が共犯者となり、良心が正常に機能しなくなることで、道徳性が奪われる。つまり、共犯関係の構築だ。たとえば、警察官が上司に頼まれてデモ参加者を不法に罵倒する場合、当然ながら暴力の加害者である。だが、上司の命令に従わなければ同僚の警察官から排斥され、さらには暴力を振るわれる危険性があるため、彼は被害者でもある。共犯関係を強いられると、人の良心は合理的な判断をすることができなくなる。最後に、逮捕された人々は、記録も墓もない未知の強制収容所で大量に殺され、人間としての独自性を剝奪されたかのように社会から忘れ去られていく。

このように、全体主義は人間の基本的な権利を侵害するだけでなく、より根本的に、世界における人間の居場所を奪う。あたかも政治的共同体に所属する資格を失ったかのように、他人から見られたり聞かれたりする場を奪う。人権を守るためには、コミュニティから排除されているすべての人の「コミュニティに属する権利」を守ることが必要である。

現在の新疆《しんきょう》では、約百万人が「再教育キャンプ」に収容されており、強制的に不妊手術を受けている人もいる。これはジェノサイド（大量虐殺《ぎゃくさつ》）に等しいと指摘した人権団体もある。アーレントが言うような恐怖の支配と新疆の人々との距離は、どれほどのものなのだろうか。

政治的空間の開拓

全体主義が人間としての独自性を組織的に奪っていく中で、独自性の維持に努め、全人類の政治的共同体の構築に向けて協力していくことは、人間の責任である。

全体主義が到来する前、香港にまだ自由の余地があるという時期に、もっとも重要なことは行動の場を開き続けることである。政治の存在意義は自由であると主張したアーレントにとって、政治とは、制度によって保証された権力や権利のことではなく、人々が協力して行動し、集団的な力を公然と発揮し、権力者に変化を迫ることで、平等な政治的共同体を作り上げることである。アーレントは政治について、その結果のためではなく、またプロセスのために自分を見せるという行為としてロマンティックに捉えているわけではないと考えている。アーレントが公共圏を言論と行動の場として捉えているのも事実ではある。だが、より重要なのは、閉鎖的な私的圏と向き合い、公的表現への恐怖に抵抗することで、真の公共圏を切り開くことができるということである。

資本主義がすべての空間と公共の問題を個人の関心事や私企業のビジネスに還元しようとする。それに対し、政治活動とは、社会経済的な問題について、誰もが自分の主張をし、社会のさまざまな力と格闘する公共の議論の焦点に再び開くことである。政治的な行動も、必然的に国家機関と格闘し、国家の指示に抵抗して民衆の正当な居場所を確保し、「従属」することを拒否することになる。

二〇一九年から香港で始まった「黄色経済圏」[6]の設立は、経済を政治に変え、消費を政治的表現に巻き込み、より多くの人々に社会的論争に直面させようとする集団的努力の反映である。同年の区議会での民主派の歴史的勝利は、多くの公共問題を議論にまで持ち込んだものであり、新しい政治的空間を切り開くための集団的努力を反映したものである。しかし、権力者は、このような政治的空間を再び閉じてしまうに違いない。

私たちには、権力者と戦い続ける義務がある。政治的行動のみが、歴史の新たな可能性を切り開く。そして、新たな敗北に直面しても、より多くの驚きを生み出すことができよう。

政治に服従はない

もし全体主義が到来し、人々の行動の場が完全に奪われる日が来たとしても、私たちには思考力や判断力が残っている。

アーレントは、ナチス・ドイツの時代、社会のモラルが一夜にして崩壊し、ほとんどの人がナチスの行動に疑問を持たず、沈黙を守り、あるいは積極的に関与していたことを目の当たりにした。「公的な生活に関与しなかった人々は、大多数の人々からは無責任と非難されたのですが、あえて自分の頭で判断しようとした唯一の人々だったのです[7]」とアーレントは言う。

古い規範に固執して新しい状況を判断するのではなく、それぞれのユニークな状況と判断に基づいて、独自の判断を下すのである。香港の法治の崩壊を目の当たりにしたとき、私たちはもはや過去のように法制度を信頼するのではなく、権力者の抑圧に対抗する方法を柔軟に模索すべきだ。私たちは、権力者の政策だけでなく、全体主義に対抗する主流の方法に対しても常に「懐疑者」として見なければならない。

自分自身との対話を大切にし、これを受け入れていいのか、あれを受け入れていいのかを常に自問しなければならない。民主党が議会から追い出されたことで脚光を浴びる政治は、さらに表面的で退屈なものになり、意味のある議論や価値観の遵守が欠けてしまうだろう。それゆえ、アーレントは自らの判断に基づき、さらには邪魔にならないようにしていれば、純粋さを保つことができると考える。そして、全体主義との隷属関係は、公的世界に対する責任の現れであるとして、浄化されないように注意を促している。


悪に抵抗しないならば、悪をなす者たちは好き勝手に振舞うだろう。悪に抵抗すれば自分自身も悪に巻き込まれることになるかもしれないというのは確かですが、政治においては、世界に対する配慮が、自分自身――この場合の自分自身というのが自分の身体であれ魂であれ――に対する配慮に優先します。[8]

人は心と判断力を保つことができると、アーレントは常に主張している。そう考えるのは、楽観的すぎるだろうか。

プリーモ・レーヴィは、六〇〇万人以上の人が収容され、二〇万人ほどしか生きて帰れなかったアウシュヴィッツ強制収容所の生存者の一人である。[9]彼は、収容所での非人道的な虐待を経験する中で、人助けをしたり、限られた食料を分け合ったりするような道徳的な人々が日々死んでいくのを目の当たりにした。

「ここでも生きのびることはできる、だから生きのびる意志を持たねばならない。証拠を持ち帰り、語るためだ。そして生きのびるには、少なくても文明の形式、枠組、残骸だけでも残すことが大切だ。我々は奴隷で、いかなる権利も奪われ、意のままに危害を加えられ、確実な死にさらされている。だがそれでも一つだけ能力が残っている。だから全力を尽くしてそれを守らねばならない。なぜなら最後のものだからだ。それはつまり同意を拒否する能力のことだ[10]」

二〇二〇年一一月

注

1　『全体主義の起源3』（アーレント著、大久保和郎・大島かおり訳／みすず書房、二〇二〇年）、二八一頁。

2　『全体主義体制と権威主義体制』（J・リンス著、／法律文化社、一九九五年）を参照。

3　ベルナール・ブリュネトー『Les totalitarismes』（未邦訳）を参照。

4　『全体主義の起源3』、二三三頁。

5 BBC NEWS "China forcing birth control on Uighurs to suppress population, report says"
https://www.bbc.com/news/world-asia-china-53220713 を参照。

6 デモを支持する人々が、「デモ支持」を表明している飲食店などのサービス業を積極的に利用する行動である。

7 『責任と判断』（アーレント著、中山元訳／筑摩書房、二〇一六年）、七一‐七二頁。

8 『完訳カント政治哲学講義録』（アーレント著、仲正昌樹訳／明月堂書店、二〇〇九年）、九三頁。なお、アーレントは、「私は自分の魂以上に自分の生まれ育った都市を愛する」というマキャヴェリ（一四六九‐一五二七）の態度は、「私は自分の命あるいは自分自身以上に世界とその未来を愛する」という態度のヴァリエーションに過ぎないと説明している。

9 国立アウシュビッツ・ビルケナウ博物館のパンフレット「アウシュビッツ・ビルケナウ—その歴史と今」によれば、一三〇万人が収容され、一一〇万人が死亡したとされている。

10 『これが人間か』（プリーモ・レーヴィ著、竹山博英訳／朝日選書、二〇一七年）四六頁。

あとがき

本書の第四章は、二〇二一年二月二八日に、二〇二〇年の立法会選挙の予選に出馬した仲間のうち四七人が、香港政府にでっち上げの容疑で逮捕されたことがきっかけで書き始めた。これら記事を投稿したあとの四月一六日には、私たちが尊敬する九人の民主党員が有罪判決を受け、刑務所に送られた。香港の民主・自由・正義・人権・法治のために無私無欲で人生の大半を捧げてきた李柱銘、呉靄儀、李卓人、何俊仁、何秀蘭、楊森、黎智英、梁耀忠、梁國雄などが、今や囚人となってしまった。これ以上の不公平はない。

権力者は法律を武器とし、あらゆる権力を駆使して、反対意見や反対行動を抑圧し、統治のための声や基準を確立することを目的としている。しかし、暴力は最終的に失敗すると信じている。人間はコンピューターではないので、何でもプログラムできるわけがないと確信している。

この本は、読者にさまざまな「ノー」の技法を紹介したものである。人類の歴史の中で、独裁的な権力に支配されたことは数え切れないほどあるが、一方で、普遍的な価値観を確認した上で、暴政や暴力に反発したことも数え切れないほどある。

権力者は私たちを黙らせ、検閲し、出版を禁止し、逮捕し、投獄し、私たちがかつて信じていた価値観を消し去ることができる。報道・教育・法律はすべて権力者の手中にあるが、人間の尊厳と自由はけっして死なないことを確信している。

私たちに何ができるのか。本を読んで反省すること、文化と歴史を理解すること、科学の精神を尊重すること、共犯者にならないこと、良心を壊すようなことをしないこと、正義の心を持つこと、正しいことを実践すること。以上、追記とする。

二〇二一年五月四日　　民主と科学を追求する五四運動一〇二周年に寄せて

解説

スティーブン・クロウェル

長年の友人である張燦輝（以下、燦輝と略す）は、香港中文大学哲学科の教授を退職し、中国語、英語、ドイツ語で哲学書を出版している。また、写真家としても有名で、オリジナルの写真集を数冊出版している。前者の出版物では、マルティン・ハイデガーの思考の複雑さや、ヨーロッパや中国の文学・哲学の規範を広く読むことで得られる幅広い教訓を探求しているが、後者の写真集では、世界中のドアや出入り口を撮影したシリーズのように、ありふれたものの中に美を追求したり、飛行機の窓から撮影した風景の中に崇高さを見出したり、香港や世界各地で交流した人々を明らかな肖像画として記録したりしている。

近年、香港の「雨傘運動」を記録したように、彼の美学は政治的なテーマと交差している。近著『HK: Existential Crisis - Ten Essays on Mourning the Death of Hong Kong』においては、政治的なテーマが哲学のかたちで中心的な役割を果たしている。この心の叫びで——二〇二〇年七月一日に「一国二制度」の崩壊を頂点とする——香港で起きた激動の出来事の即時性が、これまで観照的な生活《vita contemplativa》に専念することを使命としてきた哲学者から、その肉声を引き出している。

この本のジャンルはエッセイである。燦輝の作品は、サルトルが不可能だと言った、つまり瞬間的に意味を考える試み（Versuche, essais）である。香港の貴重な（しかし究極的には非現実的な）過去と、受け入れがたい（しかし必然的な）未来のあいだに挟まれた現在を、「反抗的なエレジアック（defiantly elegiac）」とでも言うべきトーンで描いている。

燦輝のスタンスは、世界に目を背けて獄中から書かれた『哲学の慰め』の著者であるボエティウスのようなものでもなければ、きたるべき革命のための戦略を提示する『獄中ノート』の著者であるグラムシのようなものでもない。もとは、進行中の出来事に対するジャーナリスティックな介入として登場したこれらのエッセイの中に、本当にそうであるように、抵抗の呼びかけがあるとすれば、それは実存的なパラドックスのかたちを取らなければならない。

オーウェルの『一九八四年』の主人公ウィンストン・スミスは、「抵抗は役に立たない」を学んだ。しかし「抵抗は必要である」とも考えた。あるいはベケットには、「あなたは続けなければならない。続けることはできない。私は続ける」との葛藤があった。燦輝にとって、反抗は哲学的な自由の表現であり、意味は人生が持つと思われるいかなる目標よりも、生きていく過程に見出される。

この著作の中で香港人が直面しているジレンマを語る場面がある。残って戦うのか、抑圧の運命を受け入れるのか、それとも去るのか。このジレンマは、香港が「死んだ」という恐ろしい現実の前で語られているため、何を選択しても「亡命」を選ぶことになるのである。香港からイギリスに移住することを選んだ著者が、より広い世界に向けて発信したこの著作は、政治的自由、民主、法治がいかに脆弱であるかを物語る。同時に、思想の自由、近くて遠い他者への共感、理性による自治の能力がいかに持続するかをも物語っている。

燦輝は、イエスもブッダも孔子も私たちを救うことはできないという実存主義者としての明確な認識を受け入れる。そのことで、「哲学的」な考えにつきまとう陳腐な空気を最初から解消する。イエスらの助言は賢明であるかもしれない。だが、人間であることとの逆説的な特徴、すなわち選択することができるが、それは常に「状況に応じて」でしかないということ、そして死が遍在することに伴う不条理さに私たちは直面する。東西の伝統から始まり、多くの哲学者、詩人、作家、賢者が本書に登場する。とはいえ、登場人物はあくまでも脇役であり、著者のビジョンが彼らを生き生きとさせるのである。そのビジョンは、絶え間ない懐疑的な質問と、「物事そのもの」に意味を見出すという確固たるコミットメントの両方を要求する。

香港人ではない私たちがここで経験するのは、故郷が「死んだ」という状況下では、「物事そのもの」が曖昧であるがゆえに、意味が曖昧であることを身に沁みて認識することである。プラトン的なトポスハイパーウラニオスの当たり障りのない普遍的な真理も、アリストテレス的なメトロンのより世俗的な知恵も、故郷（ハイデガーが言ったように、人が地上に住み、自分自身であることができるための条件）がなくなってしまうと根無し草になってしまう。

「真理」「怒り」「恐怖」「勇気」「復讐」「悪」「アイデンティティ」「希望」「寛恕」などについて、燦輝はそれぞれの論考で同じ問いを私たちに投げかけている。道徳心理学や形而上学のこれらの側面は、美徳や悪徳としてタグ付けされているかどうかにかかわらず、亡命者にはどのように見えるのだろうか。これらのエッセイは、キルケゴールが「実際に死ぬ前に死を経験することはできない」という考えに見出した「粗野な唯物論」を拒否することを要求している。

まだまだやるべきことはあるのだろうか。どうすればいいのだろうか。燦輝は、この時期（二〇一九年）に留学していた若い学生（架空の人物）に宛てた手紙のかたちで、サルトルの「フランス人はナチスの占領下ほど自由ではなかった」という主張を訴えている。ほとんど行動を起こすことはできなかったし、抵抗は無駄かもしれないが、加担する必要はないという、自由の原点である良心の呵責を感じさせる。亡命者の道徳心理学と形而上学は、すべての「美徳」と「悪徳」をこの状況に照らし合わせて再考することを要求している。その結果、自分が何者であるかを定義することになる。

批判的思考が病理学として再配置された権威主義体制の中で、真実を貫くとはどういうことなのか。共犯者の失態を前にした怒りの無益さは、不正を真剣に受け止めるためには怒りが必要であることを忘れさせてしまうのだろうか。物事をよりよく知ることでは払拭できない恐怖、たとえば死の恐怖があるとしたら、そこからどのような勇気を引き出すことができるのだろうか。また、もし勇気が、意味や本当に重要なことについてのある種の確信から来るものだとしよう。その場合、もし重要なことが足元で踏みにじられ、私たちが住む土地から追放されたとき、私たちはどこでそれを見つけることができるのだろうか。意味とは現世での意味であり、ほかの人生を求めても意味はない。

私たちは亡命者仲間の存在に共感することで、自分の勇気を見出すことができるかもしれない。復讐の負の影響は、赦しのように過去を消し去るのではなく、大切なものを記憶にとどめておくための拍車でもある。そのことを理解すれば、現状の前では無力な復讐の欲求は、正義への希望に変えることができるだろう。そして、「物質的条件」がそのような素朴さの前で笑うとき、希望はどうなるのだろうか。希望のない未来はないとすれば、お互いを思いやる小さな行為の中に表れる希望が、私たちの糧になるかもしれない。

実存的危機の中で学んだことは、単に人から人へとそのまま伝えられるものではない。香港人は亡命者である。あまりにも切実な意味での亡命者ではない私たちには、亡命者がその瞬間に、自分自身に忠実であろうとするその闘いを、リアルタイムで報告してくれることに耳を傾けるしかない。しかし、私たちの中で、亡命者の境遇がやがて私たちの境遇になるのではないかという不穏な予感を抱かない人はいるだろうか。

スティーブン・クロウェル(Steven Crowell)

テキサス州ヒューストンにある、ライス大学のジョセフ・アンド・ジョアンナ・ナズロ・ミューレン人文学部教授、哲学科教授。一九八一年にイェール大学で博士号を取得して以来、同大学で教鞭をとっている。著書に『Husserl, Heidegger, and the Space of Meaning』(2001)、『Normativity and Phenomenology in Husserl and Heidegger』

(2013)。また、『Cambridge Companion to Existentialism』(2012) の編集者である。論著の中には、香港中文大学哲学科が主催する会議への寄稿がきっかけとなったものもある。なお、本稿は『我城存歿』の第三章の内容にあたる『HK: Existential Crisis - Ten Essays on Mourning the Death of Hong Kong』という電子書籍(個人出版)について英語で書かれたものであり、『我城存歿』の中国版には掲載されていない。本書では、「解説」として掲載した。

本文中の以下の写真は、ＱＲコードからカラー版をダウンロードすることができます。

24 頁の写真

112 頁の写真

著者　張燦輝（ちょう さんき）

1949年香港生まれ。フライブルク大学哲学博士。香港中文大学文学部教授・同大学通識教育センター長（2012年退職）。専門はハイデガー研究。写真家。篆刻家。ロンドン在住。

訳者　張政遠（ちょう せいえん）

1976年香港生まれ。東北大学大学院文学研究科博士。香港中文大学文学部講師を経て、東京大学大学院総合文化研究科准教授。専門は日本哲学。

論創ノンフィクション 031

香港存歿

2023年1月1日　初版第1刷発行

著　者　張燦輝
訳　者　張政遠
発行者　森下紀夫
発行所　論創社
東京都千代田区神田神保町 2-23　北井ビル
電話　03（3264）5254　振替口座　00160-1-155266

カバーデザイン　奥定泰之
組版・本文デザイン　アジュール
校正　小山妙子
印刷・製本　精文堂印刷株式会社
編　集　谷川 茂

ISBN 978-4-8460-2134-4 C0036